SÉRIE NOIRE
Collection créée par Marcel Duhamel

THOMAS CANTALOUBE

MAI 67

nrf

GALLIMARD

L'auteur a bénéficié, pour la rédaction de cet ouvrage,
du soutien du Centre national du livre.

UN AUTEUR SOUTENU PAR LE

CNL

Une civilisation qui s'avère incapable de résoudre les problèmes que suscite son fonctionnement est une civilisation décadente. Une civilisation qui choisit de fermer les yeux à ses problèmes les plus cruciaux est une civilisation atteinte. Une civilisation qui ruse avec ses principes est une civilisation moribonde.

AIMÉ CÉSAIRE, *Discours sur le colonialisme*

Que connaît-on en France de l'histoire de ces « outremers » ? De leurs cultures ? De leurs luttes ? Quelles images, quelles représentations, quels événements sont rattachés à ces espaces ? [...] Ces terres, « françaises » dans la loi, restent en dehors du récit national, des grands débats, et même très souvent de l'information. Ainsi, les statistiques nationales sur quelque sujet que ce soit (éducation, chômage, urbanisation, santé, racisme, salaires...) n'incluent jamais les outre-mers. L'appellation « outre-mer » n'aide d'ailleurs pas à donner sens à ces espaces. Historiquement, elle a tout simplement remplacé le terme « colonial » dans le discours administratif et ce glissement sans bruit a perpétué l'impression d'un anachronisme sur lequel ni l'opinion française ni la recherche ne considèrent qu'il est essentiel de s'appesantir.

FRANÇOISE VERGÈS, *La fracture coloniale*

1967

Prologue

Basse-Terre, Guadeloupe, 20 mars 1967

Ce matin, comme tous les matins depuis ce qui ressemble à une éternité, Raphaël Balzinc se réveille avec le soleil. Il peine à se lever de sa paillasse à même le sol ; avec l'âge, ses malformations le font de plus en plus souffrir. Après avoir procédé à sa toilette dans un seau d'eau de pluie et grignoté un morceau de pain de l'avant-veille, il vérifie que sa carriole à bras contient bien tous les accessoires indispensables à son labeur, puis il prend le chemin du centre-ville de Basse-Terre.

La plupart des Guadeloupéens qu'il croise se rendent, comme lui, sur leur lieu de travail et le saluent aimablement d'un geste de la main. Malgré ce que l'on peut dire dans son dos sur son handicap, ou sur son statut de « maléré* », il goûte à ces civilités matinales, témoignages inaltérables de son ancrage dans le paysage local. Raphaël sait également pouvoir compter sur la générosité de deux ou trois

* Malheureux, en créole.

propriétaires d'estaminets qui lui présentent une tasse de café – bien noir, deux sucres – dès qu'ils entendent le grincement des roues de sa charrette. Sans le faire payer, bien entendu.

Au bout d'une demi-heure, Balzinc parvient à son emplacement dans la rue principale de Basse-Terre, celle du Prisunic, pour lequel il s'acquitte d'une taxe municipale qui lui permet d'exercer son métier de clouteur. Dans une région comme celle-ci, où les habitants ne peuvent pas s'acheter une paire de chaussures neuves dès que la leur commence à s'user, son ouvrage s'apparente à une forme de service public. En plantant des morceaux de ferraille sur les semelles, il prolonge la vie des godillots, évitant à leurs possesseurs d'avoir à aller pieds nus ou de devoir débourser une partie de leur maigre salaire chez un commerçant, comme celui devant lequel il officie. Jusqu'à récemment, ses relations avec le propriétaire du Sans Pareil relevaient, sinon de la cordialité, du moins de l'indifférence réciproque. Mais depuis peu, ce dernier, un Européen d'origine tchèque nommé Srnsky, se montre désagréable à son endroit, cherchant à le faire déguerpir de son pas de porte. Sans succès, car Raphaël se trouve bien où il est. Muni de son autorisation municipale, il peut installer son échoppe ambulante où bon lui sied : sa position devant un marchand de chaussures lui semble parfaitement appropriée.

— Clouteur, clouteur ! Faites renforcer vos souliers ! Trois francs seulement !

Balzinc démarre toujours sa journée ainsi, signalant aux passants qu'il est opérationnel et disposé à les servir. Ensuite, il ne claironne plus son métier qu'une ou deux fois par heure. Après tout, les gens le connaissent et savent où le trouver.

Le carillon de neuf heures n'a pas encore tinté que Srnsky apparaît devant son magasin. Raphaël note immédiatement la tête des mauvais jours qui tient lieu d'expression au commerçant. Et, ni une ni deux, ni bonjour ni adieu, il éructe à son intention :

— Je t'ai déjà dit de déguerpir, sale nègre ! Tu vas t'exécuter oui ou merde !

Balzinc se redresse, s'efforçant vainement de faire disparaître sa bosse, et, adoptant son plus large sourire, s'apprête à ressortir les mêmes arguments qu'à chaque altercation précédente. Mais Srnsky s'écarte et donne un ordre dans sa langue natale. Bondit alors hors du magasin un gros chien noir que Raphaël a déjà vu, sauf qu'il est habituellement tenu en laisse. Aujourd'hui, point de lien en cuir pour retenir le molosse qui se rue sur lui.

— Va dire bonjour au nègre ! l'enjoint Srnsky, en français cette fois-ci, arborant un rictus qui traduit, pour lui, le retour des beaux jours.

Ne pouvant se carapater en raison de sa patte folle, Balzinc se jette à terre et se contorsionne de son mieux sous sa carriole, un abri dérisoire face à un animal accoutumé à ramper. Le cabot fait claquer ses mâchoires une première fois dans le vide, puis la seconde sur le soulier du cloutier qui, comme de juste, est ferraillé. Cette résistance ralentit la bestiole qui décide de s'acharner sur la galoche plutôt que sur le mollet de sa victime.

— Vas-y, bouffe le bossu ! l'encourage Srnsky, sans une once de compassion.

Raphaël ne prie pas souvent et, en cet instant, il le regrette amèrement. Il désirerait qu'une supplique se forme sur ses lèvres, car seule une intercession divine paraît à même de le sortir de ce mauvais pas.

Heureusement, Srnsky a oublié les passants et les autres vendeurs ambulants qui, outre le fait qu'ils connaissent Balzinc, au moins de vue, ne supportent guère les insultes du propriétaire du Sans Pareil. Ce n'est évidemment pas la première fois, ni la dixième, ni la centième, ni même la millième fois qu'ils entendent l'un des leurs, ou eux-mêmes, se faire traiter de « sale nègre », mais, allez savoir pourquoi, il existe des jours où l'on a l'échine moins tannée, l'esprit moins engourdi par l'accoutumance aux injures, et où l'on réagit.

Un ouvrier du bâtiment qui charrie des planches les dépose, saisit le chien par la queue et tire dessus violemment, faisant japper l'animal, avant de le repousser à reculons à coups de tatane, pendant qu'une grappe de lycéens ramassent des pierres et commencent à caillasser la vitrine du magasin et le boutiquier lui-même, contraint de battre en retraite à l'intérieur. Le manœuvre permet à Raphaël de se relever et de s'asseoir sur le bord du trottoir pendant que, chose étonnante, la volée de cailloux se poursuit et gagne en intensité. Tous les badauds qui surgissent sont informés du fait que « blan la lagé chyen a'y Balzinc » et, autant par souci d'imitation que de réparation, ils recueillent tous un projectile et le balancent gaiement.

Srnsky et ses magasiniers s'empressent de descendre le rideau de fer pour épargner les carreaux qui s'étoilent, mais, une fois cette besogne accomplie, au lieu de se satisfaire de s'en être tiré à si bon compte, le commerçant fonce sur son balcon et se met à invectiver la foule :

— Bande de vauriens ! Tas de fainéants ! Sales communistes !

Alors que plusieurs personnes du quartier aident Raphaël à replier son étal et l'incitent à aller porter plainte à la gendarmerie, la cohue continue de gronder. Se faire traiter de suppôts de Moscou par un agent électoral bien connu du parti gaulliste au pouvoir, l'UNR*, c'est-à-dire un collecteur de voix, pour ne pas évoquer un acheteur de bulletins de vote, ce qu'est bel et bien le Franco-Tchèque, amuse les insurgés au plus haut point. Cela en révèle davantage sur la paranoïa du bonhomme, qui voit le diable à sa porte, que sur la réalité guadeloupéenne où le Parti communiste dispose certes d'élus dans les mairies et à la députation, mais possède surtout la réputation de se comporter comme un gros matou endormi et facile à désarmer avec quelques arêtes de poisson.

Il apparaît évident aux yeux et aux oreilles des Guadeloupéens que Srnsky ne comprend rien à la situation qui se joue, renchérissant en insultes racistes et humiliantes quand il devrait jouer profil bas et godiller, comme le font tous les Blancs confrontés à un tel contexte – une colère montée des tréfonds de l'esclavage. Cette attitude a le don de galvaniser les agitateurs, dont certains se retrouvent à brailler et balancer de la rocaille sans avoir même entraperçu Balzinc. Gandhi lui-même peinerait à raisonner et calmer cette assemblée de plus en plus excitée. Autant dire que la gendarmerie de

* L'Union pour la nouvelle République est le parti gaulliste, fondé en 1958.

Basse-Terre, composée pour l'essentiel d'appelés et de jeunes recrues, n'est pas la mieux équipée pour cette tâche lorsqu'elle pointe la visière de son képi sur les lieux.

Freddie, un jeune Guadeloupéen efflanqué, un de ces hommes à peine sortis de l'adolescence et déjà projetés dans le chômage et les petits boulots, s'extrait de la foule pour aider le clouteur à rassembler son barda. Il a hésité à ramasser des pierres pour les jeter sur la façade du magasin, sentant monter la colère en lui, mais il n'ose pas encore franchir le pas – le respect de la propriété, des biens d'autrui et de la soumission à l'ordre établi, celui qui place les Blancs au sommet, demeure puissamment ancré en lui. On ne se défait pas facilement de son éducation et de son environnement lorsqu'on a grandi aux Antilles. Quand Balzinc a achevé de réunir ses outils éparpillés, Freddie l'accompagne dans les rues de Basse-Terre.

Bien que victime originelle, le vieil homme a l'habitude de fuir les rassemblements et la contestation : avec sa bosse et sa jambe raide, il préfère regagner sa cabane d'infortune – ce n'est pas aujourd'hui qu'il récoltera quelques francs pour manger. Avec un peu de chance, il trouvera bien un voisin pour lui glisser des restes de poulet ou l'inviter à partager son repas. C'est sa seule préoccupation. Mais Freddie, lui, veut retourner face au Sans Pareil. Un déclic s'est produit dans sa tête. Alors, voyant que le bossu trace son chemin, l'esprit accaparé par sa propre survie, le jeune homme décide de redescendre et rejoindre la fronde.

Presque à l'autre bout de l'île papillon, à Pointe-à-Pitre, le préfet Pierre Delbotte, qui mériterait le titre de proconsul tant il fait la pluie et le beau temps en Guadeloupe, vient d'être averti de la « manifestation » qui se déroule devant le Sans Pareil à Basse-Terre. Dans n'importe quelle préfecture métropolitaine, la gestion d'un tel mouvement de foule serait déléguée au capitaine des gendarmes, et l'envoyé de la République française retournerait à sa grasse matinée ou à sa réunion avec les représentants de la chambre de commerce. Mais ici, la moindre étincelle est perçue comme les premières secousses sur les flancs de la Soufrière. Il faut réagir. Vite ! Mater la révolte colorée.

Delbotte n'est pas homme à perdre les pédales. Une carrière de haut fonctionnaire démarrée en 1944 et aiguillée par plusieurs ministères, puis l'Indochine, l'Algérie et La Réunion l'ont doté d'un solide instinct pour gérer ce type de situation. D'autant que, dès que son secrétaire de cabinet l'informe de l'identité de l'individu à l'épicentre de l'incident, le préfet ne peut qu'émettre un long soupir. Le dénommé Vladimir Srnsky ne lui est, hélas, pas inconnu. En tant que commerçant, bien évidemment. En tant que membre de l'Union pour la nouvelle République, dont il s'est vanté d'avoir favorisé le bon score en Guadeloupe lors des élections du début du mois, bien entendu – un préfet gaulliste ne passe pas à côté de ce genre de détail. Mais surtout, il connaît Srnsky comme un fidèle ami de Marcelle Lamarre, veuve de Paul Lamarre, et pour l'état civil demi-sœur de Jacques Foccart, le tout-puissant conseiller du général de Gaulle pour les affaires africaines, et beaucoup d'autres en tout genre, bien moins publiques. Autrement dit, le cas Srnsky, tout emmerdeur soit-il, et cela Delbotte peut en témoigner, doit être traité avec tact et doigté.

En tant que représentant de l'État, et non d'une catégorie de personnes qu'il appelle les «gros Blancs» dans ses correspondances privées, et qui dominent tous les pouvoirs sur l'île (économique, agricole, administratif), Delbotte doit marcher sur des œufs. Il se sait peu en cour à Paris, dans les cercles de Foccart justement, pour s'être opposé, pourtant mollement, à l'indemnisation des planteurs de cannes à sucre et de bananes à la suite du passage du cyclone Inès en 1966, alors qu'ils bénéficiaient par ailleurs d'assurances. Il a aussi eu le malheur d'exprimer le peu de bien qu'il pense de ces riches propriétaires lorsqu'il a constaté, toujours dans le sillage de l'ouragan, que l'essentiel de la solidarité nécessaire après ce genre de catastrophe émanait des franges les plus défavorisées de la population. Le préfet a pointé n'avoir aperçu aucune des grandes familles organiser une soupe populaire ou une distribution de vêtements, aucune contribuer de quelques centaines de francs aux caisses d'aide aux victimes, alors que nombre d'habitants des bidonvilles, pourvu qu'ils n'aient pas tout perdu dans la pluie et le vent, ont partagé leurs maigres denrées avec plus démunis qu'eux.

Delbotte n'a jamais éprouvé la moindre sympathie pour une quelconque idée de gauche, mais il n'en a pas moins été choqué, après le passage d'Inès, par l'attitude des Srnsky, Lamarre et consorts, cette indifférence de tous ceux qui se réunissent le dimanche dans leurs vastes villas pour déjeuner, commérer et se plaindre.

Ce 20 mars, le préfet doit donc se pencher en urgence sur le sort de Srnsky. Si la crise est bien gérée, les journaux du lendemain n'évoqueront que des échauffourées. Si, au contraire, la situation dérape, nul ne peut anticiper où cela aboutira. La Guadeloupe demeure dans l'orbite de l'Hexagone, ayant raté le coche des indépendances d'après-guerre, mais pour combien de temps encore ? Avec les discours enflammés de ce satané Che Guevara, avec les lecteurs du voisin martiniquais Frantz Fanon qui ne cessent de se multiplier, avec les Algériens qui se voient en modèle après avoir chassé leur colonisateur, certaines idées indépendantistes ont commencé à germer sous les crânes guadeloupéens malgré tous les efforts déployés pour les disperser.

À Basse-Terre, devant le Sans Pareil, la foule continue de grossir et n'indique aucune volonté de lâcher le morceau. Freddie se sent comme un poisson dans l'eau parmi les protestataires. Il crie et gesticule à l'unisson des autres, des gens qu'il ne connaît pas, mais avec lesquels il fait corps. Les gendarmes, en face, se montrent embarrassés car Srnsky, perché sur son balcon, s'est mis à les insulter eux aussi : « Débarrassez-moi de ces va-nu-pieds ! Plus vite que ça, c'est moi qui vous paie ! C'est pas croyable une telle police : des comme vous, j'en chie dix chaque matin ! » Les agents de l'État, qui, ordinairement, ne renâclent pas à casser quelques têtes pour rétablir l'ordre, manquent soudainement de motivation pour s'interposer.

Les manifestants ressentent cette hésitation policière, car, peu avant midi, rejoints par des dockers et des employés distraits de leur pause-déjeuner, ainsi que par une poignée de militants anticolonialistes alertés par radio-trottoir, ils décident de régler son compte d'abord au magasin, puis à la Mercedes de Srnsky, que certains ont repérée une rue plus loin. Il ne faut qu'une dizaine de minutes pour fracturer la devanture puis piller et enflammer l'échoppe. Mais, grosse déception, le propriétaire a anticipé l'assaut et s'est enfui par les toits. Plus de trace de lui. Certains émeutiers partent à sa recherche pendant que d'autres se vengent sur son véhicule qui est porté à bout de bras pour être jeté dans le port. Le tout sous les yeux atterrés du sous-préfet, dépêché par Delbotte, qui ne peut que consigner les événements dans son rapport.

Bien que le malheureux Balzinc ne figure plus parmi eux, les révoltés de Basse-Terre ne l'ont pas oublié. C'est pour lui qu'ils persistent à tenir la rue, jusqu'au lendemain s'il le faut ! Pour lui et pour eux-mêmes. Car combien d'entre eux n'ont jamais eu à subir une remarque raciste, une grimace sur leur passage, un refus de politesse ? Aucun. Et pourtant, ils sont sur leurs terres. Pas depuis la nuit des temps, non, seulement depuis quelques siècles, lorsque le commerce triangulaire les a déposés sur ces îles de la mer caribéenne sans qu'ils aient leur mot à dire. C'est eux qui ont débroussaillé, planté, bâti. D'abord avec des fers aux jambes et au cou, désormais en échange d'un maigre salaire. Alors qui sont ces Blancs qui se permettent de les insulter et de les mépriser ? De quel droit un Vladimir Srnsky, à l'instar de ses amis européens, s'autorise-t-il à les traiter comme des rebuts ?

Tout l'après-midi, la foule continue de gronder devant le Sans Pareil incendié. Hormis les gendarmes, nul Blanc ne s'aventure plus à proximité du centre-ville. Avec d'autres, Freddie a rassemblé des palettes de bois et les a désossées pour ériger un brasier et se munir de longerons improvisés. La rue leur appartient maintenant.

Pierre Delbotte a fait passer des consignes qu'il estime sages. Les policiers ne doivent pas intervenir, pas provoquer. Ils doivent s'efforcer de canaliser les tensions, d'éviter qu'un Blanc distrait ne pointe son nez ou ne vienne parader. Le préfet a également envoyé des agents des Renseignements généraux en nombre, afin d'observer les manifestants et de recenser les meneurs. Cela lui paraît prudent pour l'avenir. Il n'oublie jamais la menace communiste qui plane dans la région. Pas celle des élus locaux qui ne font guère de vagues, mais plutôt celle des idées exportées par Cuba et qui, sur ce territoire, résonnent avec des accents anticolonialistes et indépendantistes. Il est hors de question pour Delbotte de laisser ce genre de fariboles se répandre dans la population, alors rien ne vaut de solides fichiers inventoriant les individus capables de promouvoir ces théories et que l'on pourra appréhender à la moindre action concertée.

Fort de ces précautions, le préfet décide tout de même d'aller réciter un message d'apaisement à la radio : « Mes chers compatriotes, je ne veux ni ne peux tolérer que l'ordre soit troublé par quelques irresponsables. J'ai déjà dit que l'auteur du mauvais coup qui a tout déclenché serait poursuivi, c'est chose faite. Mais il ne faut pas que le calme et la tranquillité de Basse-Terre soient aux mains d'agitateurs notoires relayés par quelques dizaines de jeunes gens que l'on écœure et auxquels on fait courir les plus graves dangers. Aussi, dans la région de Basse-Terre, tout attroupement, toute réunion sont jusqu'à nouvel ordre interdits ; les débits de boissons resteront fermés ; les forces de l'ordre seront, je vous l'assure, vigilantes. Que les agitateurs irresponsables prennent bien garde, nous n'hésiterons pas à les livrer à la justice, s'ils persistent dans leur rôle de mauvais bergers. »

Delbotte n'est pas mécontent de lui : main de fer dans un gant de velours. La marque d'un bon serviteur de la République. Paris sera ravi. D'autant qu'il a omis un détail dans son allocution. Ou plutôt, en étant suffisamment honnête pour ne pas se voiler la face, il reconnaît intérieurement avoir proféré un bon gros mensonge. Vladimir Srnsky ne sera pas puni puisque au même moment son exfiltration se déroule comme sur des roulettes. Un hélicoptère de la gendarmerie l'a conduit à l'aéroport du Raizet, d'où il a embarqué dans l'avion de fonction de la préfecture pour l'emmener à Saint-Martin, puis de là jusqu'à Porto Rico où le marchand possède une usine de chaussures.

Justice ne sera pas rendue. Et Delbotte, au fond, s'en moque. Ce qui lui importe, c'est de maintenir le calme. Et derrière, le statu quo.

À Basse-Terre, les manifestants comprennent d'instinct cette politique. Ils campent pendant quarante-huit heures sur leurs positions, occupant la rue, allant jusqu'à piller une quincaillerie qui vend des fusils de chasse et affronter les cordons de gendarmes qui recourent aux grenades lacrymogènes et assourdissantes. Puis, tout cela se tasse. Le préfet leur envoie l'avocate féministe et maire communiste Gerty Archimède, une figure populaire, qui leur promet encore une fois le châtiment de Srnsky, et un effort en faveur des chômeurs. Et tout rentre dans l'ordre. Il faut bien manger, il faut bien arrêter de bloquer le centre-ville.

Comme tout le monde, Freddie retourne chez lui. Il

serait bien resté, car il a découvert une solidarité qu'il n'avait jamais connue jusqu'ici. Et ce n'est pas comme s'il avait mieux ou plus intéressant à faire. Il ne peut que regagner la maison familiale, où personne ne l'attend vraiment. Freddie lève le camp à contrecœur, son espoir raboté.

Trois jours plus tard, Raphaël Balzinc se réveille à l'aube, charge sa carriole et se met en quête d'un nouvel emplacement pour s'installer. Il bénéficie désormais d'une petite notoriété dans les rues de Basse-Terre, mais rien qui atténue les douleurs de son corps fatigué, ni qui lui permette d'envisager le repas du lendemain comme un acquis. Il cloutera toujours, mais il ne fabriquera ni ne vendra jamais de chaussures.

1

Sirius Volkstrom, Floride (États-Unis)

Son anglais lui était revenu plus vite qu'il ne s'y attendait. Il faut dire que ce n'était pas bien compliqué avec les Américains. On utilisait deux verbes et trois mots, toujours les mêmes, une expression imagée, on riait un grand coup ou on grognait en fonction de l'humeur du moment, et ils vous comprenaient. Ou pas. Mais ça équivalait au même parce qu'ils faisaient semblant de toute manière. Par politesse. Volkstrom ne faisait d'ailleurs même plus l'effort d'adopter un accent potable. Après tout, les mecs prétendaient adorer ses intonations « *So French!* », alors il forçait la dose, façon inspecteur Clouseau. Les Ricains avaient bien accueilli Marcel Cerdan et Maurice Chevalier à bras ouverts ; ils pouvaient s'accommoder de lui, Sirius Volkstrom, alias Pierre Lherbier. Fils d'un Chleuh et d'une Alsacienne, bâtard misérable, soldat perdu de toutes les guerres, surtout les mauvaises, et profiteur devant l'Éternel de la moindre embrouille susceptible de gonfler son portefeuille et de lui offrir à bas coût une retraite avant l'heure. Pour peu qu'il puisse en jouir un jour.

Au fond, Volkstrom aimait bien les Américains. Ils n'étaient pas difficiles à convaincre, pas très regardants sur les moyens pour parvenir à leurs fins, et ils possédaient plus de pognon que le bon Dieu lui-même, qu'ils révéraient tous pieusement afin de s'acheter une bonne conscience.

Sirius aurait préféré arpenter les trottoirs de Manhattan ou lézarder au bord d'une piscine à Beverly Hills en compagnie d'un mignon, mais, comme d'habitude, il ne décidait pas de ses lieux de villégiature. Et, il en convenait volontiers, il était bien plus commode de planquer des dizaines de Cubains anticastristes encadrés par un aréopage d'agents de la CIA dans un bayou de Floride qu'au milieu de Times Square. Il y faisait chaud, humide, et ce coin abandonné de cambrousse regorgeait de moustiques et d'alligators. Pas beaucoup de curieux pour espionner une opération semi-clandestine.

— *Wadayathink of the guys?* s'enquit son compagnon en treillis, taillé à la John Wayne avec un bide à bière, en désignant les types maigrichons en train de ramper dans la boue et de sauter par-dessus des obstacles en bois.

Sirius se contenta de hausser les épaules dans son costume marron fripé – il était hors de question pour lui de se déguiser en soldat quand il n'était pas sous les drapeaux. « Ceux-là ou d'autres… », faillit-il répondre, désabusé, mais il préférait éviter de contrarier son interlocuteur qui avait du pain sur la planche et des emmerdes jusqu'au cou. Cela faisait presque six ans jour pour jour que l'Oncle Sam s'était échoué sur le sable de la baie des Cochons, mais il persistait à vouloir déloger le *barbudo* en chef de son QG à La Havane. Avec, toujours, semblait-il, les mêmes méthodes, les mêmes moyens et le même résultat : valises de dollars, entraînement de bataillons anticastristes, infiltrations variées, et humiliation finale pour les exilés. Volkstrom ne savait pas pour qui il avait le plus d'admiration : l'obstination américaine ou la résilience de Fidel Castro ? Probablement ce dernier. Bien que n'éprouvant aucun amour pour le drapeau rouge, et même s'il émargeait désormais chez les ennemis mortels des révolutionnaires cubains, Sirius ne pouvait s'empêcher de respecter l'esprit bravache du *comandante*. « *Fuck you !* » était la plus belle repartie de la langue anglaise, à condition d'être le premier à la prononcer et de s'y cramponner avec fermeté.

— Oui, je sais, mais c'est tout ce qu'on a en stock..., répliqua le *special agent* Derrick Johnson, en réponse au mouvement d'épaules désinvolte du Français. Si on n'accélère pas le tempo, on va se retrouver avec ce pédé de Bobby Kennedy à la Maison-Blanche et on pourra dire bye-bye à nos financements !

— Tout est toujours politique avec vous à la CIA ! ironisa Volkstrom.

— On ne choisit pas le monde dans lequel on vit. Ça ne tiendrait qu'à moi, on renoncerait à boire des mojitos à la Bodeguita del Medio, on balancerait la bombe H sur ce ramassis de barbus pouilleux et on ne s'en porterait pas plus mal !

— Et toi alors ? Qu'est-ce que tu foutrais ? Agent d'assurance dans le Nebraska ?

— Y a pas de mal à ça, c'est le boulot de mon beau-frère. Allez viens, Frenchie, on va se rincer le gosier !

L'autre avantage de bosser avec les Américains, c'est qu'il

y avait toujours de la picole à portée de main. Et pas d'horaires pour les apéros. Le soleil avait beau indiquer trois heures de l'après-midi, Derrick Johnson se transporta vers le baraquement et les tentes qui hébergeaient les formateurs de la CIA et sortit une bouteille de whisky et une montagne de glaçons du frigo ouvert à tous. Sauf aux Cubains, évidemment. Déjà qu'ils n'étaient pas bons à grand-chose, si en plus ils se saoulaient...

Les deux hommes sirotèrent leur verre en silence pendant quelques minutes. Il y avait bien un groupe d'anticastristes, toujours les mêmes, qui s'entraînait à coups de pompes et levers de fonte, mais tout ça respirait un peu le syndic de faillite. Cela ne faisait que six mois que Sirius traînait ses guêtres dans ce marigot de Floride, mais il devinait que la machine barbouzarde américaine tournait à vide, par la seule force de son inertie politico-administrative. Fidel Castro paraissait cramponné solidement à son île, et la figure la plus emblématique des révolutionnaires caribéens, Che Guevara, pointait officiellement aux abonnés absents, même si les nouveaux amis du Français à la CIA lui avaient confié que l'icône s'échinait à soulever des paysans boliviens contre le grand capital dans la pampa. Bon courage !

Ce fut Derrick Johnson qui rompit le silence. Comme d'habitude. Les Américains n'aimaient pas le calme.

— Vous, en France, au moins vous avez de Gaulle. Il emmerde Washington, mais c'est un général ! Le pays est bien dirigé.

— Pour ce que cela nous a apporté..., balaya Volkstrom, qui employait avec un certain dédain la première personne du pluriel, tellement il se sentait peu patriote.

C'était en partie à cause des gaullistes qu'il se trouvait dans sa situation depuis une demi-douzaine d'années : apatride par obligation vu qu'il avait grillé la plupart des ponts sur son passage avec tout ce que la France comptait comme polices et armées officielles ou parallèles.

— Un héros de guerre, c'est tout de même autre chose que nos politicards et nos planqués, renchérit le *special agent.*

— Tu sais depuis combien de temps la France n'a pas remporté de guerre ? demanda Sirius qui devinait que l'autre ne connaissait pas la réponse.

— Non…

— Depuis Napoléon ! On s'est fait botter le cul en Indochine et en Algérie, et sans les Ricains on causerait allemand depuis 1917 ou 1944. Non pas que ça me dérangerait. Et au siècle précédent, tout ce qu'on a réussi c'est foutre sur la gueule de pays de troisième zone ! Tu parles d'une gloire d'être dirigé par une baderne à képi…

— Tu es comme tous les Français, t'es un ingrat ! ricana Johnson en sifflant le fond de son verre. C'est pour ça que tu bosses pour nous !

Nous y voilà, réalisa Volkstrom. Le rappel de qui tenait la trique dans leur relation, si jamais il venait à l'oublier. Mais il y avait autre chose. L'Américain paraissait un peu moins à la coule qu'à l'ordinaire. La meilleure technique pour obtenir des informations consistant à se taire, Sirius resservit une tournée de whisky après avoir expédié ses glaçons sur la pelouse grillée par le soleil d'un large mouvement de son bras droit, le gauche étant amputé au niveau du coude.

Derrick Johnson finit par se lancer :

— Mes chefs m'ont demandé si tu serais partant pour une mission sortant de tes fonctions habituelles ?

Sirius ne savait pas quelles étaient ses fonctions habituelles vu qu'il faisait un peu de tout avec la CIA : de l'intendance, de la formation, de la reconnaissance… Mais il était toujours partant pour ce qui changeait de l'ordinaire. Et qui promettait de rapporter du pognon. Les États-Unis avaient beau lustrer les chapeaux haut-de-forme du capitalisme, ils rémunéraient rubis sur l'ongle les pauvres ouvriers au service de leurs guerres secrètes.

— À vos ordres, boss ! rétorqua le manchot sans se mouiller.

— L'Agence aimerait explorer d'autres voies pour se débarrasser du Barbu. Ce que nous faisons en Floride devient de plus en plus visible au fur et à mesure des années.

— Trop prévisible aussi, se permit le Français, qui comprenait qu'on allait avoir besoin de lui.

— Pas faux… Et puis, comme tu disais tout à l'heure, tout est politique, et on ne sait pas ce que les élections de 1968 nous réservent. Nous préférons prendre les devants.

— Au cas où le nouveau président vous coupe les couilles ?

— On peut dire ça comme ça…

— Alors, vas-y, balance ! Je t'écoute.

— L'Agence voudrait t'envoyer dans les Antilles françaises afin que tu envisages la possibilité d'y implanter discrètement un camp d'entraînement, peut-être y faire du recrutement aussi. Et un peu de financement également.

Sirius n'avait jamais mis les pieds sur la moindre île des Caraïbes, française ou pas, mais l'idée lui apparaissait un brin tordue.

— Je ne suis pas sûr que les Antillais soient très motivés par la chasse aux *barbudos*. Et, d'après ce que j'en sais, ils ne roulent pas sur l'or.

— C'est une mission exploratoire. Tu nous rapportes ce que tu vois et on décide ensuite. Nous avons quelques contacts de personnes sur place qui te permettront d'évaluer la situation. Ces gens ont de l'argent et on pourrait les aider à en gagner encore davantage. Moyennant une commission pour notre pomme.

— … qui servirait à financer discrètement ce genre d'activités, ajouta Sirius en embrassant d'un geste le camp d'entraînement.

— Tout à fait. Une assurance-vie pour la poursuite de nos opérations en quelque sorte.

— Je vois…, approuva le Français qui ne percevait pas précisément le détail, mais comprenait parfaitement la logique générale. Pourquoi moi ?

— Tu parles français. Et nous te faisons confiance.

— J'imagine que c'est suffisant, conclut Volkstrom qui savait très bien qu'il était, aussi et surtout, complètement dispensable.

S'il se faisait coincer, la CIA lèverait les bras au ciel en professant son ignorance totale des manigances de cet électron libre. C'était de bonne guerre et il l'acceptait. Il devinait également qu'il avait sous-estimé Derrick Johnson. Ce dernier n'avait jamais fait étalage de son rang, ni de son grade, ni de ce qui régissait la hiérarchie au sein de l'Agence, mais il émargeait sans doute un peu plus haut que ce que Sirius avait évalué. Derrière son comportement et son apparence de plouc du Midwest, Johnson dissimulait probablement le fait qu'il était un des chefs du « Projet cubain », auparavant appelé « Opération Mangouste », visant à obliger Fidel Castro à composter son billet retour sur le *Granma*.

Quand Sirius avait fait jouer ses vieux contacts auprès d'Air America pour trouver un job chez l'Oncle Sam, on l'avait directement catapulté dans les pattes de Johnson, plutôt que de passer par une multitude d'intermédiaires. Tous deux avaient certes sympathisé d'emblée, et le Français s'était montré à la hauteur de ce que l'Américain attendait de lui – pas compliqué, il nageait dans son élément –, mais Volkstrom aurait dû se douter que pour employer un type comme lui, il fallait posséder un costume XXL, ou quelques médailles sur le plastron.

— Pas la peine de te recommander la discrétion, glissa Johnson.

— Non, pas la peine.

— On te fournira des papiers et un premier contact, celui de notre homme sur place. Tu penses pouvoir être prêt d'ici à quelques jours ?

— Pas de souci. Je suis déjà parti.

Toutes ses affaires tenaient dans une valise en carton et il ne serait pas fâché de quitter ce coin de bayou où il alternait ses nuits entre tentes militaires et motels crasseux, et ses journées à jouer à l'apprenti golpiste. Revenir sur le territoire français, par contre, même via les marges ultramarines, ne l'enchantait guère. Il trimbalait trop de passif avec cette République gaulliste dont il se défiait.

2

Luc Blanchard, Pointe-à-Pitre

Luc n'avait pas compté, mais il estimait avec certitude que sa dernière escapade vespérale en solitaire remontait à plusieurs mois. Voire à plusieurs années. Trois pour être exact. Depuis la naissance de sa fille. En vérité, les sorties ne lui manquaient pas tant que ça. Il aimait les soirées en famille. Il appréciait les moments de quiétude partagés avec Lucille sur le canapé ou sur la terrasse à observer les couchers de soleil sur la mer quand la petite Célanie dormait dans la pièce à côté. Luc goûtait aussi aux fêtes avec les amis du quartier qui se prolongeaient jusqu'au milieu de la nuit, à détricoter et reconstruire le monde, qui s'achevaient lorsque toutes les bouteilles de rhum avaient été éclusées et que les placards n'en contenaient plus.

Depuis qu'il s'était installé à Pointe-à-Pitre, Luc Blanchard, qui avait toujours consommé de l'alcool avec une modération propre à réjouir les ligues d'abstinence, n'avait pu faire autrement que de se mettre au rhum. Déjà qu'il était l'unique Blanc parmi son cercle étendu d'amis, de parents et de collègues, si, en plus, il avait poursuivi sa ligne de tempérance, il aurait eu toutes les peines du monde à s'intégrer dans ce bout de France qui n'était pas tout à fait la France.

Se doutant que sa soirée en célibataire s'annonçait lubrifiée, il avait pris la précaution de manger un morceau avant – des acras bien gras, suivant le conseil d'un diplomate soviétique rencontré un jour par hasard, qui lui avait confié avaler un verre d'huile de tournesol avant chaque réception moscovite, histoire de supporter les tournées de vodka à répétition.

Luc claqua la porte de son domicile après avoir embrassé fille et fiancée et enfourcha sa Motobécane. Il s'assura pour la quatrième fois qu'il avait bien empoché son carnet de notes et ses stylos. Le retour au journalisme le préoccupait un peu. Saurait-il encore écrire un article ? Après tout, il n'avait exercé cette profession que pendant moins d'une année, en 1962 précisément, et cela faisait finalement figure d'intermède dans sa carrière ou ce qui en tenait lieu. Policier puis journaliste, il avait abandonné les deux métiers, désabusé, avec un goût d'amertume au fond de la gorge. Depuis son arrivée sur l'île papillon, il avait effectué des petits boulots, puis avait assisté Lucille dans la gestion de sa petite flottille de pêche – deux bateaux, parfois trois, on était loin de la grande industrie. Ça lui avait convenu jusqu'à ce que, quelques mois auparavant, une vague connaissance qui venait d'être promue rédacteur en chef du quotidien local *France-Antilles* ne lui propose de reprendre la plume comme pigiste. Il s'était laissé tenter et, jusqu'ici, il avait couvert des matches de foot, des kermesses municipales et, un peu plus stimulant, les élections législatives de mars 1967. Ces tours de chauffe lui avaient permis de reprendre de l'assurance et de nouer quelques contacts dans les cercles politico-administratifs guadeloupéens.

Blanchard se sentait désormais prêt pour sa première enquête, dont le sujet lui avait été inspiré par un cousin éloigné de Lucille, Jacques Nestor, plus connu sous le surnom de Kiki. Figure des quartiers populaires de Pointe-à-Pitre, celui-ci militait au sein d'un mouvement indépendantiste, le GONG (Groupe d'organisation nationale de la Guadeloupe). C'est en discutant avec lui que Luc avait découvert qu'une frange des citoyens guadeloupéens auraient bien coupé le cordon ombilical qui les reliait à la métropole. Parce que Luc s'était délibérément tenu éloigné de toute question politique depuis son arrivée aux Antilles, à la manière d'un grand brûlé qui fuit les chandelles*, il n'avait jamais entendu parler de ce désir d'émancipation jusqu'ici, ou alors sur le ton de la bravade de fin de soirée. Luc avait donc commencé à s'intéresser à cette question, et il avait naturellement proposé un sujet à *France-Antilles* : le mouvement indépendantiste possédait-il une quelconque résonance dans l'île ? Son rédacteur en chef, Alexis, un jeune métis, fils d'un béké** et d'une descendante d'esclave, n'avait pas paru spécialement emballé par cette idée qui plongeait pourtant au cœur de son identité, mais il l'avait néanmoins acceptée afin d'encourager son nouveau reporter.

Luc s'en allait ainsi rencontrer Jacques Nestor et ses

* Voir *Requiem pour une République* et *Frakas*.
** Les békés sont les descendants blancs des colons français.

camarades du GONG dans une maison en périphérie de Pointe-à-Pitre, dont la localisation, au bout de plusieurs chemins en terre, lui avait été communiquée au dernier moment. Des précautions d'apprentis révolutionnaires qui amusaient Blanchard. Il fila ainsi sur les sentiers cahoteux, au milieu de cette végétation luxuriante qui envahissait tout dès que l'on cessait de la repousser. Lorsqu'il gara sa mobylette, Kiki l'attendait sur le pas de la porte, le regard pétillant, lissant le bouc qui ornait sa mâchoire.

— Dépêche-toi, on va bientôt démarrer la réunion, entama Jacques Nestor. Je me suis porté garant de toi, alors je te rappelle les consignes : pas de noms, pas de lieux, pas de détails qui permettent d'identifier quiconque. C'est compris ?

— Oui, je te le promets, le rassura Luc, qui avait toujours connu Kiki enjoué, mais qui le trouvait ce soir-là un peu anxieux.

Blanchard et son hôte se glissèrent à l'intérieur d'une grande pièce dont tous les meubles avaient été écartés pour installer deux dizaines de chaises, toutes occupées par des hommes noirs. Les regards se tournèrent vers le journaliste pendant une poignée de secondes. Ils paraissaient peu amènes, mais Luc s'y attendait.

Jacques Nestor lui fit signe de s'asseoir dans un coin, au fond de la salle, pendant que lui-même s'avançait au premier rang. Maintenant qu'il n'était plus l'objet de l'attention, Luc pouvait observer à loisir la vingtaine de présents. Dans l'ensemble des jeunes, dont la mise lui révélait qu'ils étaient ou avaient dû être des étudiants, ainsi que quelques bonshommes à l'apparence et aux pognes plus rugueuses.

Des syndicalistes, probablement. D'après ce que lui avait raconté Kiki, le GONG était paradoxalement né en métropole avant de s'implanter en Guadeloupe, nourrissant son imaginaire des succès de la révolution cubaine et des indépendances africaines, en particulier celle, sanglante, de l'Algérie. Le groupe s'était d'abord allié avec le Parti communiste local, avant que celui-ci ne rejette ces jeunes trublions trop agités pour la vieille rombière aux ordres de Moscou. Quelques syndicalistes, par contre, accoutumés à la lutte contre l'immuable économie néocoloniale des plantations, avaient fait cause commune avec le GONG.

Tout cela demeurait relativement nouveau pour Blanchard et il espérait en découvrir davantage. Pour rédiger son article, mais aussi pour son édification personnelle. Sa vie se déroulait ici désormais. Lucille, sa compagne, son amoureuse, sa fiancée, il ne savait comment la nommer précisément, était une métisse corso-antillaise, et leur fille Célanie grandissait en Guadeloupe. N'ayant aucune intention de déménager, pour le moment, il se reprochait justement de n'avoir pas assez étudié sa terre d'accueil. Lui, le bon élève en toutes circonstances, s'était laissé aller, préférant consacrer son temps libre aux romans qu'aux livres d'histoire. Il avait bien noté la distance entre les Blancs et les Noirs, entre les métropolitains et les natifs de l'île, entre les vieilles familles de planteurs et les descendants d'esclaves, mais il avait entériné l'idée que, depuis que la Guadeloupe était devenue un département français comme un autre en 1946, au même titre que la Corrèze, tout le monde chantait *La Marseillaise* avec entrain.

Un des participants le scrutait avec insistance. Le

reporter n'osait pas trop le regarder, s'efforçant de faire tapisserie, jusqu'à ce que la connexion se fasse dans son cerveau : il s'agissait de Freddie, un des employés occasionnels de Lucille. Un jeune homme désœuvré, comme beaucoup de sa génération, mais intelligent et fiable. Luc lui fit un geste de la main, que Freddie lui rendit. Puis il se consacra au début de la réunion.

Ouvrant son carnet, Luc se mit à gratter. Jusqu'à l'endormissement, ou presque. Les discours se succédaient, mais il entendait surtout de la rhétorique. Plus ou moins ciselée selon les orateurs. La plupart recyclaient la phraséologie de Karl Marx ou de Frantz Fanon, mais tout cela lui donnait l'impression de planer dans de hautes sphères intellectuelles plutôt que de s'ancrer dans les plants de canne à sucre. Jusqu'à l'intervention de son cousin par alliance.

Lorsque Jacques Nestor prit la parole, les mots s'éclairèrent. Avec une voix posée, le militant rappela de manière limpide les grandes séquences de l'histoire guadeloupéenne : l'abolition de l'esclavage par le camp progressiste de la Révolution française en 1794, puis son rétablissement inique par Napoléon Bonaparte, ce héros tricolore en bicorne, en 1802, puis sa disparition définitive en 1848, à laquelle succéda une égalité de papier, jusqu'à la départementalisation de 1946 qui, selon Nestor, ne tenait pas ses promesses.

— Pourquoi les Blancs possèdent-ils encore la plupart des terres ? Pourquoi les préfets, les fonctionnaires, les gendarmes sont-ils toujours envoyés de métropole ? Pourquoi a-t-il fallu des années avant que nous puissions bénéficier des mêmes avantages, des mêmes droits sociaux que les Bretons ou les Alsaciens ? Pourquoi le coût de la vie est-il de

30 % supérieur à celui de Paris ? Pourquoi lance-t-on encore des chiens contre un malheureux cordonnier guadeloupéen comme cela se faisait contre les esclaves ?

Cette dernière envolée de Nestor suscita une salve d'applaudissements nourris dans l'assemblée. Personne n'avait oublié le sort de Raphaël Balzinc, qui avait déclenché, un mois plus tôt, des émeutes spontanées. Rémanence d'un racisme profondément ancré dans la partie blanche et prospère de l'île. Luc se tassa sur son siège, s'efforçant de disparaître, mais tout le monde l'ignora.

Ce fut ensuite au tour d'un syndicaliste du bâtiment de prendre la parole. Il se focalisa sur la question des salaires et du manque d'emplois permettant de vivre dignement. Blanchard en savait quelque chose. Lucille possédait des bateaux de pêche, de grandes barques plutôt, qu'elle gérait avec peine. Le couple ne s'en sortait qu'en mangeant un maximum de denrées locales, car tout ce qui était importé, c'est-à-dire l'essentiel des biens de consommation, coûtait un bras et même deux. Seuls les fonctionnaires, les grands propriétaires ou les importateurs, ces derniers étant souvent les mêmes, pouvaient s'offrir le luxe ordinaire des métropolitains.

Le syndicaliste annonça un prochain mouvement de grève dans le bâtiment, qui recueillit des encouragements, avant que les échanges ne repartent vers les meilleures méthodes d'action. De nouveau, un tunnel théorique s'ouvrit et Luc perdit le fil des conversations, qui se tenaient en grande partie en créole. Kiki vint le chercher et l'entraîna dehors.

— Tu ne veux pas que j'entende vos plans pour le Grand Soir ? le taquina le journaliste.

— Je sais bien que tu ne piges rien au créole de toute manière, lui répliqua Nestor, sur le même ton amusé. Mais c'est vrai que les camarades ne souhaitent pas trop qu'on les écoute.

— Vous êtes sérieux ? ne put s'empêcher Blanchard, dubitatif.

— Nous essayons, répondit Jacques Nestor en haussant les épaules, comme s'il doutait lui-même de ses paroles.

— Je crois que je vais m'éclipser, annonça Luc, qui sentait la perspective d'écrire un article s'amenuiser.

Aucun des membres du GONG ne paraissait disposé à s'épancher auprès de lui, et ce qu'il avait glané ce soir ne lui offrait pas beaucoup de matière. Il tenterait de revoir Freddie afin de le faire parler, mais sans garantie. Luc devinait par avance la réaction de son rédacteur en chef, s'il lui rendait un reportage bourré de logorrhée révolutionnaire : il atterrirait droit dans la corbeille à papier.

Blanchard enfourcha donc sa mobylette pour le trajet retour. Il ne rentrerait pas si tard, finalement.

Lorsqu'il franchit le seuil de son foyer, un petit bungalow en bois sur le flanc d'un morne, pas grand-chose, mais avec une belle vue sur la mer, Lucille veillait à son bureau, occupée à faire les comptes de ce qu'elle appelait en souriant sa « vaillante flottille de pêche ». Elle releva la tête.

— Ça y est ? Kiki t'a convaincu de rejoindre le parti des indépendantistes guadeloupéens ?

— Je ne suis pas sûr d'avoir les origines adéquates.

— Che Guevara est argentin, ça ne l'a pas empêché de se battre aux côtés des Cubains.

— Je ne pense pas avoir la foi marxiste chevillée au corps.

— Rabat-joie ! se moqua-t-elle. Viens plutôt vérifier mes comptes.

Alors que Luc s'approchait, Lucille l'enlaça et lui planta un baiser sur les lèvres. Il scruta les colonnes de chiffres rapidement, sachant qu'il ne dénichait jamais d'erreurs dans les opérations effectuées par sa dulcinée. Il commenta juste :

— Ce n'est pas demain qu'on va passer du rhum au champagne…

— Tant mieux, je préfère le rhum.

— Moi aussi, admit-il. On va se coucher ?

Lucille attendit qu'il se lève et ils se dirigèrent tous deux vers la chambre, main dans la main comme de jeunes amoureux.

3

Antoine Lucchesi, Guadeloupe

Quelque chose dans l'air lui révélait que les Antilles approchaient. Une brise plus chaude et parfumée? L'écume qui glissait différemment le long de l'étrave? Un changement imperceptible du bleu de l'eau? Antoine n'aurait su décrire cette sensation avec certitude, mais il possédait un avantage sur Christophe Colomb : il connaissait sa destination. Il effectuait sa troisième traversée de l'Atlantique à la voile, et avait plus que hâte de mettre pied à terre. Bien que goûtant la solitude, vingt-deux jours en mer commençaient à lui emmêler les neurones. Antoine était rendu au point où il s'adressait la parole à voix haute. Signe qu'il était temps de faire escale. Heureusement, l'ancienne île de Santa María de Guadalupe de Extremadura ne tarderait pas à surgir à l'horizon.

Antoine Lucchesi, Corse d'origine, Marseillais de résidence, avait découvert par hasard le métier de convoyeur de voilier. Avec le développement de la navigation de plaisance, un essor qui allait de pair avec le déclin des compétences maritimes, de riches Français avaient réalisé que les différentes mers du globe communiquaient entre elles, mais aussi qu'il pouvait être amusant d'aller voguer au large d'autres paysages que le granit breton ou la garrigue méditerranéenne. Mais pour cela, il fallait soit accepter de longues semaines en mer, pourvu d'avoir les vacances et l'aptitude nécessaires, soit embaucher un marin qui ferait cela à votre place. Ce n'était pas donné, cela coûtait même très cher, mais quand on avait les moyens de s'acheter un superbe ketch de vingt et un mètres et que l'on décidait de passer ses congés aux Antilles avec sa famille, on ne regardait généralement pas à la dépense afin de payer un skipper pour effectuer la traversée de l'Atlantique.

Voilà donc ce que faisait Lucchesi une ou deux fois par an. Cela améliorait grandement son ordinaire. Depuis qu'il s'était résolu à couper les ponts avec le Milieu marseillais pour lequel il avait travaillé, de près ou de loin, depuis la fin de la Seconde Guerre mondiale, son train de vie avait plongé. Serveur dans le bar-restaurant du Panier que possédait son épouse Maria permettait de vivre dignement, ce qui était désormais sa priorité, mais pas de faire des folies. Maria n'avait même pas eu à le pousser pour qu'il abandonne ses activités de transporteur d'héroïne pour les frères Guérini, piliers de la French Connection. Antoine avait réalisé par lui-même qu'il s'agissait d'une question de temps avant qu'il ne termine avec des menottes aux poignets ou du plomb dans le ventre. Ayant déjà effectué un séjour en prison*, il n'avait aucune envie de réitérer l'expérience. Trop de promiscuité, pas assez de lumière, de la nourriture

* Voir *Requiem pour une République*.

dégueulasse et un manque cruel d'embruns venus du large. Les clans mafieux marseillais ne fonctionnaient évidemment pas comme une consigne à bagage – on dépose sa valise, on la reprend – mais, n'ayant jamais déçu la confiance placée en lui et n'ayant jamais balancé quiconque, pas même un lampiste, il était parvenu à les convaincre qu'il envisageait indéniablement une retraite paisible et non un changement d'allégeance.

Bien entendu, ses anciens amis l'avaient surveillé pendant un certain temps, avant de finir par le laisser tranquille. C'était à l'issue de cette période de probation qu'il avait rencontré un responsable de la Société nautique de Marseille à la recherche d'un skipper pour convoyer un voilier du Vieux-Port jusqu'à Beyrouth. Antoine avait donné entière satisfaction et on l'avait réembauché à plusieurs reprises. C'est ainsi que, trois ans plus tard, il apercevait le sommet du volcan de la Soufrière émerger sur la ligne d'horizon. Plus que deux heures de navigation, si les alizés persistaient, avant d'entrer dans la rade de Pointe-à-Pitre.

Lucchesi n'avait jamais mis les pieds en Guadeloupe, mais il savait qu'il allait y retrouver un vieux camarade : Luc Blanchard. Il ne l'avait pas revu depuis qu'ils s'étaient salués sur la plage de Libreville cinq années plus tôt, mais Blanchard avait fait l'effort de lui envoyer deux ou trois cartes postales, auxquelles il n'avait jamais répondu, l'épistolarité n'était pas son genre, alors il connaissait son adresse et avait bien l'intention de lui rendre visite. Une fois qu'il aurait amarré le ketch et dormi pendant trois jours pour récupérer de sa traversée.

4

Sirius Volkstrom, Fort-de-France

Le douanier avait à peine jeté un coup d'œil à son passeport canadien établi au nom de Peter Grass – sans doute une facétie de la bureaucratie de Langley* – lorsqu'il avait débarqué en Martinique, à bord d'un petit coucou transportant un troupeau d'Américains en goguette, dont la majeure partie venaient pêcher au gros. Depuis que Cuba était tombé aux mains des barbus, les émules d'Hemingway avaient dû changer leur lieu de villégiature favori.

Hormis que les locaux parlaient français et que le niveau de vie semblait plus proche de celui de l'Afrique de l'Ouest que du standard des États-Unis, Sirius Volkstrom ne se sentit pas tellement dépaysé par rapport à la Floride. Il y faisait aussi chaud et humide, et la végétation tropicale débordait de partout. Pas le genre de climat qu'il affectionnait.

Sirius grimpa dans un taxi et demanda qu'on l'emmène dans un hôtel du centre de Fort-de-France où les Américains

* Langley, dans la grande banlieue de Washington, est le siège de la CIA.

ne descendaient pas. Perplexe, le chauffeur tenta de lier la conversation avec son client, mais le manchot ne lui répondit pas. Il n'était pas d'humeur, tout ce qu'il souhaitait, c'était poser sa carcasse froissée au plus vite devant un pastis.

Une demi-heure plus tard, c'était fait. Après avoir éclusé trois verres, il appela le consulat américain depuis le téléphone de l'hôtel, qui le mit en contact avec l'attaché commercial, c'est-à-dire le correspondant de la CIA. Ce dernier, un certain James Madison, assurément un pseudonyme, lui donna rendez-vous en fin d'après-midi. Puisqu'il avait quelques heures à tuer, Volkstrom alla se promener en ville. Il n'aimait pas particulièrement jouer au touriste, mais il voulait se rendre compte de deux choses. Primo, par prudence, savoir si quiconque le filait. Secundo, renifler l'atmosphère. Concernant le premier point, il fut rapidement satisfait : personne ne lui collait aux basques. Quant au second, il aboutit à la conclusion que la vie tournait au rythme des ventilateurs par ici : placidement. Ce qui l'amena à se demander ce que ses employeurs espéraient de lui dans cette île qui swinguait au rythme d'un bal en maison de retraite.

James Madison accueillit Sirius en lui offrant un whisky et une Lucky Strike, ce qui marquait une bonne entame. Le type ressemblait à une caricature cinématographique d'agent de la CIA : bronzage, mâchoire carrée, yeux gris-bleu, costume en lin, chevalière. Visiblement, il s'accoutumait bien au climat local.

— Je ne sais pas ce que Derrick vous a raconté, mais les indigènes sont plutôt tranquilles en Martinique, attaqua-t-il d'emblée.

Volkstrom ne releva pas le terme d'« indigènes », que l'Américain semblait employer pour désigner tous les habitants qui n'étaient ni des Blancs de métropole ni des békés.

— Contrairement à ces tocards de diplomates à Washington, nous avons de bonnes relations avec le gouvernement français dans ce bled, poursuivit Madison. Même avec cet emmerdeur de De Gaulle. En 1960, mon prédécesseur vous aurait averti que Paris faisait une immense connerie en n'accordant pas l'indépendance aux Antillais au même titre qu'aux Algériens ou aux Africains. Mais aujourd'hui, nous estimons que c'est un atout d'avoir un gouvernement à poigne dans la région.

— À cause des barbus ?

— Évidemment ! Tant que ces zouaves continueront de s'agiter comme des sauterelles, on vous préfère vous, les bouffeurs d'escargots ! Il y a trois ans, on a imprimé à nos frais des tracts pour dénoncer les castristes, et on les a fait distribuer par les gaullistes et les socialistes français à la veille des élections locales. Ils étaient ravis de notre contribution !

— Ça ne me surprend pas…

— Pour être franc avec vous, ce qui nous emmerde davantage, c'est la question des droits civiques et des gauchistes sur les campus, reprit Madison qui semblait prendre plaisir à s'épancher auprès d'un électron libre comme Volkstrom, qui n'appartenait ni à sa hiérarchie ni à l'administration française. Les nègres s'agitent pas mal aux States, et ça nous ferait chier que leurs idées se diffusent aux Antilles. Martin Luther King nous casse les burnes, mais au final, les Noirs ne représentent qu'une personne sur dix chez nous. Ici, ce n'est pas la même chose.

— Et ça vous inquiète ? Je n'ai pas un grand respect pour les politiciens de mon pays, mais je n'en vois aucun prêt à se faire marcher sur les arpions par une bande de mal-blanchis. Les Antilles sont loin de Paris, ce n'est pas l'Algérie. Moins de monde, moins de contestation.

— Dans le fond, je suis d'accord avec vous. Mais mon boulot, c'est d'anticiper les complications inutiles, alors je cogite. Faut bien s'occuper.

— Bon, mais qu'est-ce que je fous ici ? Les plans sur la comète, ce n'est pas mon rayon !

Sirius retombait sempiternellement sur le même problème avec les Américains : ils avaient toujours plein d'idées, alimentées par un torrent de paranoïa sans cesse renouvelée, mais ils se dissipaient dans leur exécution. La plupart du temps parce qu'ils y mettaient trop de moyens. Au lieu d'arroser une plante, ils balançaient la saucée sur tout le jardin et ils finissaient par noyer la végétation. Lors d'une soirée où il avait éclusé pas mal de bouteilles avec Derrick Johnson, ce dernier lui avait narré toutes les tentatives de la CIA pour assassiner Fidel Castro depuis 1959. Volkstrom avait perdu le compte tellement il y en avait, ne se remémorant que les plus délirantes : soudoyer son amante pour injecter du poison dans son verre, employer des séides de la mafia de Chicago, tremper ses cigares dans une toxine paralysante, piéger sa combinaison de plongée ou des coquillages au fond de l'eau… Sans aucun succès. Quand les historiens se pencheraient sur ces opérations, non seulement ils se marreraient bien, mais ils n'en reviendraient pas du gaspillage de temps et d'énergie pour un résultat aussi nul. Zéro pointé sur toute la ligne. Goliath ne parvenait même pas à tirer sur la barbe de David.

Conséquemment, Sirius s'interrogeait pour savoir s'il allait passer plusieurs semaines de vacances sous les tropiques aux frais de Langley, ou se faire tout de même confier une mission qui ne relèverait pas de l'enfumage. Bien que, comme tout le monde, le mercenaire appréciât d'être payé pour se tourner les pouces, il préférait malgré tout la seconde option. Sa nature ne s'accommodait pas longtemps des transats.

— Écoutez, je vais être franc avec vous, répéta Madison, comme si, en tant qu'espion, il devait sans cesse préciser qu'il ne mentait pas. Vous ne m'êtes pas d'une grande utilité en Martinique. Je connais bien le territoire et les différents acteurs sur l'île, et je ne vois pas trop ce que nous pourrions faire ici. Personne ne va bouger un orteil pour déloger Castro, personne ne va cracher au bassinet et, à part le rhum clandestin, il n'y a pas beaucoup de fric à détourner pour financer nos opérations.

— Je refais ma valise, alors…

— Attendez, je n'ai pas fini ! Puisque vous êtes ici, je vous proposerais bien d'aller fouiner en Guadeloupe. Je m'y suis déjà rendu plusieurs fois, mais je vous avoue que je n'y ai pas consacré assez de temps. En plus, les Guadeloupéens ont la réputation d'être plus excités que les Martiniquais. Un peu plus pauvres aussi, donc peut-être plus sensibles à des arguments monétaires, si vous voyez ce que je veux dire.

— Je vois très bien, s'amusa Sirius, à qui on n'avait pas donné de budget, mais qui savait pouvoir obtenir une ligne de crédit s'il fallait graisser quelques pattes ou recruter des bonshommes. Vous avez un contact sur place ?

— Non, pas d'Américains. Mais nous entretenons de bonnes relations avec l'un de vos compatriotes qui nous transmet de temps en temps des renseignements. Sans rien demander en échange. Il bosse pour les services secrets d'un ministère, je crois…

— Vous vous gourez, les espions français émargent au SDECE ou aux RG, éventuellement à l'armée, mais nous ne sommes pas comme vous à multiplier les officines qui tirent dans les coins !

— Deux secondes, je vais vous retrouver ses coordonnées…

Madison allongea son bras au travers de son vaste bureau pour attraper son Rolodex qu'il se mit à compulser. Il saisit une carte qu'il détacha et tendit au manchot d'un air entendu.

Sirius lut : « Lionel Legeay (CNE). Bureau d'étude. Ministère des Départements et Territoires d'outre-mer », suivi d'une adresse et d'un numéro de téléphone.

— Mmmmm, grogna Sirius.

Volkstrom n'allait pas admettre qu'il s'était trompé, mais les termes « bureau d'étude » associés à un type qui mettait son grade de capitaine entre parenthèses fleuraient bon la fausse moustache. S'il avait été seul, il se serait injurié à voix haute. Qu'est-ce qui l'avait pris avec cette sortie aussi erronée que ridicule ? Il était bien placé pour savoir que les gouvernants de la Ve République n'adoraient rien tant que monter des services parallèles. Et même des services parallèles aux services parallèles. Voire des services perpendiculaires aux services parallèles : SAC, FPA, Main rouge…

Bref, un joyeux dédale pour dézinguer les ennemis politiques. Poursuivre des lubies bureaucratiques. Protéger des petits secrets ou dévoiler ceux des autres. La routine d'un pays qui avait fait de la délation un sport olympique. Sirius avait-il perdu la main à trop fréquenter ces naïfs d'Américains ? Son cynisme qui faisait office de carapace s'était-il émoussé depuis qu'il avait déserté la mère patrie ?

« Il va falloir te reprendre, vieille branche », se reprocha Sirius silencieusement, tout en glissant la fiche dudit Legeay dans la poche intérieure de sa veste. Madison ne tiqua même pas, il devait posséder deux ou trois duplicatas de son Rolodex, dont un classé top secret avec des informations qu'il ne laissait pas traîner sur son bureau. Le manchot avala cul sec le restant de whisky au fond de son verre et le claqua bruyamment sur la table basse.

— Je vais me mettre en route, annonça-t-il, comme s'il avertissait le barman qu'il regagnait son domicile. Je ferai mes rapports à Derrick, donc on ne devrait plus se revoir. Sauf problème majeur.

— Dommage, je commençais à vous apprécier, persifla l'homme de la CIA. Normalement, ce n'est pas le cas avec les Français.

— Pour ma part, je préfère les Allemands. Vous auriez mieux fait de faire la grasse matinée le 6 juin 1944…

Sirius cala son chapeau sur sa tête, légèrement de guingois, il aimait bien la tronche de malfrat qu'il projetait ainsi, c'était plus commode pour impressionner les pleutres, puis il sortit sans se fendre d'un au revoir ni fermer la porte. C'était sa manière à lui de dire « *Fuck you ! I'm a free man* ». Même s'il ne l'était pas.

5

Luc Blanchard, Pointe-à-Pitre

Ce matin-là, Luc avait participé au journal des élèves du collège Michelet, en plein centre de Pointe-à-Pitre, comme il le faisait une fois par semaine pour aider et conseiller les apprentis journalistes. À midi et demi, il avait terminé et s'en allait rejoindre Lucille qui devait, elle aussi, avoir achevé sa besogne, à savoir la vente de la pêche du jour sur la darse. Quelques centaines de mètres séparaient l'établissement scolaire du marché aux poissons et Luc s'imaginait déjà qu'ils allaient savourer, tous les deux en amoureux, un filet grillé préparé dans un des bouis-bouis du port. La petite Célanie passait la journée chez sa nourrice, leur voisine, ils n'étaient donc pas pressés.

Cependant, dès que Luc eut franchi les portes du collège, une poignée de gamins le dépassèrent en le bousculant et hurlant à tue-tête. Il en attrapa un par la chemise et lui demanda où ils se ruaient ainsi.

— C'est le rassemblement des ouvriers, m'sieur ! Ça chauffe !

Luc relâcha le garçon qui fila rejoindre ses camarades. Blanchard était au courant : cela faisait déjà plusieurs jours que les manœuvres du bâtiment de toute la Guadeloupe s'étaient mis en grève et négociaient à la chambre de commerce avec les entrepreneurs en réclamant une augmentation de salaire de 25 %. Pendant que leurs représentants étaient enfermés dans le vieil édifice au style colonial, les manœuvres occupaient la grande place de la Victoire située juste devant. Une telle hausse des salaires pouvait paraître importante, mais Luc savait que les ouvriers touchaient un traitement de misère, bien inférieur aux standards de la métropole, alors que la vie coûtait atrocement plus cher sur l'île.

Blanchard suivit le mouvement des collégiens, car, de toute façon, il devait traverser la place de la Victoire pour rejoindre Lucille. Il songeait à glaner quelques informations, même s'il n'avait pas été sollicité par *France-Antilles*. L'esplanade était bien remplie, plus que les jours précédents. Des centaines de manifestants hurlaient leurs slogans, brandissaient des banderoles, mais rien n'indiquait que cela soit « chaud » comme le lui avait annoncé le lycéen. Luc se faufila aux marges de l'attroupement, rare Blanc dans un essaim de visages foncés, et arriva rapidement au bord de la darse. Il aperçut les deux barques appartenant à Lucille, mais pas de trace de sa dulcinée. Il reconnut néanmoins les deux pêcheurs qui naviguaient dessus, en train de fumer une cigarette, accoudés aux cagettes de poissons vides, et salua les deux hommes.

— Vous savez où est passée Lucille ? s'enquit-il.

Pour toute réponse, ils lui désignèrent du bras la manifestation des ouvriers.

— Elle a rejoint Kiki, lui précisa un des pêcheurs.

— Ça ne m'étonne pas…, grinça Blanchard.

Il aurait dû deviner que Jacques Nestor était de la partie. Le cousin de Lucille ne manquait jamais une occasion de participer à un rassemblement quelconque. Même s'il ne l'avait pas revu depuis la réunion semi-clandestine du GONG à laquelle il avait assisté, il savait que Nestor connaissait à peu près tout le monde au sein des mouvances syndicales et politiques guadeloupéennes qui revendiquaient de meilleures conditions de vie pour les descendants d'esclaves. Car c'était bien de cela qu'il s'agissait : l'antique lutte des bras contre le porte-monnaie, des coupeurs de canne à sucre contre les propriétaires des exploitations agricoles. Les planteurs étaient devenus entrepreneurs, les esclaves étaient devenus journaliers, mais le rapport de force n'avait guère changé.

Luc remercia les pêcheurs et fit demi-tour pour aller trouver Lucille. À peine avait-il franchi quelques mètres que celle-ci surgit, arrivant à sa rencontre.

— Je suis venue te chercher, lui annonça-t-elle avec un vaste sourire. Ça va bientôt être la pause des négociations. Il faut qu'on soutienne les grévistes. Les patrons ne veulent pas bouger : ils refusent de céder plus que 2 % d'augmentation. Tu te rends compte ?

Lucille, sa chevelure crépue détachée formant un immense halo autour de sa tête, paraissait remontée comme un coucou, galvanisée par l'atmosphère de revendications bruyantes.

— On va remarquer que nous ne sommes pas des ouvriers, répondit bêtement Luc, avec son cartable, ses lunettes et sa chemisette.

— On s'en fout, on est là en solidarité avec eux, répliqua

Lucille du tac au tac en l'embrassant tendrement. Viens, on va retrouver Kiki !

Elle le prit par la main et l'entraîna vers la foule. Luc se laissa faire même s'il appréciait peu les gros rassemblements. Il en conservait quelques mauvais souvenirs, datant de ses années de policier. En se rapprochant du dernier rang, Luc perçut immédiatement un changement d'ambiance par rapport au moment, quelques dizaines de minutes plus tôt, où il avait contourné les manifestants. Les protestataires semblaient fébriles, discutaient entre eux, s'indignaient. Conscient que Lucille n'avait pas noté cette transformation, il bloqua leur avancée en tirant sur la main de sa compagne et se tourna vers un grand Guadeloupéen à la carrure de docker :

— Qu'est-ce qui se passe ?

— Les négociateurs sont sortis. Les patrons ne proposent pas plus de 10 % !

— Mince, ce n'est pas beaucoup…, fut tout ce que Blanchard trouva à dire.

— Vous n'avez pas entendu ? leur demanda brusquement, en se retournant vers eux, un autre gréviste appartenant à un petit groupe de cinq ouvriers venus avec leurs chaussures de sécurité.

— Non, qu'est-ce qu'ils ont dit ? interrogea le docker, soudain plein d'espoir sur l'issue des négociations.

— Un des patrons a annoncé aux syndicats qu'ils ne bougeraient pas. Et puis il a ajouté : « Quand les nègres auront faim, ils retourneront au travail ! »

— C'est pas vrai ?! s'insurgea le docker.

L'ouvrier qui venait de rapporter l'insulte avait parlé

suffisamment fort pour qu'une dizaine de personnes autour l'entendent, qui se mirent à leur tour à propager l'infamie. C'était cette onde déflagratoire, causée par l'offense, que Luc avait ressentie lorsqu'il s'était rapproché de la foule en suivant Lucille : une traînée de poudre qui se consumait lentement de bouche en bouche, déclenchant l'ire des grévistes. En se dressant sur la pointe des pieds, Blanchard nota que les premiers rangs, positionnés face au bâtiment de la chambre de commerce, avançaient puis refluaient, telle une balançoire qui se met à osciller.

— Ça va péter ! J'ai déjà vu des rassemblements dégénérer et ça commence toujours comme ça, annonça Luc à son amoureuse, dont il n'avait pas lâché la main.

Il s'abstint de préciser que son expérience provenait tout droit de sa formation de gardien de la paix, qui s'était retrouvé non pas aux côtés, mais face à des manifestants.

Au même moment, un groupe de jeunes Guadeloupéens venus du front de mer fendit la foule, les mains chargées de conques de lambis, ces gros coquillages pointus typiques de l'île. Leur destination ne suscitait aucun doute : ils allaient les balancer sur la chambre de commerce et les policiers qui protégeaient l'édifice.

— On s'en va, incita Luc en tirant sur le bras de Lucille pour faire marche arrière.

Elle hésita. Puis ils virent le grand docker avec qui ils avaient discuté saisir une bouteille vide qui traînait par terre et encourager les autres grévistes à faire de même. Des bruits aigus parvinrent à leurs oreilles et ils purent observer du verre et des conques éclater contre la façade. Ça commençait à crier dans tous les sens, essentiellement en créole : des incitations à aller de l'avant et à se battre. L'incendie que redoutait Luc venait de démarrer.

Cette fois-ci, Lucille accepta de se retirer vers la darse, mais, une fois qu'ils se furent extraits de la foule compacte, elle voulut rester au bord de l'eau.

— Je ne m'en vais pas ! affirma-t-elle avec aplomb.

— On ne sert à rien et on risque de se prendre un mauvais coup, plaida Luc, qui observait les deux édifices à chaque extrémité de la place de la Victoire, d'un côté la chambre de commerce, de l'autre la sous-préfecture, les deux sièges symboliques de l'ordre métropolitain. Des bâtiments qui seraient défendus, quoi qu'il en coûte, par la police.

— Tu ne crains rien tant que tu es avec moi, assura Lucille qui s'était méprise sur l'inquiétude de son conjoint.

Lors des émeutes du mois de mars à Basse-Terre, des jeunes s'en étaient pris aux Blancs qui passaient à leur portée. Même si ces actes de vengeance aveugles s'étaient avérés peu nombreux, ils avaient semé la panique parmi la population blanche de l'île. Mais ce n'était pas ce genre d'agression qui effarouchait Luc ; il appréhendait davantage les heurts inévitables qui allaient se produire entre grévistes et forces de sécurité. L'expression « un mauvais coup est vite arrivé » avait été inventée pour ce type d'événements.

— Je sais ce qu'on va faire, s'exclama Lucille. J'ai des trousses de secours dans les bateaux. On va les chercher, si jamais des personnes sont blessées.

Blanchard approuva, mais sans révéler le fond de sa pensée. Des gens allaient être blessés. C'était garanti. Mais trois compresses et deux pansements ne suffiraient pas à soigner leurs plaies. Il allait falloir des points de suture et des intraveineuses quand les gardes mobiles et les CRS réagiraient. Il s'élança néanmoins à la suite de Lucille vers le quai afin de récupérer les boîtes à pharmacie, sachant qu'il ne parviendrait pas à la dissuader.

Tous deux farfouillaient sous les bâches des bateaux pour dénicher les mallettes blanches à croix rouge lorsque des détonations claquèrent. Luc se figea, pétrifié. Dans son esprit ce bruit ne laissait aucune place au doute : des coups de feu. Lucille, elle, avait relevé la tête, cherchant encore à interpréter ces sonorités inhabituelles. Luc se précipita sur elle pour la faire s'accroupir, même si les embarcations flottaient plus d'un mètre sous le rebord du quai et qu'ils ne risquaient rien. Les cris sporadiques qui leur parvenaient de la place de la Victoire se transformèrent en clameur continue.

— Laisse tomber les trousses à pharmacie, ça défouraille ! proclama Blanchard.

Ce fut son tour d'agripper le poignet de Lucille pour la maintenir auprès de lui.

— Qui est-ce qui tire ?

— Je ne sais pas, lui répondit Luc. On dirait que ça vient de plusieurs côtés.

Blanchard se hissa sur le bord du quai, prenant position derrière une bitte d'amarrage. La place de la Victoire, qui démarrait cinquante mètres devant lui, était toujours emplie de grévistes, mais tout le monde courait désormais dans tous les sens et plusieurs nuages blancs issus des grenades lacrymogènes s'élevaient du sol. Les manifestants continuaient de balancer bouteilles, conques de lambis, pierres et tout ce qui leur tombait sous la main vers les deux édifices de chaque côté de la place.

Les coups de feu s'interrompirent et Luc en profita pour tirer Lucille hors de la barque, lui enjoignant de rester accroupie. Sur le quai, des pêcheurs et des chalands qui n'avaient rien à voir avec le rassemblement des ouvriers se dissimulaient du mieux qu'ils pouvaient derrière des cageots, des ballots ou des stands de nourriture. Lucille avait embarqué une trousse de secours avec elle et, même si elle se souciait des tirs d'armes à feu, elle ne paraissait pas apeurée.

Vu leur position, les seules échappatoires se situaient vers l'esplanade, ou alors vers la rue Nozières et le Prisunic, unique supermarché de toute l'île. Le choix n'en était pas un pour Luc, mais il sentit Lucille résister lorsqu'il prit la direction du centre-ville.

— Il va y avoir des blessés à soigner, balbutia-t-elle, tout à son obsession d'infirmière.

— On ne soigne pas les blessés sur la ligne de front, mais en retrait, fut tout ce qui passa par la tête de Luc pour la convaincre d'avancer.

L'argument eut l'air de porter puisqu'elle le suivit. Ils trottèrent, dos courbé, vers une rue perpendiculaire. Le plus curieux était que les gens se déplaçaient dans toutes les directions : vers la place, fuyant la place, faisant demi-tour, s'arrêtant pour repartir. Luc comprit pourquoi en débouchant rue Nozières : un groupe de CRS stationnait autour du Prisunic, distribuant allègrement des coups de matraque en essayant de faire reculer manifestants et riverains confondus, dont certains ne cherchaient qu'à fuir le périmètre.

— Merde ! jura Luc en faisant marche arrière pour tenter de s'échapper par une ruelle qui les éloignerait des policiers.

Une demi-douzaine de coups de feu retentirent de nouveau sur la place de la Victoire, qui leur parvinrent démultipliés par l'écho. Étrangement, ces sons dilués par la distance suscitaient plus d'angoisse que lorsqu'ils claquaient à proximité. L'oreille de Luc nota que les détonations différaient. Il fallait être, ou avoir été, militaire ou flic pour s'en rendre compte, mais il devinait au moins trois types d'armes à feu qui se répondaient : un ou des fusils de chasse avec cartouches garnies de plombs, des pistolets ou des carabines de petits calibres, et un fusil qu'il n'identifiait pas, mais dont le bruit dominait celui des autres.

Les deux fiancés couraient désormais vers le sud, parallèlement à la darse, espérant contourner les patrouilles en effectuant un large arc de cercle. Soudain, une dame entre deux âges, en provenance de l'esplanade, avec son tablier encore noué par-dessus sa robe, agrippa le bras de Lucille pour la stopper.

— Il y a des blessés ! Des gens avec beaucoup de sang ! lança-t-elle, les yeux fixés sur la mallette à pharmacie.

— Nous ne sommes pas médecins ! Pas même infirmiers, objecta Luc.

Mais le regard de Lucille était déjà tendu vers la place de la Victoire.

— Il faut que j'y aille, décida-t-elle, en tirant pour se dégager.

Luc n'étant pas homme à retenir les femmes contre leur volonté, il ouvrit les doigts. Et déclara aussitôt : « Je viens avec toi. » Avant de prévenir : « On n'est pas équipés pour soigner des blessés par balles. » C'était une évidence. Mais la voix de la raison n'imprimait pas dans la conscience à vif de Lucille.

Il ne leur fallut qu'une vingtaine de secondes pour déboucher de nouveau sur l'esplanade. Immédiatement leurs yeux et leurs gorges subirent l'assaut des gaz lacrymogènes qui s'étaient répandus partout. En scrutant l'autre côté de la place, malgré la fumée, Luc aperçut des dizaines d'uniformes, ceux des CRS, mais aussi ceux des gardes mobiles. Casques, boucliers, lance-grenades, ils s'étaient déployés en nombre. Face à eux, les grévistes avaient été rejoints par des passants et par des grappes de jeunes Guadeloupéens, étudiants, lycéens ou chômeurs, venus faire le coup de poing avec leurs cartables et leurs habits bien repassés. Il ne s'agissait plus d'une manifestation qui dérapait, lorsque le premier rang des protestataires se lance au contact du mur policier, mais du tableau d'une émeute avec des individus zigzagants, couchés ou debout, un nuage de poussière et de fumigènes, et un ciel rempli d'objets volant vers leurs cibles comme des moineaux en perdition.

De nouveaux coups de feu résonnèrent, qui les firent sursauter par leur proximité. Luc attrapa d'autorité la main de Lucille et ils reculèrent pour s'accroupir derrière une Ami 6 qui stationnait le long du trottoir. La dame au tablier se glissa à leurs côtés et, remarquant le regard inquiet de Blanchard qui cherchait à identifier la provenance des tirs, les informa :

— Des jeunes ont pillé l'armurerie le long des docks.

Luc soupira un grand coup, consterné par l'escalade de violence en train de se produire.

Soudain, un groupe de quatre étudiants passa en courant devant eux, transportant comme ils le pouvaient une cinquième personne, à l'horizontale et inanimée. Ils évacuaient un blessé. Dès qu'ils eurent franchi le coin de la rue, ils s'arrêtèrent et déposèrent le corps par terre. Lucille bondit, Luc dans sa foulée. Mais quand Luc aperçut le gisant, il comprit qu'il était trop tard. L'homme avait le visage déformé et un trou sombre à la place de l'œil. Balle en pleine face. Le sang qui s'écoulait depuis l'arrière de son crâne témoignait d'un large orifice de sortie.

Un jeune se lança dans un massage cardiaque pendant qu'un autre cherchait le pouls du cadavre, sans aucune idée de ce qu'ils faisaient vraiment. L'un d'entre eux, remarquant Luc qui les observait, lui cria rageusement :

— Qu'est-ce que tu fous là, le Blanc ? Tu t'amuses bien ? Barre-toi avant qu'on te fasse la peau !

— Ferme-la, il est avec moi ! s'interposa Lucille en jetant un regard noir à celui qui venait d'agresser son fiancé. Poussez-vous !

Elle se pencha sur le corps et déroula une longue bande stérile avec laquelle elle se mit à entourer le crâne du malheureux.

Luc ne savait pas si Lucille s'escrimait ainsi par dépit, ou si elle s'illusionnait sincèrement sur le sort de son patient. Un des brancardiers improvisés cria alors :

— Il faut le transporter à l'hôpital ! Vite, on peut le ressusciter !

Le lapsus était parlant, mais il n'éveilla aucune contradiction parmi les badauds. Au contraire, un homme que Luc avait déjà vu sur le port car il achetait des poissons pour plusieurs restaurants de Pointe-à-Pitre s'avança vers eux et, pointant l'Ami 6 du doigt, leur ordonna :

— Chargez-le dans ma voiture, je l'emmène.

Il se glissa derrière le volant pendant que les quatre jeunes soulevaient le plus délicatement possible le mourant pour l'allonger sur la banquette arrière. Lucille, dont les mains étaient couvertes de sang, s'approcha de Luc pendant ce temps.

— Tu vas avec lui à l'hôpital, lui intima-t-elle avec autorité.

— Pas question, répondit Luc. Je ne suis pas ambulancier, et je peux te garantir que ce pauvre gars est déjà mort.

— Si tu ne t'éloignes pas, tu vas finir par te prendre un coup. Peut-être même te faire tabasser. Voire pire…

— Mais qu'est-ce que tu racontes ?

— Écoute ce que je te dis, s'il te plaît ! Ce n'est pas un affrontement entre flics et grévistes qui dégénère, c'est quelque chose qui remonte des tréfonds de notre histoire. Les gens sur la place de la Victoire ont complètement oublié les demandes d'augmentation. Ils se battent maintenant contre l'injustice, contre ce qu'ont subi leurs parents, leurs grands-parents et toutes les générations avant. Les policiers en face, eux, tout ce qu'ils voient, ce sont des Noirs qu'il faut remettre à leur place !

— Mais, je ne suis pas comme…, voulut justifier Luc avant d'être interrompu.

— Tu es blanc et tous les gens autour de toi sont noirs. Peu importe que tu te sentes plus proche d'eux, ce n'est pas comme ça qu'ils te voient aujourd'hui.

— Viens avec moi, alors.

— Non, je veux retrouver Kiki.

Lucille se rapprocha du conducteur qui avait mis le contact et lui glissa quelques paroles en créole. Celui-ci se pencha pour déverrouiller la porte passager et fit signe à Luc de grimper à bord rapidement. À regret, Blanchard s'exécuta. Les apprentis brancardiers parvinrent à tasser l'infortuné sur la banquette arrière en lui pliant les jambes, donnant au corps un aspect complètement désarticulé.

Le propriétaire de l'automobile démarra subitement pendant que Luc ne quittait pas sa belle des yeux, une boule dans le ventre.

— Ta femme a eu raison, lui annonça le conducteur. Ce n'est pas bon pour toi de rester là. À l'hôpital, tu seras plus en sécurité.

— Mais je n'ai pas peur, protesta Blanchard.

— Toi non, mais les manifestants oui. Les gens apeurés ne distinguent plus le bien du mal.

Luc se tint coi pendant qu'ils effectuaient un détour autour du centre-ville. Il hésita à demander d'être déposé sur le bas-côté, afin de rentrer chez lui par ses propres moyens, mais il se sentait coupable d'abandonner le chauffeur, qui s'était dévoué pour transporter le malheureux mourant qui n'avait pas remué d'un iota, et qui continuait à se vider de son sang sur les sièges. Alors qu'ils approchaient de l'hôpital général de Pointe-à-Pitre, ils croisèrent dans l'autre sens plusieurs camionnettes de gardes mobiles dépêchées en renfort.

Le conducteur slaloma entre des ambulances et des véhicules stationnés pour se garer devant l'entrée des urgences. Comme personne ne venait à leur rencontre, ils se saisirent du corps et le déplacèrent jusqu'aux portes battantes où un infirmier les aperçut enfin et apporta un brancard.

— Posez-le dessus et dégagez-moi cette voiture de

l'entrée, leur ordonna-t-il sur un ton qui ne souffrait pas le débat.

Le chauffeur abandonna Luc, qui n'eut pas le temps de se demander ce qu'il devait faire. L'infirmier l'enjoignit de l'aider à soulever le brancard pour le transférer en salle d'opération.

— C'est un parent à vous ? interrogea le soignant, en dépit de la différence de couleur de peau.

— Pas du tout, j'ai juste aidé à le transporter ici.

— Qu'est-ce qui lui est arrivé ?

— Balle dans la tête. Honnêtement, je crois qu'il est mort.

— Merde ! Ça continue…

L'infirmier le guida dans un couloir, puis s'arrêta à l'orée du bloc opératoire. Sans lui laisser le choix, il tendit à Luc une blouse blanche, une charlotte à se mettre sur les cheveux et des gants en latex.

— Tout le monde est occupé, j'ai besoin de vous pour m'aider à le déplacer, se contenta-t-il de suggérer en guise d'explication.

Une fois harnachés, ils pénétrèrent dans la salle où un médecin et deux assistants s'affairaient au-dessus d'un patient anesthésié qui paraissait en sale état au vu du sang répandu. L'infirmier les conduisit à une table de soin sur laquelle ils déposèrent le corps du manifestant, avant de finalement lui prendre le pouls. Au bout de trente secondes, il livra son verdict :

— Il est effectivement parti. On aurait mieux fait de le transporter directement à la morgue.

Luc grimaça.

Un second médecin, avec une blouse tachée de sang et autres fluides, s'avança dans le bloc et leur lança :

— Qu'est-ce que vous m'amenez ?

— C'est trop tard pour lui. Décès par balle selon le monsieur, répliqua l'infirmier.

— Vous êtes qui, vous ? demanda le médecin à Luc tout en s'approchant du macchabée.

— Personne. Un passant.

— Et vous avez vu ce qui s'est passé, monsieur le passant ? poursuivit le docteur tout en ôtant la bande stérile de Lucille devenue noirâtre.

— Non, mais j'ai entendu pas mal de coups de feu. Des calibres différents.

— Vous êtes balisticien ?

— Non, mais j'ai été inspecteur de police en métropole, il y a quelques années.

— Vous avez déjà assisté à des autopsies ?

— Malheureusement, oui.

— Vous savez reconnaître les types d'impacts ?

— Je ne suis pas médecin légiste, mais j'ai des notions.

— Des notions, c'est tout ce qui suffit, ici.

L'infirmier s'était éclipsé, et Luc n'avait qu'un souhait : l'imiter. Mais le toubib était d'humeur causante et il émanait de lui une forme de détermination – il devait s'agir d'un ponte de l'hôpital. Saisissant la tête du trépassé entre ses deux mains, il la manipula sans précaution dans tous les sens afin d'en examiner les différentes facettes. Ce n'était guère ragoûtant. Pourtant, il désigna à Luc le globe oculaire perforé puis l'arrière du crâne.

— Vous en déduisez quoi ?

Blanchard ne gardait pas d'excellents souvenirs de sa carrière de flic et, comme la plupart de ses ex-collègues, il n'avait jamais été porté sur la médecine légale. Néanmoins, le flegme du docteur et l'esquisse de dialogue socratique qu'il avait engagée l'incitèrent à poursuivre la discussion. Luc s'approcha à son tour du crâne perforé, mais sans le toucher.

— Je dirais : une balle unique, qui a traversé la tête de part en part sans se figer dans la boîte crânienne. Pas nécessairement un gros calibre, mais une munition véloce. Provenant d'un fusil, certainement.

— Et l'angle de tir ?

— Du haut vers le bas. Le tireur était sans doute surélevé, affirma Luc, déjà las de l'exercice.

Il avait terminé ses études il y avait belle lurette et s'il avait dû se replonger dedans aujourd'hui, il aurait plutôt opté pour la littérature contemporaine.

— Pourquoi me posez-vous toutes ces questions ? renâcla-t-il avec un soupçon accusatoire dans la voix.

— J'aime bien confronter mes intuitions à celles des autres, répliqua le toubib, toujours sur le même ton professoral.

— Ça veut dire quoi ? Je n'ai fait que véhiculer un pauvre gars qui s'est pris une balle. Je n'ai aucune fonction ni responsabilité en Guadeloupe, même pas de travail fixe, se défendit Luc.

— Suivez-moi dans l'autre bloc, je vais vous montrer quelque chose, commanda-t-il en tournant les talons.

Ne pouvant se résoudre à l'impolitesse en s'enfuyant dans la direction de la sortie, Luc lui emboîta le pas. Ils parcoururent une dizaine de mètres avant de franchir le seuil d'une salle similaire à la première. Sauf qu'il n'y avait personne dans celle-ci hormis deux tables d'opération recouvertes de draps sous lesquels gisaient deux formes immobiles. D'autres macchabées, à l'évidence.

Le médecin souleva partiellement le premier drap pour dévoiler un visage salement amoché. Une balle l'avait, lui aussi, perforé de part en part, entrant par le front et ressortant juste au-dessus de la nuque.

— Je ne vais pas vous demander de l'examiner à votre tour, mais je vous assure que la blessure qui a causé sa mort est identique à celle du bonhomme que vous avez amené.

— Même tireur ? hasarda Luc qui, choqué par cette découverte, retrouvait des bribes de son instinct d'enquêteur.

— Ce n'est pas à moi de me prononcer, s'exonéra le médecin. Mais je penche pour le même type d'arme et plus ou moins la même position en hauteur.

— Vous êtes en train de m'annoncer que les tirs qui ont atteint ces malheureux ne proviennent pas du sol, c'est-à-dire pas des CRS ni des gendarmes mobiles, et pas avec des armes chargées de balles ordinaires, mais d'un point surélevé avec un fusil de précision ?

— Oh là là ! Vous allez trop vite en besogne, mon ami. Je ne suis parvenu à aucune conclusion, et je me garderai bien de le faire, car je n'étais pas sur place et je ne connais pas les emplacements où ces deux hommes sont tombés.

Blanchard scruta le visage du thérapeute, essayant de décoder dans ses traits ce qu'il ne disait pas à voix haute. Avec son calot, ses lunettes et son masque chirurgical baissé sur le menton, ce n'était pas aisé. Mais le spécialiste s'efforçait vraisemblablement de lui communiquer quelque chose.

— Approchez-vous de celui-ci, suggéra-t-il se déplaçant de trois pas vers l'autre défunt. C'est le premier blessé que nous avons reçu, il y a environ une heure. Il était apparemment mal en point et néanmoins vivant quand on l'a évacué dans une voiture, mais il est décédé en arrivant. Sa blessure est identique aux deux autres, mais la localisation de l'impact diffère.

Le médecin agrippa le drap pour découvrir tout le haut du corps, pas seulement sa tête. Le ventre avait été sommairement recousu, mais les points de suture hâtifs cachaient mal une plaie qui avait dû être béante.

— Encore une balle à haute vélocité, qui a déchiré les muscles abdominaux et brisé le bassin. Encore un angle de tir du haut vers le bas, commenta sobrement le toubib.

Luc n'avait aucun désir de s'attarder sur la lésion qui continuait de suinter, alors il dirigea son regard vers le visage du mort, afin de lui rendre un hommage silencieux en gravant ses traits dans sa mémoire.

C'était superflu.

Il connaissait cet homme. Il le connaissait même bien.

Jacques Nestor, Kiki, le cousin éloigné de Lucille, gisait devant lui. Les yeux fermés, l'air paisible, comme s'il n'avait pas souffert, ce qui était hautement improbable. Les blessures ventrales comptaient parmi les plus douloureuses qui soient.

— Je... je le connais, balbutia Luc, immobile, les bras ballants.

— Je suis désolé. Sincèrement, s'excusa le médecin, qui

avait enfin délaissé son timbre olympien. Vous voulez vous recueillir, ou bien puis-je le recouvrir ?

Luc craqua. Pivotant sur lui-même, il quitta le bloc d'un pas rapide, se défit de sa blouse, de ses gants et de sa charlotte tout en rebroussant chemin vers la sortie. Il se hâtait tel un plongeur pressé de rallier la surface pour avaler une goulée d'air frais, s'efforçant de ne buter dans personne alors que le va-et-vient dans les couloirs de l'hôpital s'était accru depuis son arrivée.

Une fois dehors, il se pencha sur un parterre herbeux en toussant, pensant qu'il allait vomir, mais rien ne remonta de son estomac. Il s'éloigna, désorienté, avec une seule idée en tête : il devait retourner chercher Lucille. Tant qu'elle n'aurait pas retrouvé Kiki comme elle avait annoncé vouloir le faire, probablement parce qu'elle se doutait qu'il serait au premier rang des manifestants, elle ne lâcherait pas sa mission. Et plus elle resterait sur la place de la Victoire, plus elle s'exposerait à la violence qui s'était abattue sur la manifestation.

Aucun taxi n'était visible et la circulation se réduisait au minimum. Les nouvelles de l'émeute et des morts avaient déjà dû se répandre dans toute la ville, incitant les gens à se barricader chez eux. Luc se mit donc à courir en s'attirant des regards étonnés, car les Blancs ne se pressaient jamais en Guadeloupe.

Heureusement, en coupant au plus court autour du morne Massabielle, il ne fallait guère plus de cinq minutes pour rejoindre l'esplanade centrale. Parvenu à un pâté de maisons de la place de la Victoire, Luc constata que le terrain qu'il avait quitté plus tôt avait changé de physionomie. Il faisait désormais face à une émeute de rue. Un groupement de gendarmes mobiles campait au bout de l'artère, dissuadant quiconque d'atteindre l'épicentre de la bagarre, distribuant des volées de matraque dans un nuage de lacrymo. Ce qui avait changé, il s'en rendait compte maintenant, c'est que des dizaines de personnes convergeaient vers la sous-préfecture et la chambre de commerce, la plupart avec des manches d'outils, des bouteilles, et toujours des conques de lambis dont il semblait exister une réserve inépuisable.

Convaincu qu'il ne réussirait pas à franchir le barrage des gendarmes, Luc recula et, ce faisant, heurta de plein fouet un gaillard en train de démonter une palissade en bois. Le type le repoussa violemment, au point qu'il tomba par terre.

— T'es qui, toi ? Un agent du SAC ? l'apostropha celui qui venait de le renverser.

— Pas du tout, s'insurgea Luc, qui reconnut alors le visage de Freddie et clama son prénom.

— Monsieur Blanchard ! s'exclama le jeune homme, tout surpris de découvrir le compagnon de sa patronne au cœur de la manifestation.

— Freddie, il faut que je rejoigne Lucille.

— Ces salauds ont tué Kiki ! s'écria Freddie en offrant sa main à Luc pour l'aider à se relever. Ils l'ont abattu comme un chien. On va se venger !

Blanchard hésita à lui confier qu'il était au courant, qu'il venait précisément de voir son cadavre, mais il n'eut pas le temps de se décider, car Freddie l'entraîna dans le terrain vague dont il avait fini d'arracher la palissade.

— Viens, on va passer par là pour contourner les flics.

Ne sachant que faire d'autre, Luc lui colla au train. Freddie bondissait dans les herbes folles pour rejoindre une maison du côté opposé. Il fit une pause pour enfoncer d'un coup d'épaule la porte qui donnait accès à une cour intérieure puis à une ruelle vide. Pourtant, le bruit des affrontements à proximité leur parvenait avec netteté.

— Qu'est-ce qu'on fait, Freddie ? interrogea Luc, heureux d'avoir déniché un partenaire, mais ne souhaitant pas pour autant aller au carton avec les CRS.

— Je vais t'aider à retrouver Lucille, et ensuite tu l'emmènes loin d'ici. Ce n'est pas un endroit pour les femmes. C'est une bataille d'hommes, lui asséna Freddie, du haut de ses vingt ans maximum.

Cet aspect de la planification réglé, Freddie s'élança dans la ruelle en courant, Luc dans son ombre. Ils débouchèrent rapidement à l'extrémité de la place de la Victoire qui ressemblait à un champ de manœuvres, avec des CRS et des manifestants courant dans tous les sens, comme un vaste jeu du chat et de la souris à balles réelles dans une brume de lacrymo.

Luc dépassa Freddie pour le conduire où il avait laissé son amoureuse. Slalomant entre les groupes de belligérants, les yeux rougis, évitant du mieux qu'ils pouvaient les débris de conques, les éclats de verre et les grenades fumantes, les deux partenaires d'infortune parvinrent à l'angle où avait été garée l'Ami 6.

Lucille n'y était plus.

C'est alors qu'un homme accroupi sur son balcon se releva et hurla à leur adresse : « Elle est sur les docks ! » Luc le remercia de la main en se félicitant, encore une fois, de l'esprit insulaire. Certes commère, mais utile.

Ils repartirent en courant vers la darse où, à l'issue de nombreux zigzags, ils aperçurent Lucille derrière un ballot de filets de pêche. Assise sur ses talons, sa précieuse trousse à pharmacie entièrement vide, elle gardait les doigts posés sur le front d'une dame âgée, allongée et au bord de l'évanouissement. Les joues de Lucille étaient constellées de larmes.

Elle réagit à peine lorsque Luc se précipita pour l'enserrer dans ses bras. Il ne voulait plus la lâcher.

— Ils ont tué Kiki, gémit-elle en sanglotant.

— Je suis au courant…, confirma Luc avec un hoquet dans la voix.

Freddie, qui était resté debout, les observa un instant avant d'ajouter :

— Bon, j'y retourne. Ces salauds vont payer !

Luc esquissa un geste pour le retenir, convaincu de l'inutilité d'affronter un adversaire supérieur et qui ne ferait pas de quartier, mais il était trop tard. Freddie se ruait déjà vers le cœur de la mêlée.

— Lucille, il faut qu'on parte. C'est devenu trop dangereux, supplia Luc.

Contrairement à ses craintes, sa fiancée se redressa et désigna la vieille dame allongée :

— Aide-moi à la soutenir. Elle est venue chercher son fils, mais il faut qu'on l'éloigne.

Le couple remit la femme debout et, la supportant sous les épaules, il s'orienta dans la direction opposée à l'esplanade, là où les forces de sécurité ne s'étaient pas encore dépliées. Ils marchèrent pendant une dizaine de minutes, dans des rues quasi désertes, les habitants s'étant calfeutrés, ou alors participant aux affrontements, avant que la dame ne leur signale : « C'est là que j'habite », pointant un piteux bâtiment de deux étages piqué par l'humidité. Un garçonnet sortit à leur rencontre pour prendre la femme par la main, sans doute un jeune fils, et l'accompagner à l'intérieur.

Lucille se retourna alors vers son amoureux et plongea sa tête contre sa poitrine, agrippant sa chemise.

— Pourquoi ? Pourquoi ? Pourquoi Kiki ? pleura-t-elle rageusement.

Luc glissa sa main dans ses cheveux sans trouver de paroles consolatrices. Elles étaient vaines. Lui-même se sentait inutile. Mais surtout, il se sentait sale. Non pas de l'accumulation de sueur, de poussière et de sang qui collait à son corps, mais dégradé par la violence qui était tombée sur les grévistes, une violence qui émanait des Blancs et se déployait sur les Noirs. Une violence qui provenait des siens et s'abattait sur ses voisins, ses amis, ses frères. Une violence qui ciblait ceux qui n'avaient que leurs bras et leurs gorges pour revendiquer une amélioration de leur sort.

Luc était à deux doigts de s'effondrer lui aussi, et de pleurer. De colère. Mais comme Lucille paraissait à bout, de tension ou de chagrin, peu importait, il se força à réagir.

— Il faut qu'on rentre. Qu'on protège Célanie.

Elle renifla, prit Luc par la main, et ils se mirent à trottiner loin des affrontements du centre-ville. Ils croisaient parfois des groupes d'habitants qui erraient, ne sachant trop s'ils devaient se diriger vers la place de la Victoire ou, au contraire, commencer à semer l'agitation ailleurs. Leurs regards s'attardaient sur Luc. S'il n'avait pas soutenu Lucille par le bras, il se serait senti en danger. Le pire, c'est qu'il ne blâmait même pas ceux qui le défiaient de leurs yeux accusateurs. Il les comprenait.

À force de parcourir les rues de plus en plus distantes du centre-ville, le couple finit par tomber sur un taxi qui bouclait sa journée. Ils lui promirent le double de la somme ordinaire et il accepta de les ramener chez eux. Les artères principales étaient vides de voitures, mais pleines de piétons, dont certains paraissaient disposés à en découdre. Ils croisèrent également plusieurs barrages policiers en train de se mettre en place, mais qui ne les arrêtèrent pas. Le trajet se déroula dans un silence de plomb, personne n'osant commenter ce qui se passait sous leurs yeux.

Au bout d'un quart d'heure, le taxi les déposa devant leur domicile. Ils récupérèrent Célanie chez la voisine qui demanda des nouvelles des événements, car la rumeur de massacres avait déjà traversé toute l'île. Peu désireux de s'épancher, ils ne lui rapportèrent que le strict minimum et regagnèrent leur foyer pour s'asseoir tous les trois sur le canapé, hagards, cherchant le réconfort dans l'unité familiale.

6

Antoine Lucchesi, Pointe-à-Pitre

Antoine avait dormi quasiment d'une traite pendant quarante-huit heures d'affilée, récupérant de toutes les nuits d'insomnie de sa traversée de l'Atlantique. Lorsqu'il avait émergé, vers deux heures du matin entre vendredi et samedi, s'aventurant sur le balcon de sa pension pour griller une cigarette, il avait découvert un ciel rougeoyant en plusieurs points. Il en avait déduit que des feux de joie brûlaient aux quatre coins de Pointe-à-Pitre. S'il avait été mieux réveillé, il aurait aussi entendu des cris, des bagarres et des tirs, mais il avait replongé dans les bras de Morphée jusqu'au petit matin.

C'est uniquement lorsqu'il sortit pour aller jeter un dernier coup d'œil au ketch avant de le transmettre à ses propriétaires qu'il réalisa que la ville était sens dessus dessous. D'ordinaire tranquille, voire endormie dans son mélange d'édifices coloniaux et contemporains, de toits de tôles et de briques, de hauts trottoirs pour éviter de se mouiller les pieds lors des lourdes pluies, la cité avait changé d'aspect.

Des véhicules calcinés parsemaient la chaussée, des détritus jonchaient les rues, des vitrines brisées dégorgeaient leur verre. Les piétons se faisaient rares et regardaient Antoine déambuler d'un air étonné. En tournant au coin d'une rue, il aperçut une centaine de mètres plus loin un barrage de CRS postés devant un bâtiment administratif. Les types paradaient en casque et gilet pare-balles, fusil au poing. Antoine aurait pu aller leur demander ce qui s'était déroulé pour transformer la cité en vestige de champ de bataille, mais les policiers ne figuraient pas, de manière générale, au rang de ses amis. Il aurait également pu questionner les quelques passants, mais il n'était pas si curieux que ça. Lors de la guerre, quand il appartenait au maquis provençal, il s'était infiltré dans des villages après le passage des troupes allemandes, et le paysage auquel il avait été confronté à l'époque ressemblait peu ou prou à celui qu'il avait devant les yeux aujourd'hui. Ça s'était bastonné sévère. Cette explication lui suffisait. Il ne désirait pas en apprendre davantage puisqu'il ne possédait aucune bille dans ce combat.

La seule préoccupation de Lucchesi résidait dans le sort du voilier qu'il avait amarré dans le port. Il se dirigea donc vers les docks, contournant la place de la Victoire constellée de débris, et désormais sous la surveillance étroite de flics armés. Contrairement au jour de son arrivée, les quais restaient quasi déserts : aucune activité de pêche ou de transport ne s'y déroulait. Antoine finit par atteindre une extrémité du port d'où il pouvait apercevoir le ketch qui paraissait toujours solidement ancré à quelques dizaines de mètres du bord. Apparemment, personne n'avait eu l'idée de s'en prendre aux navires de plaisance.

Le Corse fit demi-tour pour retourner à sa pension. Il devait remettre les clefs et les papiers du bateau au frère de la famille pour laquelle il l'avait convoyé, mais le rendez-vous initialement convenu au centre-ville risquait de changer au vu des événements de la journée et de la nuit. Il marchait le long des docks lorsqu'il dépassa un groupe de cinq jeunes planqués derrière une cabane de pêcheurs. Plusieurs étaient munis de barres de fer et l'un d'eux soulevait une petite ancre qu'il maniait comme une pioche. Visiblement, ces types avaient l'intention d'aller se castagner. Antoine poursuivit sa route. Pourtant, l'un des pugilistes le fixa du regard et décida de lui bloquer le chemin.

— T'es un espion du préfet ? Un sale condé en civil ? cracha-t-il dans la direction de Lucchesi en faisait tourner la barre de fer dans sa main.

Sachant que la question n'appelait aucune réponse susceptible de satisfaire son interlocuteur, Antoine s'arrêta et plongea ses yeux dans les siens. Généralement, dans ces circonstances, si le gars n'était pas trop bête, il lisait le sang-froid et la détermination dans les pupilles du Corse et il s'écartait. Mais le Guadeloupéen continua de s'approcher, menaçant, pendant que ses camarades avançaient derrière lui.

Antoine n'avait jamais craint de se battre, mais il n'aimait pas cela. Surtout face à cinq jeunes en colère. Il n'avait pas non plus de goût pour la palabre, il n'allait pas leur expliquer qu'il venait de débarquer sur l'île et que, s'il avait dû choisir un camp dans les affrontements, il se serait probablement rangé à leurs côtés contre les mal nommées forces de l'ordre. Alors il plongea la main dans son dos et sortit le Beretta coincé dans son pantalon de toile, avec lequel il braqua la tête du meneur du groupe.

— Maintenant, les gamins, vous réfléchissez. Même si vous ne me croyez pas, je ne suis pas flic. Pour l'instant l'unique chose qui compte, c'est que si l'un de vous effectue un pas de plus, je lui troue le paletot.

La troupe se figea comme un seul homme. Ils possédaient l'avantage numérique, mais lequel d'entre eux se ramasserait une balle avant qu'ils puissent prendre le dessus ? Cette question investit leur esprit et l'instinct de survie fit le reste. Ils hésitèrent. Puis reculèrent.

— Très bien. Bon choix, les encouragea Antoine, qui marchait en crabe pour s'éloigner.

Il parcourut une quinzaine de mètres ainsi puis reprit sa route, tout en conservant le pistolet dans sa main. Personne ne le suivit. Les jeunes avaient compris qu'il n'en valait pas la peine.

De retour à sa pension, Antoine déplia un papier froissé et passa un coup de téléphone à la famille Despointes. Comme il s'y attendait, on le pria de venir à domicile. Même si le boulot de convoyeur payait bien, il ne comptait pas plus que le petit personnel.

Le patron de la pension accepta de le véhiculer jusqu'à la pointe des Châteaux, à l'extrémité occidentale de l'île de Grande-Terre. Le chauffeur était un taiseux, ce qui convenait bien à Antoine. Il aperçut d'autres vestiges des émeutes en sortant de Pointe-à-Pitre, mais dès qu'ils s'éloignèrent, les décombres s'évanouirent. Par contre, dans la campagne qui n'en était pas vraiment une puisque l'habitat ne cédait jamais complètement à la végétation, ils croisèrent peu de monde sur les routes, comme si les résidents restaient calfeutrés, mais de nombreuses camionnettes de police qui patrouillaient et filaient, généralement avec les gyrophares allumés. Soit il subsistait des foyers de violence sporadiques qu'il fallait éteindre, soit l'État s'affichait en force pour signaler que tout désordre serait maté.

Au bout d'une heure, le patron de la pension murmura une simple phrase – « C'est le quartier des riches békés, ici » – puis déposa Antoine devant un large portail. À peine le Corse s'approcha-t-il de l'entrée qu'un gardien portant un fusil de chasse sur l'épaule pointa son nez pour lui ouvrir et le mener le long d'une allée, cernée de grands arbres et de massifs de fleurs, jusqu'à la bâtisse de style colonial, tout en bois, persiennes, balcons et terrasses sous toits. Une femme en livrée prit le relais du gardien pour conduire le visiteur vers un vaste salon face à l'océan, rempli de meubles aux essences tropicales. Antoine accepta un café et sortit une cigarette.

Il eut le temps d'en griller deux avant que le maître de maison, qui se présenta sous le nom de Paul Despointes, ne vienne lui serrer la main. L'homme, la cinquantaine ventrue et rougeaude, fit preuve d'amabilité en s'enquérant d'abord de la santé de son hôte avant celle du ketch. Puis, il embraya tout de suite sur la situation dans l'île. Sa famille et lui avaient eu vent des troubles dès vendredi après-midi et s'étaient réfugiés, avec des amis, dans la villa sans en sortir. Lui-même avait veillé une partie de la nuit avec son voisin, leurs chiens et leurs fusils.

— Et maintenant, qu'est-ce que ça donne à Pointe-à-Pitre ? s'informa-t-il. J'ai sonné trois fois ce bon à rien de préfet, mais il ne m'a jamais rappelé !

— Ça s'est calmé, répondit laconiquement Lucchesi, qui s'abstint de raconter qu'il avait dormi toute la journée d'hier et qu'il s'était fait agresser dès qu'il avait pointé le bout de son nez blanc dehors.

— Je me méfie de ces excités. Il leur faut toujours plusieurs jours pour redescendre sur terre si on ne leur oppose pas la manière forte. Il ne faut pas faire de quartier avec eux, sinon, ils nous boufferont.

Lucchesi ne demanda pas de précision sur qui étaient « eux » et « nous », il devinait très bien.

— La radio parle de victimes, mais ne donne pas plus de détails. Il paraîtrait qu'il y a eu des morts. Vous en savez quelque chose ? relança Despointes qui, derrière son air bravache, transpirait la peur.

Encore une fois, Antoine n'en savait rien. Mais ce n'était pas une raison pour l'admettre ni pour ne pas jouer avec les nerfs du propriétaire.

— J'ai vu du sang sur les trottoirs, mentit-il.

— Bonté divine ! J'espère bien que les policiers en ont flingué quelques-uns. Mais s'ils en ont tué trop, les nègres sont capables de se venger. Vous connaissez du monde en Guadeloupe ?

— Non, je viens d'arriver et vous êtes ma première visite.

— Alors, je ne vais pas vous faire l'histoire de l'île, mais, bon, depuis la départementalisation de 46, les Noirs ne se sont jamais satisfaits. On leur a donné les mêmes droits que les Français, mais ce n'est pas assez pour eux. Ils en veulent toujours plus, mais sans se bouger les fesses, évidemment ! Vous savez quel jour on est ?

— Le 27 mai. Pourquoi ? répliqua Antoine qui commençait

à se lasser de ce discours. Le type avait certes besoin de se détendre en causant, mais il n'était pas son confident.

— Le 27 mai, c'est la date anniversaire de l'abolition de l'esclavage en 1848, alors ils en font tout un pataquès. Ce n'est pas un bon jour pour sortir. D'ailleurs, si vous le voulez, vous pouvez rester ici, on vous installera dans une des chambres d'amis. En plus, vous m'avez l'air d'un homme qui sait se servir d'une arme. Je ne me trompe pas ?

— Non merci, j'ai des affaires à régler. À propos du bateau, justement…, relança Lucchesi qui avait hâte d'en terminer.

— Ah oui, le bateau… C'est celui de mon frère. Vous le connaissez, j'imagine. Il doit arriver en juin. J'espère qu'il va venir, avec tout ce bazar.

— Il est à l'ancre au port de Pointe-à-Pitre, comme convenu. Voici les documents de bord et toutes les clefs nécessaires pour les écoutilles et le moteur, annonça Antoine en lui présentant une petite sacoche en cuir avec les objets. Quant au solde…

— Ah oui, le solde. Ne bougez pas, je reviens.

Despointes sortit du salon et réapparut deux minutes plus tard avec une enveloppe contenant une liasse de billets de 100 francs.

— Vous êtes sûr de ne pas vouloir rester ? essaya-t-il une nouvelle fois.

Ça ressemblait davantage à une supplique qu'à une proposition, mais Antoine s'en moquait. Maintenant qu'il avait récupéré son dû, plus rien ne le retenait.

— Merci pour votre accueil, conclut-il sans en penser un mot.

Il tendit la main pour la forme et s'éclipsa. Le gardien l'attendait devant la maison pour l'amener au portail.

— Vous rentrez seul ? s'enquit le factotum, avec autant de bienveillance que d'inquiétude.

— Je suis un diable blanc, je ne crains personne, répliqua Antoine en ouvrant la bouche et plissant les yeux.

Les deux hommes se serrèrent la main et Lucchesi partit à pied. Il trouverait plus aisément un taxi sur la grande route et il préférait s'éloigner de cette villa au plus vite. Il savait reconnaître les aimants à emmerdes.

7

Sirius Volkstrom, Pointe-à-Pitre

Dès l'atterrissage à l'aéroport du Raizet, Sirius Volkstrom avait constaté que l'agitation régnait tous azimuts. Des soldats français, pistolet-mitrailleur en bandoulière, surveillaient le tarmac aux aguets et les agents aéroportuaires semblaient tous déboussolés. Puis il dut franchir un cordon de gardes mobiles pour sortir du terminal.

— Qu'est-ce que c'est que ce bordel, c'est la révolution ou quoi ? demanda-t-il à un jeune gendarme qui venait à peine de quitter les jupes de sa mère.

— Il y a plein de lanceurs de pierres partout dans l'île, monsieur, répondit-il, mal à l'aise.

— Si ce ne sont que des caillasses, vous n'avez rien à craindre, lui asséna Sirius avant d'attraper un chauffeur de taxi qui discutait avec ses homologues.

La route qui le menait à son hôtel en périphérie de Pointe-à-Pitre lui parut plutôt calme, hormis les barrages policiers qu'ils durent contourner et qui témoignaient de la mise en place d'un couvre-feu. Le chauffeur renfrogné s'avéra incapable de lui livrer un état des lieux cohérent sinon qu'une manifestation avait dégénéré deux jours auparavant et que plusieurs Guadeloupéens y avaient trouvé la mort. Volkstrom ne savait s'il devait se féliciter de ces débordements ou, au contraire, redouter qu'ils ne viennent parasiter sa mission.

Une fois installé dans sa chambre d'hôtel, il tenta à plusieurs reprises de joindre le fameux Lionel Legeay, rattaché à un bureau d'étude fantoche, avant de réaliser qu'un dimanche, aucun fonctionnaire français ne travaillait. Volkstrom pouvait donc se la couler douce jusqu'au lendemain. Ce qu'il fit sans aucune mauvaise conscience.

Lundi, à la première heure, Sirius se pointa devant la sous-préfecture. Le bâtiment était cerné par des policiers lourdement armés et la place qui lui faisait face encore jonchée de nombreux débris que des balayeurs municipaux avaient entrepris de ramasser. Volkstrom franchit le cordon de sécurité sans avoir à présenter ses papiers, sur la foi de sa tête qui avait toujours eu l'heur de plaire aux militaires. Le hall d'accueil était rempli de gens, tous blancs, à moitié en panique, qui exigeaient de parler qui au préfet, qui au responsable de la police et même certains au ministre.

Plutôt que de patienter en attendant que ce troupeau soit éconduit, ce qui risquait de prendre un bout de temps vu le niveau de psychose, Volkstrom pénétra directement dans les bureaux administratifs, se comportant comme s'il venait tous les jours travailler sur place. Seul un jeune employé le regarda bizarrement lorsqu'il referma la porte, mais dès que celui-ci vit la manche gauche retenue par une épingle à nourrice, il détourna les yeux, honteux. Ç'avait parfois du bon d'être manchot.

Sirius commença à déambuler dans les couloirs en essayant de repérer la signalétique des lieux avant de renoncer. Il s'approcha d'un bureau ouvert où une secrétaire tapait à la vitesse de l'éclair sur sa machine à écrire.

— Dites-moi, beauté, j'ai rendez-vous avec Lionel Legeay, mais je confonds ma droite et ma gauche, alors je me suis perdu dans vos bureaux, lui lança-t-il en adoptant l'accent de titi parisien de Jean Gabin dans *La traversée de Paris*.

La secrétaire le dévisagea par-dessus ses lunettes en demi-lune, nullement dupe de la comédie, mais heureuse de faire une pause.

— Montez au deuxième étage et tournez deux fois du côté du bras qui vous reste, lui renvoya-t-elle aimablement. Et ne dites pas que c'est moi qui vous l'ai indiqué, M. Legeay cultive la discrétion.

— Merci, poupée !

Sirius se remit en branle et finit par déboucher devant le bureau recherché. La porte était close, alors il l'ouvrit sans frapper. Un type en bras de chemise, la quarantaine musclée et les cheveux blancs coupés à ras, s'énervait au téléphone contre un correspondant, probablement un flic, à qui il passait un savon.

Legeay releva la tête d'un air interrogateur, mais comme Volkstrom ne disait rien, il raccrocha d'un seul coup après avoir éructé : « Démerdez-vous ! »

— Qu'est-ce que vous foutez là ?

— Désolé, chef, mais je ne suis pas du genre à poireauter en attendant qu'on m'introduise avec des patins.

— Et moi, je ne suis pas du genre à m'entretenir avec les pékins de passage.

Legeay contourna son bureau pour se caler droit devant Volkstrom, bandant les muscles de son cou comme un chien d'attaque.

— Je ne voudrais pas avoir à me répéter, aboya-t-il.

— Tout doux, l'ami. Je vous rends visite de la part de James Madison. Le Ricain de Fort-de-France.

Cette mention n'eut pas l'air de réjouir le fonctionnaire français. Peut-être parce qu'il n'appréciait pas qu'on le relie à un agent de la CIA auquel il refilait des tuyaux ? On ne pouvait évidemment pas parler d'intelligence avec l'ennemi puisque les États-Unis ne figuraient pas au rang des adversaires déclarés et qu'il n'y avait sans doute pas beaucoup de lumière dans les informations transmises s'il en jugeait le topo que lui avait brossé Madison. Mais tout de même, ce genre de chose ne se clamait pas sur les toits.

— Qu'est-ce qu'il veut ?

— Lui ? Rien. Moi ? Des renseignements.

— C'est pas un peu fini ces rébus à la con ? Si vous croyez que j'ai que ça à foutre en ce moment !

Legeay fit mine de chasser Sirius comme un gamin des rues qui importune les passants avec sa sébile, mais le manchot ne bougea pas. Le Français semblait costaud et en bonne santé, donc Volkstrom n'avait aucune envie de se battre, mais il n'allait pas non plus se faire traiter comme un malpropre par un bureaucrate. Question de principe.

Soudain, Legeay recula d'un pas et ouvrit la bouche :

— Bonjour, monsieur le préfet. J'arrive tout de suite.

Derrière Volkstrom, un homme en costume venait de

surgir. Grosses lunettes, brosse blanche, des cernes qui indiquaient qu'il n'avait pas dû beaucoup dormir ces dernières nuits.

Sirius ne se démonta pas et tendit la main :

— Peter Grass, CIA.

— Bonjour, monsieur Grass..., hésita le préfet. Qu'est-ce qui nous vaut la visite de la CIA ?

— Je ne peux pas vous le confier entre deux portes, ricana Volkstrom.

— Alors, il vous faudra revenir, monsieur Grass. Nous sommes un peu sur la brèche ces jours-ci.

— Je m'en rends compte, monsieur ?

— Pierre Delbotte, préfet de la République.

— C'est ce que je disais à M. Grass, s'interposa Legeay. De repasser me voir prochainement. Je vous ferai un rapport, monsieur le préfet.

— Très bien. En attendant, Lionel, j'ai besoin de vous tout de suite pour la réunion de crise !

— Je suis prêt, répliqua Legeay en lançant un regard noir à Sirius et en lui montrant la porte afin qu'il puisse la fermer et rejoindre le préfet qui s'était déjà mis en route.

— Revenez dans deux jours, grogna le fonctionnaire excédé entre ses dents, avant de courir rattraper son supérieur.

Satisfait de lui-même, Volkstrom se dirigea d'un air bonhomme vers la sortie.

8

Luc Blanchard, Pointe-à-Pitre

S'il n'avait pas fallu occuper et jouer avec la petite Célanie, remuante comme tous les gamins de trois ans, Luc et Lucille auraient peiné à se ressaisir. Une atmosphère de déprime les plombait depuis quarante-huit heures, alourdissant leurs moindres gestes et chargeant chaque parole d'un poids indigeste. Ils ne s'étaient pas éloignés de leur bungalow, mais les rumeurs leur parvenaient des quatre coins de l'île sans qu'ils n'aient rien demandé, par l'intermédiaire de voisins cancaniers ou simplement désireux de s'épancher pour ne pas avoir à supporter seuls un drame qui les concernait tous.

Les violences urbaines de Pointe-à-Pitre avaient fini par s'émousser, à force de coups de matraque et d'arrestations. On parlait de dizaines de personnes attrapées et jetées en prison. Soi-disant prises en train de s'attaquer aux forces de sécurité. Mais on évoquait aussi de nombreux individus appréhendés à leur domicile et envoyés au palais de justice. Pire encore, le téléphone arabe relayait des assassinats sommaires qui se seraient déroulés dans les campagnes, des escadrons de policiers traînant des suspects hors de leur véhicule ou les tirant de leur lit pour les exécuter froidement.

Malgré ce que Luc connaissait du comportement de la police française qui, quand elle y était incitée par des consignes indirectes ou lorsqu'elle se sentait couverte par sa hiérarchie, n'hésitait pas à s'émanciper de la loi ou de la retenue, il peinait à accepter ces récits. Pourtant, son propre père avait été arrêté par des flics français aux ordres du gouvernement de Pétain avant d'être livré aux nazis qui l'avaient abattu, et lui-même avait assisté aux exactions de ses collègues policiers dans ce qu'ils appelaient « la guerre contre le FLN* ». Autrement dit, Blanchard savait que des policiers avaient du sang sur les mains au-delà des proverbiales « brebis galeuses », et que les balles perdues ne l'étaient pas pour tout le monde. Néanmoins, en son for intérieur, il n'arrivait pas à admettre que des fonctionnaires français chargés du maintien de l'ordre se conduisent comme une armée d'occupation. Pour faire contrepoids à la rumeur insulaire, la radio rapportait que de nombreux CRS et gendarmes avaient été blessés lors des émeutes du 26 mai, certains très gravement, et parfois par arme à feu. Mais, comme la plupart des Guadeloupéens, Luc n'était pas dupe de ce qu'il entendait sur les ondes, dont la liberté était sévèrement encadrée par le ministère de l'Information, communément rebaptisé ministère de la Censure.

Lucille, elle, n'avait pas ce genre d'état d'âme. Elle ne

* Front de libération nationale, c'est-à-dire le mouvement des indépendantistes algériens qui a combattu la France jusqu'en 1962.

prêtait pas attention à la radio et croyait instinctivement ce que le bouche-à-oreille leur délivrait. La métisse n'avait pas besoin de preuves pour se faire une opinion de la police en Guadeloupe. Sa propre chair en avait enregistré les blessures. Descendante, du côté de sa mère, d'une lignée d'esclaves, elle avait intégré depuis sa tendre enfance qu'aux Antilles la vie d'un Noir valait moins que celle d'un chien de planteur, lequel était mieux nourri. Quant à l'héritage du côté de son père, un Corse, elle avait surtout retenu la justification de Napoléon Bonaparte pour rétablir l'esclavage en 1802 : « Je suis pour les Blancs, parce que je suis blanc ; je n'ai pas d'autre raison, et celle-ci est la bonne. »

Au vu de leurs sentiments respectifs, les deux fiancés évitaient de débattre de ces sujets. Luc taisait son scepticisme et Lucille s'abstenait de tonner d'indignation à chaque nouvelle d'une brutalité supplémentaire. Mais l'équilibre était précaire. Précaire et malsain. Un État qui parvenait à s'immiscer au cœur des familles pour les diviser méritait-il respect et obéissance ?

Il était huit heures ce lundi matin et Luc enfourcha sa mobylette pour se rendre dans les locaux de *France-Antilles*. Personne ne l'avait sollicité, mais il avait besoin de travailler : en tant que pigiste payé à l'article, il devait sans cesse remettre l'ouvrage sur le métier. Il embrassa Lucille et Célanie avant de pédaler pour démarrer, contournant les flaques d'eau de la dernière averse tropicale. Cela lui ferait du bien de sortir de ce huis clos, même s'il redoutait le retour au centre-ville de Pointe-à-Pitre.

Luc s'apprêtait à gagner la route goudronnée lorsqu'il dut

s'écarter pour laisser passer deux camionnettes de gendarmerie qui roulaient vers lui. Il freina et pivota pour voir où elles allaient, avant de décider de faire demi-tour pour les suivre. Son quartier étant demeuré à l'écart des troubles et parfaitement calme depuis vendredi, il ne décelait aucune justification à cette présence.

Les deux estafettes cahotaient sur le chemin en terre, s'attirant les regards des résidents méfiants. Ce n'est que lorsqu'elles pilèrent devant son domicile que le cœur de Luc accéléra. Il n'avait pas envisagé l'hypothèse, pourtant colportée par la rumeur insulaire, d'une arrestation. Mais lorsqu'il vit cinq gendarmes mettre pied à terre et s'avancer vers la terrasse où Lucille fabriquait une tente de coussins avec Célanie, il paniqua. Sautant de sa mobylette, il courut vers son bungalow. Trois des militaires, qui se déplaçaient tranquillement jusqu'ici, saisirent leurs fusils-mitrailleurs et mirent Luc en joue.

— Arrêtez-vous ou nous tirons ! cria l'un d'eux.

Blanchard repéra la stupeur dans le regard de ceux qui le visaient, et qui ne s'attendaient pas à voir un Blanc avec une tête de premier de la classe leur fondre dessus, surprise qui l'incita à poursuivre sa course en pariant sur le fait qu'ils ne le tireraient pas comme un lapin. Mais il découvrit alors la frayeur dans les yeux de Lucille qui observait la scène et qui, elle, entrevoyait déjà les gendarmes ouvrir le feu. Réalisant sa probable erreur de jugement, Luc interrompit subitement sa foulée, dérapa sur le sol humide et s'affala par terre. Un de ceux qui le braquaient baissa son arme et se jeta sur lui pour le ceinturer. Luc n'avait pas perdu les pédales au point de se débattre et le gendarme comprit vite qu'il ne lui résistait pas. Au lieu de le frapper ou de le menotter, l'agent l'aida à se relever et lui palpa les poches, les hanches et les chevilles. Un autre, fusil toujours pointé, l'avertit : « Pas de geste brusque ! »

Les deux gendarmes qui n'avaient pas dégainé haussèrent les épaules et reprirent leur progression, escaladant les marches qui conduisaient à la terrasse. Réflexe maternel, Lucille avait saisi Célanie dans ses bras et lui tenait la tête contre sa poitrine.

— Madame Lucille Ferracci ? s'enquit l'officier en jetant un œil sur un dossier.

— Ferracci-Montout, maugréa Lucille, manifestant sa préférence pour qu'on accole les noms de ses deux parents.

— Ce n'est pas ce que dit votre carte d'identité, madame Lucille Ferracci, répéta le gendarme.

Observant cet échange à dix mètres de distance, Luc entreprit de se rapprocher, mais un de ses anges gardiens s'interposa.

— Où est-ce que vous allez ?

— C'est ma femme, laissez-moi la rejoindre, s'irrita-t-il.

— Chef ! C'est son mari. On le laisse passer ?

L'homme qui faisait face à Lucille approuva d'un geste de la main et Luc fut autorisé à venir se coller contre elle. Célanie les attrapa tous les deux par le cou, tentative enfantine de prouver qu'ils faisaient corps.

— Madame Ferracci, reprit l'officier, je souhaite vous poser quelques questions.

— À quel sujet ? rétorqua la métisse.

— Étiez-vous sur la place de la Victoire, vendredi dernier dans l'après-midi ?

— Je pense que vous le savez très bien, sinon vous ne m'interrogeriez pas, se défendit-elle.

— Exact. Avez-vous participé à des actions violentes contre le gouvernement de la République française ?

— Attendez ! Qu'est-ce que vous entendez par là ? intervint Luc.

— Je ne crois pas vous avoir adressé la parole, monsieur Ferracci.

— Blanchard, pas Ferracci. Nous ne sommes pas mariés.

Le gendarme le toisa de haut en bas, des rides de réprobation sur son front.

— Non, je n'ai pas pris part à des actions violentes comme vous dites, interrompit Lucille.

— Ce n'est pas ce que l'on nous a rapporté, renchérit le gendarme, en extrayant de son dossier une photo prise au téléobjectif sur laquelle on voyait Lucille accroupie en train de ramasser quelque chose par terre, mais ses mains et le sol étaient masqués par un manifestant.

— Je récupérais des ustensiles dans ma trousse à pharmacie pour soigner des blessés, affirma la métisse.

— Vous êtes sûre que vous ne récoltiez pas des projectiles à lancer sur les forces de l'ordre ?

— Mais pas du tout !

— Avez-vous un parent qui se nomme Jacques Nestor, dont le surnom est Kiki ?

— Vous l'avez tué ! explosa Lucille, les yeux mouillés de larmes.

— Mais ce n'est pas croyable ! s'énerva Luc. Elle n'a fait que soigner des blessés. Et qu'est-ce que vient faire Jacques dans cette histoire ? On ne l'a même pas croisé dans la manifestation !

— Parce que vous étiez présent également, monsieur Blanchard ?

— Bien sûr ! Vous entendez m'interroger aussi ?

— Pas pour le moment, mais je peux changer d'avis. Madame, veuillez me suivre à la gendarmerie.

— Vous ne pouvez pas l'interpeller comme ça sans raison ! rejeta de nouveau Luc.

— Bien sûr que si, appuya le fonctionnaire qui commençait à montrer des signes d'irritation.

— Pas en vertu de l'article 73 du Code de procédure pénale. Vous n'avez aucun indice d'un délit ou d'un crime flagrant, assura Luc, dont les leçons de droit remontaient spontanément à la surface.

L'officier eut un instant d'hésitation, se demandant à qui il avait affaire. Puis il décida d'avancer la main pour saisir le poignet de Lucille. Luc contourna sa fiancée pour se placer entre elle et lui, en s'efforçant de n'exhiber aucun geste susceptible d'être interprété comme une menace. Le gendarme finit alors par exploser.

— Écartez-vous tout de suite ou je vous interpelle également ! hurla-t-il à dix centimètres du visage de Luc, avant d'ordonner à ses subalternes : Arrêtez-la !

Évidemment, toute cette agitation et ces cris eurent raison de la patience de Célanie qui se mit à pleurer à gros hoquets en voyant des inconnus lui enlever sa maman et houspiller son papa. Lucille resserra les bras autour de sa fille pendant que Luc se tournait pour faire de même avec elles deux.

— Ça suffit maintenant ! continua d'éructer l'officier. Séparez-les et embarquez la donzelle dans la fourgonnette.

Le chef du groupe avait définitivement perdu ses nerfs – et sa politesse au passage. Il ne lui en avait pas fallu beaucoup.

Les quatre militaires s'approchèrent et posèrent leurs mains sur les vêtements de Luc et de Lucille pour les tirer vers eux. Décidée à ne pas provoquer davantage de violence, la métisse se laissa faire, tendant Célanie à son père.

— Garde-la avec toi. Ça ne mérite pas qu'on finisse tous les deux au poste… Tout va se régler.

En moins de dix secondes, Luc se retrouva penaud sur sa terrasse, Célanie sanglotant sur son épaule, pendant que Lucille était conduite dans l'une des deux estafettes. Elle lui adressa un petit geste de la main et un sourire forcé avant de disparaître.

Luc s'efforça alors de rassurer sa fille, lui promettant que sa mère ne tarderait pas à revenir, et qu'ils iraient même la voir tous les deux cet après-midi, si elle n'était pas rentrée avant. L'ancien policier et journaliste était bien résolu à ne pas laisser filer cet abus. Sa foi en la justice n'était pas complètement morte.

9

Antoine Lucchesi, Pointe-à-Pitre

Une fois son billet d'avion dans la poche, décollage dans six jours pour retourner en métropole, Antoine Lucchesi grimpa dans un taxi pour une visite qu'il avait retardée jusqu'ici.

Dans les rues, les stigmates des événements du 26 et du 27 mai avaient presque tous disparu. Les trottoirs avaient été balayés, les voitures incendiées embarquées à la casse, les vitrines brisées colmatées avec des planches. Seule une présence policière constante rappelait que des braises continuaient de couver ou, plutôt, que les pouvoirs publics demeuraient inquiets d'une possible résurgence de la colère qu'ils croyaient avoir matée. Lucchesi connaissait mal la Guadeloupe, mais il avait perçu une certaine distance dans ses interactions avec les habitants ces derniers jours. Certains le fuyaient du regard, évitaient de lui adresser la parole, alors que d'autres, au contraire, s'assuraient de son bien-être. Le patron de sa pension était allé jusqu'à s'excuser auprès de lui pour la violence dont il avait été le témoin. « Ce sont les jeunes indépendantistes qui causent tous ces problèmes. Ils nous font du tort», lui avait confié le tenancier. L'île paraissait divisée, en avait conclu Antoine. Non pas que ça le préoccupât, il préférait se tenir à l'écart de la politique. Il n'y avait que des coups à encaisser.

Après plus d'un mois d'absence, Lucchesi avait hâte de rentrer à Marseille retrouver sa routine au Panier avec Maria et le fils de cette dernière qu'il avait adopté. Lui qui avait pas mal bourlingué dans sa jeunesse, d'abord comme résistant en Corse et dans le maquis de Provence durant la Seconde Guerre mondiale, puis en tant que rouage dans la vaste machine de la pègre marseillaise dans laquelle il avait œuvré une quinzaine d'années, allant même jusqu'à effectuer un passage au Cameroun*, n'aspirait plus qu'à la quiétude. La quiétude et un peu de navigation. Ça lui convenait. À quarante-quatre ans, il éprouvait le sentiment d'avoir fait le tour de ses envies d'aventure. C'était une sensation étrange.

Lorsque le taxi s'arrêta et lui indiqua avoir atteint leur destination, Antoine s'étonna quelque peu de la simplicité de l'habitation de sa vieille connaissance : un bungalow en bois de petite taille, entouré de plantes grasses et de fleurs colorées, semblable aux autres dans ce quartier qui peinait à se hisser au niveau de la classe moyenne. Pourquoi avait-il imaginé que Luc Blanchard occuperait une belle bâtisse, certes pas l'équivalent de la villa des Despointes, mais au moins quelque chose de plus clinquant? Sans doute parce qu'il avait toujours ressenti un certain respect pour les multiples talents de son ami, de

* Voir *Frakas*.

ceux qu'il savait ne pas posséder : intelligence, culture et, curieusement, une dose de conformisme et de dévouement suffisante pour gravir les échelons de n'importe quelle profession. Mais non, il s'était fourvoyé : Luc vivait modestement.

Les dernières gouttes d'une averse tombaient lorsque Antoine enjamba les trois marches qui menaient à la terrasse couverte. Comme la porte était ouverte, il toqua sur le montant en bois, ne souhaitant pas s'immiscer plus en avant dans le foyer.

Blanchard surgit dans l'encoignure, un Blanchard que Lucchesi mit quelques secondes à reconnaître : pas rasé ni coiffé, des cernes telles des demi-lunes sombres, les yeux rougis.

— Salut, offrit Antoine sans s'avancer, toujours en bout de terrasse.

— Mince… Carrega ! s'exclama Luc, dont le visage hâve s'illumina pourtant d'un sourire.

— C'est Lucchesi* désormais.

— On s'en fout, balaya Luc en étreignant le Corse avec affection.

Antoine n'osait se l'avouer, mais il avait craint des retrouvailles froides et embarrassées. Vu son peu de tact dans les relations humaines, il n'aurait pas su comment se comporter et aurait regretté sa visite. Alors que là, malgré la figure défaite de Luc, il se sentit plus que bienvenu.

---

* Antoine Carrega a obtenu une nouvelle identité à la fin de *Requiem pour une République*, afin d'échapper aux poursuites de la police à la suite de son évasion de la prison de la Santé.

— Tu n'as jamais répondu à mes cartes postales, reprocha Blanchard, comme un gamin qui n'a pas reçu de sucrerie.

— Les correspondances, ce n'est pas trop mon truc. Ça m'évoque trop les bouteilles à la mer…

— Peu importe ; je suis content de te voir. Tu es sur l'île pour longtemps ?

Lucchesi lui raconta brièvement son métier de convoyeur et son impatience de rentrer à Marseille, car il devinait que son camarade allait lui suggérer de rester un peu. Les insulaires étaient tous les mêmes : à défaut d'espace, ils offraient l'hospitalité à leurs amis.

— Et toi ? finit par s'enquérir Antoine, qui n'aimait pas causer de lui.

— Moi, pfff…, mima Luc, les bras s'agitant comme un nageur désarticulé.

— Tu as une sale tête.

— Merci du compliment !

— Tu veux en parler ?

Blanchard fit un pas vers l'entrée du bungalow, écouta un instant, puis se retourna vers son visiteur.

— La petite fait la sieste. Elle a eu du mal à s'endormir. Asseyons-nous dehors, fit-il en désignant la table basse et les fauteuils artisanaux sur la terrasse.

Lucchesi attrapa sur la rambarde un coquillage qui servait de cendrier et sortit une cigarette.

— Il y a eu des émeutes vendredi dernier, commença Luc.

— Oui, j'ai vu.

— J'y étais avec Lucille. Participants involontaires à une manifestation qui a dégénéré, pourrait-on dire. Nous nous sommes échappés assez vite, mais il y a eu des morts, on ne sait pas combien, et des blessés par dizaines. Chez les gendarmes et les CRS aussi, pas de morts, mais des blessés. Ça a été très brutal. Nous sommes rentrés ici avec Lucille, mais nous étions sous le choc.

— Ce n'est pas ta première fois, rappela Antoine, qui ne voulait pas verser dans la psychologie de bazar, mais qui persistait à trouver l'état d'accablement de son camarade surprenant.

— Non, c'est vrai. Octobre 61… Peut-être qu'on ne s'habitue jamais à cette violence, soupira Luc qui se tut pendant quelques secondes, avant de se résoudre à poursuivre. Il y a eu des coups de feu, des morts par balles, et j'ai même croisé un médecin qui m'a suggéré que des victimes avaient été abattues par un tireur d'élite. J'ai du mal à y croire, mais j'y étais et j'ai entendu ces balles à haute vélocité…

— Mmmm… Je ne vais pas te dire que je suis surpris, glissa Antoine, dont la réputation de cynique était bien établie entre eux.

— Les flics ont poursuivi leur besogne dans la nuit et la journée qui ont suivi : ils ont arrêté des participants à la manifestation, allant parfois jusqu'à s'introduire chez eux pour les embarquer au commissariat. Certains auraient même fini dans le fossé avec une balle dans le corps, mais ça je n'en ai pas confirmation, ce sont des rumeurs qui circulent…

Lucchesi ne savait que dire. Certes, il aurait pu tenter de rassurer son hôte en lui posant la main sur l'épaule et en lui suggérant qu'il exagérait, que les choses allaient revenir rapidement à la normale, mais il n'en croyait pas un mot. De surcroît, quelque chose le tracassait, qu'il ne parvenait pas à toucher du doigt. Blanchard était du genre acharné. Et s'il se laissait abattre, cette faiblesse ne durait pas. Sa révolte naturelle, candide aux yeux du Corse, reprenait vite le dessus. Alors, pourquoi paraissait-il aussi cafardeux, aussi apathique ? Craignait-il pour sa fille ? Pour sa famille ? Lucchesi éprouva une intuition :

— Où est Lucille ?

Antoine avait visé juste. Les muscles du cou de Blanchard se tendirent et ses lèvres se rejoignirent pour former un segment infranchissable. Un instant, le marin regretta sa question. Et fut presque soulagé quand Blanchard répondit :

— Elle a été arrêtée avant-hier par les gendarmes. Et je viens d'apprendre qu'elle a été expulsée ce matin vers la métropole.

— Expulsée ? Pourquoi ? Vous n'avez pas de tribunaux en Guadeloupe ?

— Bien sûr que si ! Mais la préfecture a décidé de séparer les contestataires des factieux. Ceux qui lançaient des caillasses et ceux qui, selon elle, voulaient renverser le gouvernement.

— Qu'est-ce que tu me racontes ? tacla Antoine, qui ne comprenait pas le sérieux de Luc face à l'absurdité de la situation. Le gouvernement français est à cinq mille bornes d'ici et se la coule douce dans un pays endormi. Comment veux-tu le renverser ! ?

— Va expliquer ça aux juges ! Lucille est renvoyée devant la Cour de sûreté de l'État, à Paris. Avec une quinzaine d'autres Guadeloupéens.

— Y avait-il vraiment un soulèvement qui se préparait ? questionna Lucchesi, sceptique.

— Je n'en sais rien, mais ça m'étonnerait, répliqua Blanchard, désabusé. Lucille a participé à la manifestation, et comme un de ses cousins, abattu par la police, était l'un des meneurs d'une organisation indépendantiste, ça leur a suffi pour l'inculper et l'expédier à Paris.

— Qu'est-ce que tu vas faire ?

Antoine connaissait assez bien son ami pour deviner qu'il n'allait pas rester les bras croisés sur sa terrasse. Même si, pour l'heure, il avait du mal à se mobiliser.

— Je ne sais pas encore, hésita Luc avec un geste de désarroi. C'est tout neuf. Ils ne m'ont pas laissé la voir hier et ne m'ont pas annoncé son transfèrement avant ce matin, une fois qu'elle était dans l'avion…

La méthode administrative du fait accompli. Bien commode pour ne pas avoir à se justifier.

Soudain, un petit bout de chou d'à peine un mètre de haut se présenta sur le pas de la porte, une peluche à la main et les yeux ensuqués. Luc se redressa pour l'attirer dans ses bras et la fit grimper sur ses genoux. Célanie posa la tête contre son épaule, comme si elle voulait poursuivre sa sieste. Le portrait familial amputé était touchant, il aurait fallu le peindre, se dit Antoine, pourtant guère porté aux effusions de sentiments.

— Elle sait ? demanda Antoine avec un geste du menton en direction de la gamine.

— Pas encore. Je n'ai pas eu le courage…

— Je comprends.

10

Sirius Volkstrom, Pointe-à-Pitre

Sirius avait fouiné dans tous les recoins de la sous-préfecture sans parvenir à mettre le grappin sur Lionel Legeay. Cela faisait trois jours qu'il avait posé les pieds sur ce caillou dans la mer des Caraïbes et il commençait à en avoir sa claque. S'il n'arrivait pas à coincer son seul contact en Guadeloupe, il pouvait aussi bien rentrer chez lui. Problème : il n'avait pas de chez-lui.

Sans Legeay, il ne voyait pas comment dénicher des sources de revenus pour l'Agence ni réussir à recruter des types pour suppléer aux exilés cubains, qui avaient fait la preuve éclatante de leurs limites. Volkstrom ne connaissait personne dans ce bled, il n'allait pas passer une annonce dans le canard local…

Courroucé, il sortit de la sous-préfecture, traversa la place de la Victoire qui avait retrouvé son apparence ordonnée bien que demeurant vide de badauds, et s'engagea dans les rues du centre-ville, parmi la juxtaposition inélégante de bâtiments modernes et de vieilles cases en bois. Il avisa la première porte semblant s'ouvrir sur une salle avec des tables et un bar, et y pénétra en même temps que sa mauvaise humeur.

Sachant qu'il devait étancher sa dipsomanie, il commanda d'emblée deux pastis et s'assit dans le soleil, près de l'entrée, à l'écart des autres clients. Il se roula une cigarette avec son bras unique et l'alluma, tirant la première bouffée avec délice. Et s'il plaquait tout ? Cette pensée lui taraudait l'esprit avec la régularité d'un train de fret. Elle ne l'inquiétait plus ; il vivait avec depuis tellement longtemps que c'en était devenu un mode d'existence. La hargne le propulsait. Seulement, avec les années, elle s'amenuisait. Abandonner, recommencer, il avait peut-être inventé le mouvement perpétuel, sauf que la cinquantaine charriait sa part d'usure. Le mécanisme se grippait.

Après avoir séché son second pastis, il se retourna pour en commander un troisième lorsqu'il aperçut une figure qui l'observait. Contrairement à lui, elle nichait dans l'ombre et ses pupilles réduites ne l'aidaient pas à en distinguer le visage. Il revint à ses verres avant de faire volte-face. La silhouette continuait de le fixer.

N'ayant jamais été très joueur, Sirius se leva et se dirigea droit vers le mateur, bien disposé à lui prodiguer une leçon de savoir-vivre. Avant qu'il ne discerne les traits de l'inconnu, ce dernier lui désigna la chaise en face de lui avec un accent méridional :

— Puisque tu es là, assieds-toi.

Les yeux de Volkstrom faiblissaient avec l'âge, mais ils le trahissaient rarement de près. Antoine Lucchesi, avec son pantalon en toile, sa chemise ouverte sur son torse brun et sa fine moustache, le toisait depuis son entrée dans le bistrot.

— Putain ! T'aurais pas pu venir me saluer !? s'indigna Sirius, avec une sincérité étonnante de la part d'un homme qui cultivait aussi mal les amitiés.

— Ç'aurait signifié que j'étais heureux de te revoir…

— Lucchesi, vieux malfrat ! Toujours aussi aimable !

En dépit du reproche, Sirius souriait. Content de rencontrer une tête connue. Et de constater que ce qu'il y avait à l'intérieur n'avait pas changé.

— Alors, qu'est-ce que tu fous ici ? interrogea Sirius de la manière la plus prévisible possible, les yeux brillants, ravi de ces retrouvailles.

— J'ai convoyé un bateau depuis Marseille.

— Tu m'en diras tant ! Tu transportais quoi ?

— Rien. Le voilier, c'est tout.

— Rien ? Toi, le spécialiste des trafics en tout genre ?

— Si je te le dis.

— OK, je comprends que tu ne veuilles pas t'étendre là-dessus en public, tu me raconteras plus tard.

Lucchesi eut un petit mouvement de dénégation de la tête, aussitôt suivi d'un fin soupir. Le manchot avait la caboche dure, dans tous les sens du terme.

— C'est quand même invraisemblable de se croiser ainsi ! se réjouit Volkstrom.

— Faut croire que la planète n'est pas assez grande pour nous deux…

— Ça fait combien de temps ? Cinq ans ?

— Ça me paraît coller.

Volkstrom ne comptait pas d'amis, seulement des intérêts.

Mais il avait toujours éprouvé une faiblesse pour Lucchesi, qui incarnait une facette de l'individu qu'il aurait aimé être : un homme de principes. Il commanda une tournée pour fêter cette rencontre improbable.

Sachant que son compagnon ne causait pas beaucoup, Sirius meubla la conversation pour deux. Omettant les détails trop précis, il lui raconta comment il avait atterri aux États-Unis, où il émargeait pour « un bureau d'information », selon sa propre terminologie. Comme il s'en doutait, tout cela n'impressionna guère son interlocuteur. Mais Volkstrom ne voulait pas lâcher le morceau. Il connaissait les accointances de Lucchesi avec le Milieu marseillais et la spécialité qu'il s'était faite du convoyage de marchandises, souvent illégales.

La CIA au Vietnam, comme l'armée française avant elle en Indochine, importait de l'héroïne en provenance du Triangle d'or. Sirius en savait quelque chose puisque, lors de son séjour en tant que sergent dans le bourbier de Diên Biên Phu, il avait sympathisé avec les pilotes d'Air America qui se chargeaient du transport secret de cette marchandise. Ayant officié aux barreaux inférieurs de l'échelle, il n'était jamais parvenu à dénouer les ressorts précis du trafic, mais il avait toujours soupçonné que ses initiateurs n'avaient pas employé les profits qu'ils en retiraient pour se payer des villas au soleil, mais plutôt, en bons soldats de l'anticommunisme, pour financer des opérations secrètes que leur gouvernement renâclait à insérer dans une loi budgétaire. L'argent d'une saloperie servait à subventionner d'autres saloperies. Tout à fait le genre de combine qui plaisait à Volkstrom. Il avait réfléchi à cet axe dès que la

CIA l'avait mandaté dans les Antilles. Sauf que, dans cette partie du monde, le pavot n'était pas la plante de choix ; il s'agissait de la coca. Certes la popularité de son dérivé alcaloïdique laissait à désirer, mais Sirius avait pu constater qu'une petite mode se développait aux États-Unis autour de ce stupéfiant, surtout parmi ceux qui dédaignaient le comportement des hippies fumeurs d'herbe. Autrement dit, la cocaïne se consommait chez les riches et les réacs. Ce qui voulait dire qu'il y avait du blé à se faire.

Si Volkstrom parvenait à trouver une source d'approvisionnement et une méthode pour la transporter, il se faisait fort de convaincre Derrick Johnson de financer ses élucubrations cubaines grâce aux feuilles de coca transformées. Et voilà que la providence le mettait sur le chemin de Lucchesi, convoyeur de blanche pour la French Connection. Pour lui, ce n'était pas un hasard. Plutôt un signe du destin et de sa bonne fortune qui revenait. Il n'était soudain plus question de tout plaquer.

— Tu sais que Blanchard habite en Guadeloupe ? lança le Corse, qui ne savait pas quoi dire d'autre.

— Non, pas croyable ! mugit Sirius. On va nous dénoncer pour reconstitution de ligue dissoute ! Qu'est-ce qu'il fout ici ? Ne me dis pas qu'il bosse avec toi ! ?

— Ça ne risque pas. Il vit avec sa femme guadeloupéenne et leur fille, il est journaliste au canard local.

— Pfff, il fait toujours des boulots pas fréquentables… Flic puis journaliste…

— On fait ce qu'on peut.

— Tu me files son bigophone ?

Lucchesi arracha une page d'un magazine qui traînait et griffonna l'adresse de Blanchard au crayon à papier.

— Pas de téléphone, mais tu peux le trouver là. Annonce-toi avant de frapper, sinon il pourrait bien te tirer dessus.

— Ah, ah, très drôle ! grinça Volkstrom, qui se souvenait encore du pruneau que l'ancien policier lui avait collé dans la poitrine.

11

Luc Blanchard, Pointe-à-Pitre

Aussi incroyable que cela pût paraître, une semaine après la manifestation qui avait chaviré, aucun bilan du nombre de victimes n'avait circulé de manière officielle. La radio avait évoqué le décès de Jacques Nestor, qualifié à chaque mention d'« agitateur notoire », mais pour le reste, elle se contentait du vocable générique de « victimes », qui voulait tout et rien dire : morts, blessés, secoués, accidentés. Par contre, les présentateurs rappelaient avec une régularité de métronome les « nombreux blessés parmi les forces de l'ordre » sans, là non plus, avancer aucun chiffre.

La presse ne s'était pas montrée plus explicite. Luc avait surveillé *France-Antilles*, mais, au-delà des photos chocs de voitures incendiées ou des témoignages de Blancs agressés, le quotidien n'offrait pas grand-chose à se mettre sous la dent. Si ce n'est une soupe réconfortante vantant « l'action apaisante de la municipalité de Pointe-à-Pitre, des responsables des syndicats et des vrais étudiants », renvoyant les débordements aux agissements de « jeunes provocateurs ni travailleurs, ni grévistes, ni étudiants». Bref, circulez, il n'y avait rien à voir. Les honnêtes citoyens ne revendiquaient d'ailleurs jamais rien.

Luc avait bien tenté de sonder le rédacteur en chef, mais sans succès. Alexis lui avait rapporté ne rien savoir de plus que ce qui avait été imprimé dans son journal, ce que Blanchard considérait, hélas, comme crédible. Il aurait fallu être curieux pour creuser au-delà des communiqués de la préfecture et des édiles, or beaucoup de monde persistait à penser que cela restait un vilain défaut chez les journalistes. Luc avait essayé de raconter ce qu'il avait vu à l'hôpital le vendredi 26 mai, en omettant les confidences du médecin, qu'il gardait pour lui, mais Alexis avait haussé les épaules en disant : «La direction de l'hôpital ne s'est pas manifestée.» À ce stade de la conversation, Blanchard avait préféré ne pas soulever la question des nombreux coups de feu entendus et il avait battu en retraite. Étonnamment, le rédacteur en chef, qui avait sensiblement le même âge que Luc, écoutait toujours ses histoires avec intérêt avant de lui opposer une fin de non-recevoir, comme s'il anticipait ce qu'il serait autorisé à publier ou pas par des patrons qui dépendaient des subsides de l'État.

Cela faisait quatre jours que Lucille avait été transférée en métropole, et la seule information qui lui était parvenue émanait d'un avocat engagé par un collectif de Guadeloupéens de Paris – sans doute des proches du GONG même s'ils s'abstenaient de le préciser – qui avait appelé quelques familles, à charge pour celles-ci de relayer auprès des autres. Blanchard avait eu droit à un rapide coup de téléphone personnel, car Lucille était la seule femme détenue et, par conséquent, incarcérée à Paris à la prison de la Roquette, plutôt qu'à celle de la Santé avec les dix-huit autres prévenus masculins. Hormis cette information, l'avocat ne lui avait rien dit de tangible – tout juste missionné, il ne connaissait ni les accusés ni les charges pesant contre eux. L'insistance de Luc n'avait servi à rien, le juriste n'en savait pas plus.

C'était en grande partie pour éviter de se morfondre chez lui, à se retourner le cerveau pour aider la mère de sa fille, qu'il avait décidé d'en apprendre davantage sur le déroulement des émeutes. Si Lucille comparaissait face à la Cour de sûreté de l'État, il faudrait batailler ferme. Il ne suffirait pas d'attester l'absence de malignité de ses intentions – témoignage qui serait forcément écarté ou démonté par une accusation se fondant sur les récits policiers. Il faudrait démontrer qu'autre chose s'était produit ce jour-là place de la Victoire. Quoi ? Blanchard ne le savait pas encore. Mais il trouverait. C'était la base des investigations policières ou journalistiques : pour découvrir quelque chose, il fallait savoir ce que l'on cherchait.

À défaut de pouvoir démarrer par un bilan chiffré et nominatif qui, pour l'heure, restait à compiler, Luc entendait remonter le fil de ses propres constatations. Il se mit en route pour l'hôpital. Cette fois-ci, contrairement à la semaine précédente, il ne fut pas autorisé à pénétrer dans les urgences aussi aisément. On le renvoya à l'accueil général où non seulement les cerbères gardaient la maison avec les dents, mais où sa description du médecin qu'il recherchait, et dont il avait stupidement omis de relever le nom, n'éveilla aucun souvenir.

Comprenant qu'il ne franchirait pas le seuil à moins de se transformer en patient, Blanchard s'infiltra aux urgences en se glissant à la suite d'une famille affolée poussant un vieil homme évanoui dans un fauteuil roulant. Ni vu ni connu, il passa les portes. Puisqu'il savait où se trouvaient les blouses, il en revêtit une et se mit à déambuler en tenant son carnet de notes à la main comme un administrateur recensant les coupes envisageables dans le budget des soignants. Il erra ainsi pendant une heure dans les coursives, entre salles de soin, de repos et blocs chirurgicaux, jusqu'à ce qu'il sente les regards de plus en plus interrogatifs du personnel. Quelqu'un allait finir par lui demander ce qu'il fabriquait ici.

Heureusement, la porte du bloc opératoire s'ouvrit et le docteur avec lequel il avait conversé huit jours auparavant en sortit en soupirant. Visiblement, il achevait une grosse intervention et paraissait épuisé. Luc se cala dans ses pas, attendant de pouvoir l'interpeller loin de ses collègues. Lorsque le toubib se dirigea vers la cage d'escalier, Blanchard accéléra et le coinça entre deux étages.

— Vous vous souvenez de moi ? entama-t-il.

Le médecin fronça les sourcils – il devait voir défiler autant de visages qu'un guichetier des PTT – avant de lâcher, avec une bonne dose de regrets :

— Oui, je vous remets…

— Avez-vous rédigé un rapport sur les morts par balles de vendredi dernier ?

— Possédez-vous une autorité quelconque pour me questionner ainsi ?

Luc fut déstabilisé. Il espérait, dans la foulée des

confidences précédentes, que le chirurgien se montrerait coopératif. Il changea donc de braquet, optant pour une douce obséquiosité.

— Pardonnez-moi, mais vous m'aviez mis sur une piste très intéressante l'autre jour. J'aimerais bien en apprendre davantage.

— Vous n'êtes plus flic, non ?

— Non, en effet. Mais il m'arrive d'écrire des articles pour la presse.

— C'est encore pire.

— Si vous le dites, répliqua Luc sans se démonter. Pouvez-vous m'en dire plus sur les morts par balles ?

Un trio d'infirmières descendait l'escalier. Les deux hommes se turent le temps de les laisser passer. Puis, une fois hors de portée de voix, le médecin reprit avec le même ton cassant qu'il usait depuis le début de leur conversation :

— Je ne vois pas de quoi vous parlez.

— Mais c'est vous-même qui m'avez montré les blessures et qui avez suggéré des conclusions balistiques ! s'indigna Luc.

— Je ne pratique pas la médecine légale, je suis chirurgien, cracha l'homme en blanc avec hargne. C'est tout ce que vous avez à me demander ?

— Non, encore une chose, se ressaisit Luc, qui avait compris que le toubib avait rentré la tête à l'intérieur de sa carapace, la préfecture ou la direction de l'hôpital ayant dû faire passer la consigne de s'écraser, avec menaces assorties. Comment pactisez-vous avec votre serment de médecin en vous regardant dans la glace le matin en sachant que vous ne faites rien pour éviter que des massacres comme ceux de vendredi dernier ne se reproduisent ? Ça vous plaît de voir des types au cerveau éclaté par des balles, que vous ne pouvez même pas soigner, arriver dans votre bloc chirurgical ?

Blanchard fixa sans ciller le thérapeute qui, à en juger par sa jugulaire frémissante, n'avait pas l'habitude qu'on lui adresse la parole sur ce ton. S'il envisagea un instant de se confier, cela ne se traduisit pas dans son expression. Le toubib serra les dents, tourna les talons et grimpa le demi-étage qui lui restait avant de s'engouffrer dans un couloir aux couleurs claires. Luc aperçut le panneau sur la porte : c'était l'étage de la maternité, où le docteur n'avait rien à faire. Il avait foncé sur la première échappatoire possible.

Dépité, Blanchard ôta sa blouse d'emprunt puis quitta l'édifice en traînant les pieds. Les interrogatoires, les cadavres, les rapports d'autopsie… tout cela appartenait à sa vie précédente de policier. Dans la présente, il ne possédait plus les repères nécessaires. Par exemple, à supposer qu'il ne soit pas trop tard pour aller y fouiner, il ne savait même pas où se situait la morgue de Pointe-à-Pitre. Sans parler du fait qu'il ne pourrait pas s'y introduire aussi facilement que dans un hôpital. Quant à aller tailler une bavette avec les flics pour leur tirer les vers du nez, l'idée lui parut aussi saugrenue que de jouer de l'accordéon avec les Beatles.

Ses pas le guidèrent automatiquement sur le chemin parcouru la dernière fois et il aboutit, sans surprise, au même endroit : la place de la Victoire. Rien à y faire que contempler la vaste esplanade nimbée de soleil débarrassée de tous les stigmates d'un quelconque mécontentement populaire.

Luc s'assit sur un banc pour broyer du noir, en toute

conscience. Personne ne lui ôterait ça. À peine avait-il commencé à s'apitoyer sur son sort qu'il se releva aussitôt. Puisqu'il se trouvait en face de la sous-préfecture, autant aller frapper directement à la porte du principal responsable : le préfet Delbotte. Certes, il se ferait éconduire, mais au moins ce serait avec panache, espérait-il.

Franchissant le barrage de policiers qui continuaient de veiller en nombre plus important que de coutume, il se présenta à l'accueil. Il avait revêtu une tenue passe-partout pour aller à l'hôpital : pantalon en toile bien repassé, chemisette blanche en lin, mocassins, ses lunettes sur le nez comme toujours, et son cahier à la main. La préposée qui l'aperçut leva immédiatement le bras pour lui indiquer la grande porte sur sa droite :

— Vous venez pour la réunion du préfet avec les entrepreneurs de l'île ? C'est par là, monsieur.

Une telle aubaine ne se refusant pas, Luc suivit la direction préconisée et entra dans une des salles de conférence de la sous-préfecture, où cinq dizaines de chaises s'alignaient face à un pupitre surélevé. Une vingtaine de personnes étaient déjà présentes, discutant entre elles ou assises dans l'attente de l'intervention. Luc se choisit une place en fin de rangée et patienta en tendant l'oreille. Il comprit vite que le public était composé de commerçants, d'agriculteurs ou d'entrepreneurs du bâtiment, blancs dans leur immense majorité. Ils pestaient unanimement contre l'agitation de la semaine passée et redoutaient d'être stigmatisés par la métropole ou les États-Unis avec lesquels, pourtant, ils échangeaient peu, hormis, comme le savait Luc, du sucre acheté par Washington à un prix supérieur au cours mondial au nom de l'embargo contre Cuba.

Lorsque Pierre Delbotte fit son entrée, les conversations cessèrent d'un seul coup. L'homme possédait le sérieux et la stature ordinaires du haut fonctionnaire métropolitain, il portait son costume comme un mécanicien sa salopette. Sans préambule, il attaqua sur l'accord conclu trois jours auparavant avec les responsables des syndicats patronaux et ouvriers : une hausse des salaires de 25 %. Ce ne fut pas un murmure, mais un grondement qui se répandit dans les travées. Luc eut même l'impression que son voisin venait d'avaler un os de poulet. Les entrepreneurs, visiblement, n'en revenaient pas. Une semaine plus tôt, le patronat refusait 2 % d'augmentation, et voilà que le gouvernement les poussait à lâcher le décuple.

Le préfet attendit quelques secondes puis exigea, les mains devant lui tournées vers le sol, le retour au calme. Il passa le reste de son discours à justifier cet accord, évoquant l'inflation, le coût de la vie supérieur à celui de la métropole, la différence entre les salaires des fonctionnaires et ceux du secteur privé, bref plein d'arguments de bon sens qui avaient pourtant été balayés la semaine précédente. Lorsqu'il conclut son intervention et que les questions et les récriminations fusèrent, Luc choisit de se concentrer sur le non-dit des réponses de Delbotte. Pas uniquement parce que l'homme se montrait indéniablement habile, mais parce qu'il dissimulait des éléments et même, Blanchard le réalisa, des sentiments.

Le préfet semblait tout de même avoir été secoué par les émeutes. Même s'il se garda de communiquer un bilan, il fit de nombreuses fois allusion aux victimes, et pas seulement pour saluer les policiers blessés. Surtout, il s'attacha à parler d'unité et de solidarité des Guadeloupéens. Il craignait visiblement que la fracture qui existait, et persistait depuis des décennies dans la société insulaire, ne s'agrandisse en raison des conséquences de la révolte, et qu'elle se manifeste par un rejet accru du lien avec la métropole. L'émissaire de Paris prit bien soin de dénoncer les indépendantistes, de moquer leurs actions et de minorer leur influence, mais une crainte, certes bien enterrée, gisait au fond de son esprit. La crainte d'avoir tort et d'avoir donné un coup de fouet à ces idées qu'il honnissait.

Luc nota autre chose qui le surprit lors des échanges avec les entrepreneurs : Delbotte ne semblait pas les apprécier. Il utilisait un ton cassant pour leur répondre et n'hésitait pas à les accuser d'indifférence à l'égard de leurs employés ou des plus miséreux de la société. Cela résonnait étrangement de la part d'un haut fonctionnaire à poigne qui donnait l'illusion de se couler dans la société insulaire blanche et fortunée de la Guadeloupe. Il n'hésita même pas à railler un de ses contradicteurs, évoquant le manque de générosité des élites locales dans la foulée du passage de l'ouragan Inès l'année précédente, une inertie qui avait apparemment choqué le préfet. Si certains des présents piquèrent du nez vers leurs chaussures à ce rappel, le voisin de Luc grommela clairement une phrase qui ressemblait à peu près à : « Salopard de Parigot ! Heureusement qu'il se tire bientôt ! »

Après une petite demi-heure, Delbotte décida qu'il avait accompli sa mission de communication, sachant que, de toute manière, l'État avait le dernier mot. Que ça leur plaise ou pas, et dans leur majorité ça ne leur plaisait pas, les entrepreneurs seraient contraints d'appliquer la hausse des salaires.

Alors que Delbotte s'éclipsait par une porte au fond de la salle, qui menait directement aux bureaux de la sous-préfecture, Luc bondit de son siège pour l'intercepter. L'huissier tenta de s'interposer, mais Blanchard avait capté l'attention du préfet.

— Luc Blanchard, reporter à *France-Antilles*. Je voudrais vous poser deux-trois questions.

— Mmm, bonjour, monsieur Blanchard, répliqua Delbotte avec une pointe d'hésitation, cherchant ses adjoints du regard.

Les deux fonctionnaires qui attendaient leur chef, probablement des membres de son cabinet, firent chacun une grimace différente : l'un exprimait le dégoût de s'adresser à un journaliste, l'autre la perplexité quant à l'identité dudit reporter.

— J'ai déjà dit tout ce que j'avais à dire au sujet des augmentations de salaire. Je crois m'être expliqué assez clairement.

— Pardonnez-moi, mais je souhaite revenir sur les événements de la semaine passée. Pourquoi n'avez-vous toujours pas diffusé de bilan officiel sur le nombre de victimes ?

Le préfet, qui avait pourtant démontré son stoïcisme face aux entrepreneurs, blêmit. L'adjoint qui n'aimait pas les reporters fit mine de tourner le dos en entraînant son patron avec lui, mais Delbotte n'était visiblement pas homme à reculer devant l'estocade.

— La gendarmerie et la police ne nous ont pas encore communiqué l'état précis des blessés. Certains agents sont toujours soignés…

— Je voulais parler des morts du côté des manifestants, l'interrompit Luc.

— Des morts ? Qu'est-ce qui vous fait dire ça ? répliqua le haut fonctionnaire avec âcreté.

— Jacques Nestor, par exemple, asséna Luc.

— Ça en fait un. Un agitateur notoire qui a agressé les forces de l'ordre.

— J'étais à proximité de la place de la Victoire, j'ai entendu de nombreux coups de feu, renchérit Luc.

— Des lancers de grenades lacrymogènes et des tirs de sommation dans les airs.

— J'ai été policier, je sais reconnaître le son des carabines et des pistolets.

— Les émeutiers possédaient des fusils dont ils ont fait usage. Deux armureries ont été pillées, monsieur Blanchard. Cela a été rapporté dans votre journal.

Les deux interlocuteurs se jaugeaient du regard. Luc hésitait à abattre la carte de ce qu'il avait observé à l'hôpital. C'était tentant. Risqué aussi. Il ne s'était pas encore décidé quand le second adjoint intervint dans la conversation :

— Monsieur Blanchard, c'est bien ça ? N'êtes-vous pas l'époux de Mme Ferracci-Montout ?

— Nous ne sommes pas mariés, hasarda Luc, soudainement mal à l'aise, conscient qu'il venait de perdre l'avantage.

Pierre Delbotte ne laissa pas filer la passe en or transmise par son collaborateur, qui tenait ses dossiers à jour et possédait la mémoire des patronymes :

— Êtes-vous vraiment journaliste à *France-Antilles*, monsieur Blanchard, ou bien cherchez-vous à poursuivre les actes séditieux de votre compagne d'une autre manière ?

— Elle n'avait rien à voir avec les manifestants. Elle soignait des blessés.

— C'est vous qui le dites. Si vous insinuez que les policiers qui l'ont arrêtée ont menti, vous risquez d'être accusé de complicité, grinça le préfet qui s'était rétabli en position de supériorité et en profitait. Maintenant, je vous prierai de sortir de la sous-préfecture et de me laisser travailler.

Le trio tourna les talons et s'éloigna de Blanchard, défait en rase campagne.

— Vous n'avez pas le droit d'arrêter des gens sans raison ! cria Luc dans le couloir. Il y a eu des morts ! Bien plus de morts que vous ne voulez le reconnaître !

Le préfet se figea et se retourna.

— Le soleil vous a-t-il tapé sur la tête, monsieur Blanchard ? Cela fait-il trop longtemps que vous résidez aux Antilles ? lança-t-il avec toute la morgue dont il disposait, c'est-à-dire en abondance. Votre nom de famille devrait vous empêcher de pactiser avec les nègres, faut-il vous le signaler ?

Les trois fonctionnaires reprirent leur marche en ricanant, à la manière de courtisans s'extasiant du bon mot proféré par leur souverain.

Blanchard resta interloqué. Il n'avait jamais reçu un tel coup bas provenant de l'un des siens, un Blanc métropolitain éduqué, depuis son installation en Guadeloupe. Bien entendu, il avait déjà expérimenté les regards pincés de certains Blancs lorsqu'il déambulait au bras de Lucille, ou qu'ils apercevaient la peau hâlée de Célanie, mais jamais au point de se faire renvoyer ainsi dans les cordes avec autant d'aplomb.

S'il s'était trouvé dans une rue de Pointe-à-Pitre, il n'aurait pas hésité à se lancer à la poursuite de ces béotiens en costume-cravate et à solder le compte avec ses poings, même à trois contre un. Mais là, dans un bâtiment officiel, avec des huissiers qui le surveillaient et un aréopage de flics autour, il renonça. Luc ravala sa colère en songeant à sa fille qui l'attendait chez lui. Il ne pouvait se permettre de finir en taule.

Luc rentra chez lui en pilotage automatique sur sa mobylette, sans rien percevoir de son environnement. En se garant le long de sa maison, il éprouva un pincement au cœur à la perspective de l'absence de Lucille. Heureusement, il y avait Célanie qu'il partit récupérer auprès de la voisine. Alors qu'il s'y dirigeait, une silhouette bondit devant lui. Blanchard prit ses appuis, prêt à se battre, mais la figure était manifestement apeurée. Il lui fallut quelques secondes pour la reconnaître : Freddie, le jeune employé occasionnel de Lucille.

— J'ai besoin d'aide : les policiers me recherchent. Est-ce que tu peux me cacher ?

12

Antoine Lucchesi, Pointe-à-Pitre

Antoine n'avait plus que deux jours à tirer avant de s'envoler pour Paris. Il rongeait son frein. Franchement, il s'était fait une autre idée des Caraïbes. Il pensait voguer dans le sillage de Black Bart ou d'Emmanuel Wynne, respirer l'esprit de révolte de Toussaint Louverture, et il se retrouvait à tuer le temps dans une sous-préfecture française aux relents ségrégationnistes. Seul le rhum de tradition agricole aurait pu lui apporter du réconfort, mais il n'avait personne avec qui boire. Sirius Volkstrom avait disparu aussi rapidement qu'il était apparu et, bien qu'ayant prévu de revoir Blanchard avant de partir, il y renâclait. Il n'avait jamais été très doué pour offrir une épaule consolatrice sur laquelle pleurer, et son ami en avait certainement besoin au vu de ses ennuis.

Au lieu de se morfondre, Lucchesi décida d'aller flâner sur le port. Les navires l'avaient toujours apaisé. La clope coincée entre les lèvres et un chapeau de paille sur le chef, il prit nonchalamment le chemin de la darse lorsqu'un type lui fondit dessus. Levant la tête, Antoine découvrit le planteur Paul Despointes. Sur sa liste de toutes les personnes qu'il aurait préféré éviter, ce dernier figurait assez haut. Mais il était trop tard pour s'en défaire.

— Ah ! Je suis bien content de vous trouver ! Cela fait deux jours que je vous cherche.

— Je n'ai pourtant pas bougé.

— Que diriez-vous de reprendre la mer ?

— L'avion est plus rapide pour rentrer à Marseille.

— Je ne parlais pas de ça. Mon frère et sa famille ne viennent plus. Ces saloperies d'émeutes leur ont foutu la trouille. J'ai eu beau leur dire que c'était redevenu tranquille, ils renoncent à leur séjour.

— Je vous arrête tout de suite, je ne ramène pas le voilier. Ce n'est pas la bonne saison pour voguer vers l'est.

— Je comprends bien, mais ce n'est pas ce que je voulais vous demander. Comme je dispose du voilier de mon frère, je me suis organisé pour en profiter et faire une petite croisière avec des amis vers la Dominique, la Martinique, peut-être pousser jusqu'à Sainte-Lucie… Est-ce que vous souhaiteriez être notre skipper ?

À l'opposé de ses manières hautaines habituelles, Despointes se tortillait les mains, comme embarrassé de devoir s'abaisser à plaider sa cause. Antoine le fixa pendant quelques secondes puis répondit poliment.

— Non merci.

— Mais on vous paiera. Un bon salaire.

— C'est toujours non.

— Cela ne durera que quinze jours.

— Non.

Lucchesi aimait la mer et la navigation, mais dans une

perspective utilitaire, ou alors pour le plaisir de voir le lever de soleil à l'horizon ou d'approcher des côtes inaccessibles autrement que depuis le large. Jouer au promène-couillons, très peu pour lui. Il frôla son chapeau de l'index et reprit sa route.

— 5 000 francs ! Nouveaux ! annonça Despointes dans son dos, s'efforçant de ne pas crier son offre sur les toits.

Imperceptiblement, Antoine ralentit le pas. La somme représentait quasiment six mois du salaire d'un ouvrier. On ne crachait pas facilement sur une telle somme. Néanmoins, il poursuivit son chemin.

— 7 000 ! relança le planteur, qui le talonnait.

Cette fois-ci, Antoine s'arrêta.

— 10 000 francs. Quinze jours, pas un de plus, répliqua le Corse.

— 8 000, essaya Despointes.

— Je ne négocie pas. Je vous donne mon tarif, asséna Lucchesi.

— D'accord, d'accord… C'est bon. Franchement, vous abusez de la situation, soupira le planteur, penaud.

— Ce n'est pas moi qui suis venu vous chercher.

Paul Despointes était à court d'arguments. Une part de lui se demandait pourquoi il s'était laissé impressionner à ce point par le marin, jusqu'à débourser un montant phénoménal pour ses services ; une autre part semblait considérer que cela ne ferait pas, après tout, un si gros trou dans ses finances.

— Pourquoi moi ? s'enquit Lucchesi, qui ne comprenait pas pourquoi un quasi-inconnu lui offrait un tel pont d'or.

— J'ai confiance en vous, soutint Despointes. Ce n'est

pas si fréquent de trouver de bons navigateurs par ici, auxquels on peut confier un bateau et la sécurité des siens.

Antoine n'avait pas passé suffisamment de temps en Guadeloupe pour prétendre bien connaître les us et coutumes de l'île, mais il doutait qu'il fût si compliqué de dénicher un bon skipper au sein d'une population qui grandissait entourée d'eau. Le véritable argument devait être la couleur de sa peau. Et aussi quelque chose d'indéfinissable autour de sa personne, comme une aura, qui dessinait un homme sur les pieds duquel on évitait de marcher.

— Si vous le dites…, conclut Lucchesi. Prévenez-moi quand vous souhaitez partir, je me tiendrai prêt. Un dernier détail : vous me payez la moitié de mon salaire au départ. Le reste à la fin de votre croisière.

Despointes accepta cette ultime condition et les deux hommes se séparèrent après une poignée de main et la promesse de se revoir pour larguer les amarres dans quarante-huit heures. Antoine abandonna sa promenade vers le port pour aller modifier son billet d'avion et appeler Maria afin de lui annoncer ce contretemps. Il se sentait tiraillé entre le regret de ne pas rentrer tout de suite, la déception qu'il allait susciter chez sa compagne, et la perspective de mettre suffisamment d'argent de côté pour tenir de nombreux mois sans avoir à se soucier de l'avenir. Et peut-être même faire quelques extras comme s'acheter une voiture. Cela en faisant quelques ronds dans l'eau avec de riches plaisanciers qu'il méprisait par avance, mais dont il pourrait s'accommoder pendant deux semaines. Maria comprendrait cet arrangement. Elle le comprenait toujours, quand bien même lui y peinait.

Puisqu'il avait des préparatifs à effectuer et pas beaucoup de temps pour s'en charger, autant aller visiter Blanchard rapidement. Antoine héla un taxi et, quinze minutes plus tard, il grimpait les marches du bungalow où Luc était assis sur la terrasse, occupé à rédiger une lettre sur du papier bible. Célanie, en tailleur par terre, jouait avec deux poupées en murmurant des dialogues babillés. La petite fille leva à peine un œil sur le nouvel arrivant et retourna à son petit théâtre.

Blanchard lui apprit les dernières nouvelles qu'il avait reçues de l'avocat de Lucille, c'est-à-dire pas grand-chose. Ne voyant pas quelle aide il pouvait apporter à son ami, Antoine lui proposa de rendre visite à sa compagne lorsqu'il passerait à Paris. Mais cela devait désormais attendre quinze jours, le marin expliquant pourquoi son retour était reporté. Il en profita pour s'enquérir de l'identité de son tout nouveau patron :

— Tu connais Paul Despointes ?

— Pas personnellement. Je sais qu'il appartient à une grosse famille martiniquaise qui a beaucoup investi en Guadeloupe. D'abord des terres agricoles, maintenant des commerces.

— Riche ?

— Très riche.

— Honnête ?

— Ça dépend de ce que tu entends par là…

— Despointes gagne-t-il son argent dans les clous ? précisa Lucchesi qui avait longtemps rempli son portefeuille en coloriant en dehors des lignes tracées par la loi.

— D'après ce que je sais, oui. Mais je ne t'apprendrai rien en te disant que faire du fric légalement n'est pas la même chose qu'honnêtement.

— Je connais la distinction. Mais j'ai le sentiment que tu essaies de me dire quelque chose sur Despointes, alors vas-y…

— En Guadeloupe, la plupart des Blancs, donc les riches propriétaires de plantations, ont eu la tête tranchée lors de la Révolution française. Pas en Martinique, qui s'était réfugiée sous la protection de la Couronne britannique pour ne pas avoir à abolir la royauté ni l'esclavage. Bilan : les békés martiniquais s'en sont donné à cœur joie pour investir en Guadeloupe une fois l'ordre rétabli, car Paris n'a jamais envisagé de partager les terres ou d'en octroyer aux anciens esclaves. Donc, pour répondre à ta question, la famille Despointes a toujours respecté la loi, mais la loi a toujours penché en sa faveur. Au XIXe siècle comme aujourd'hui.

— Je ne te savais pas communiste, ironisa Lucchesi.

— Et moi je te croyais du côté des pirates, pas des armateurs, lui renvoya Luc.

— Touché.

Le regard de Blanchard se perdit soudain dans le vide. Pas longtemps, quelques secondes à peine. Puis son visage se fit sérieux et il baissa la voix, même si personne ne pouvait les entendre.

— Ça te dirait de racheter un peu de ta conscience en rendant un service ?

— Je n'ai pas de problème de conscience, mentit Antoine, froidement.

Il n'aimait pas que l'on conteste ses motivations, et certainement pas ses ruminations.

— Admettons, concéda Luc qui connaissait assez le Corse pour savoir qu'au fond de lui, il préférait Robin des Bois au shérif de Nottingham. Mais si je te dis que tu pourrais aider un jeune type avec ton bateau, un gars qui, précisément, est honnête, mais dont on juge les actions illégales parce que la loi est contre lui…

— Crache le morceau, lança Antoine, lassé des périphrases.

— J'héberge un des manifestants recherchés par la préfecture, quelqu'un que Lucille connaît bien, expliqua Luc en pointant du menton l'intérieur de sa maison. Il n'a rien fait si ce n'est balancer des caillasses sur les flics, et encore, je n'en suis même pas sûr. Mais il milite au GONG, un groupe indépendantiste, et il est fiché par les autorités. Donc il risque le trou direct. Voire la prison à Paris, comme Lucille. Est-ce que tu peux l'embarquer avec toi, le temps que les choses se tassent ?

Lucchesi s'accorda un moment de réflexion. Non pas pour établir ce qu'il gagnerait à aider son vieux compagnon, mais pour estimer la marge de manœuvre dont il bénéficiait dans son nouvel emploi. Il parvint rapidement à sa propre conclusion :

— Ton gus n'a pas le mal de mer, au moins ?

— Faut lui demander. Je vais te le présenter.

Blanchard se leva et attrapa Célanie qui protesta parce qu'on l'arrachait à son jeu, mais se mit immédiatement à rigoler lorsque son père lui fit faire des acrobaties sur ses épaules. Tous trois rentrèrent à l'intérieur du bungalow et Luc alla toquer à une porte qui donnait sur une petite chambre. Un type efflanqué et qui semblait avoir du sommeil en retard se montra, ses yeux parcourant fébrilement d'une même embrassade apeurée le dehors et ce nouvel individu qu'il ne connaissait pas.

— Freddie, je te présente Antoine Lucchesi, un vieil ami qui va te sortir d'ici en attendant que ce soit moins chaud pour toi.

— Bonjour monsieur, avança Freddie poliment. Merci de m'aider.

— De rien. D'abord, tu m'appelles Antoine. Ensuite, j'espère que tu aimes la mer.

13

Sirius Volkstrom, Pointe-à-Pitre

Le problème des bas-fonds de Pointe-à-Pitre était qu'ils ne s'enfonçaient pas bien profond. Loin des clichés de baies abritant des tavernes de corsaires, les Antilles respiraient désormais la tranquillité et l'ennui propres à séduire les touristes. Ou alors, il aurait fallu mieux connaître l'île pour découvrir ses bouges. Sirius avait eu beau traîner dans les bars les plus glauques qu'il avait dénichés ou parcourir le port à la nuit tombée, personne ne lui avait tapé dans l'œil. Pour sa mission professionnelle, s'entend. Il avait rincé quelques types, poussé dans leurs retranchements quelques autres, mais le pire des crimes commis par ces gus relevait de la petite délinquance : trafic de quelques dizaines de grammes d'herbe en provenance de la Dominique voisine, tabassage d'un mauvais payeur endetté, vol de matériaux de chantier, un peu de prostitution occasionnelle… Bref, pas de quoi ramasser du pognon pour la CIA, ni embaucher ces gars qui avaient plus des airs de bras cassés que de gros bras.

Par ailleurs, aucun ne réagissait quand il tentait de leur vendre la contre-révolution cubaine. Soit ils se contrefichaient de ce qui se passait à La Havane, soit ils voyaient en Castro et Guevara les Batman et Robin de la Caraïbe : un folklore amusant, mais qui ne les concernait pas. Cela pouvait éventuellement s'arranger avec des liasses de billets : Volkstrom avait croisé en Floride des exilés cubains qui se moquaient bien de déloger les *barbudos*, mais qui préféraient palper le fric de l'Oncle Sam en faisant des pompes dans les bayous que de s'user les mains à la plonge dans les restaurants graisseux de Miami Beach. Or, même à la perspective de toucher un paquet d'oseille en prétendant barboter la casquette de Fidel, les Guadeloupéens qu'il avait rencontrés ne paraissaient guère motivés. Sirius faisait ce boulot de mercenaire et de recruteur de raclures depuis assez longtemps pour s'estimer bon juge des caractères. Et, sur ce coup, il ne sentait pas les autochtones. Au fond, réalisait-il, les locaux se percevaient comme très français. Malgré l'éloignement de la métropole, malgré une histoire tiraillée entre Afrique, Amérique et Europe, malgré un mépris patent des Blancs envers leurs concitoyens plus foncés, les Guadeloupéens préféraient s'empailler entre eux et avec Paris au lieu de regarder vers les États-Unis d'un côté ou Cuba et les Soviets de l'autre.

Il en conclut que sa seule chance de ne pas revenir les mains vides auprès de son employeur consistait à poursuivre la piste de Lionel Legeay et des békés, voire des métropolitains exilés sur ce caillou. Sirius coiffa donc son chapeau et se dirigea vers la sous-préfecture d'un pas vaillant. Il réédita son entrée en filant directement vers les couloirs administratifs et trouva son chemin tout seul jusqu'au bureau recherché. Il écrasa sa cigarette par terre avant de pénétrer à l'intérieur.

Cette fois-ci, Legeay paraissait bien moins occupé. Ses jambes reposant sur son bureau, il astiquait un revolver avec une peau de chamois. Il soupira en apercevant le manchot, mais ne fit pas mine de le chasser.

— Vous êtes du genre obstiné, lança Legeay.

— Je fais mon boulot.

— Qui est ?

— Je suis précisément là pour vous l'exposer.

— Ça va prendre longtemps ?

— Un peu, oui.

— Bon, alors on va aller causer tranquillement au bistrot, annonça le fonctionnaire en remisant le pistolet dans un tiroir fermant à clef et en enfilant sa veste.

Sans s'épancher davantage, Legeay mena le train dans les couloirs de la sous-préfecture, puis au travers de la place de la Victoire, avant de s'installer à une table en terrasse, sous les arbres sabliers, parmi les consommateurs oisifs de mi-journée. Devant deux verres d'anisette, les deux hommes passèrent au tutoiement de manière naturelle.

— Peter Grass, c'est un pseudonyme ? entama Legeay après avoir bu sa première gorgée.

— Faut pas poser les questions dont tu connais les réponses.

— On peut toujours essayer.

— Mon véritable nom n'est pas intéressant. C'est mon employeur qui a choisi de me rebaptiser pour venir ici.

— La CIA.

— En théorie, oui. Mais je ne peux pas te certifier que le bureau du personnel à Langley me connaisse vraiment. Il y a autant de silos à la CIA que dans les plaines agricoles du Midwest. Moi, j'émarge du côté du bureau cubain.

— Ah ! Les obsédés de Castro ! S'ils t'envoient pour jauger l'état prérévolutionnaire de la Guadeloupe, tu peux t'installer dans une chaise longue sur la plage et ton rapport n'alignera qu'un seul mot : néant.

— C'est mon sentiment depuis que je suis arrivé. Même si ça a un peu tangué il y a huit jours, je n'ai pas l'impression que les Guadeloupéens soient disposés à revêtir un treillis et partir se planquer dans la montagne.

— Je te le confirme ! Et avec le ménage qu'on a fait l'autre jour, ils ne sont pas près d'y revenir !

Legeay ne s'embarrassait pas de politesses, il causait franco. Comme Volkstrom, qui se lança dans une explication aussi sincère que possible, sans trahir personne, des plans de la CIA. Il ne cacha pas le peu d'estime qu'il avait vis-à-vis des opérations clandestines de l'agence américaine et qu'il était là pour accomplir un « job », pour parler comme ses employeurs, sans trop se mouiller. Le seul élément que Sirius passa sous silence était l'éventuel profit qu'il aimerait bien en tirer si quelque chose de tangible voyait le jour. Lionel Legeay l'écouta sans l'interrompre, avec l'air attentif de celui qui mord à l'hameçon. Lorsque Sirius eut terminé son laïus et exposé ses demandes de rencontres, Legeay temporisa une dizaine de secondes, puis livra son avis :

— Si je pouvais casser du communiste tout de suite, maintenant, tu me trouverais en première ligne. C'est pour ça que je file des tuyaux de temps en temps à ton pote de la Martinique, James Madison. Au moins les Ricains ne branlent pas du manche face aux cocos, contrairement à de Gaulle. Le non-alignement, quelle foutaise ! On ferait mieux de taper sur la gueule des Soviétiques sans attendre et d'aider les Américains à dessouder Castro plutôt que de copiner avec les ambassadeurs cubains en les autorisant à voyager chez nous*… Bon, je m'égare, ce que je veux te dire, c'est que je suis de ton côté, mais je suis aussi un réaliste et, honnêtement, je ne vois pas grand monde pour te prêter main-forte en Guadeloupe. D'un côté, t'as des traîne-savates qui ne remueront pas un orteil ou à peine, même si tu les paies correctement. De l'autre, t'as des richards qui comptent leurs sous et qui n'ouvriront pas leur portefeuille, sauf si ça leur rapporte du fric. Investir en politique, c'est un truc d'Amerloque. Ici, les rupins préfèrent planquer leurs thunes dans les îles britanniques ! Je ne les juge pas, hein, la plupart sont des amis ou des connaissances, mais c'est ainsi.

Sirius broya son paquet de cigarettes vide. Il commanda une deuxième tournée avant de placer une dernière mise.

— Je ne vais pas te faire l'éloge des barbus cubains, ce n'est pas ma came, mais ils ont démontré qu'une petite équipe motivée et convaincue pouvait faire du barouf et marquer des points. Moi, je n'ai pas besoin d'une escadrille de cadors, juste quelques mecs avec des biftons de côté et l'envie de rendre service à Tonton Sam. Je suis sûr que Washington se montrera reconnaissant. Je connais bien les Ricains : tu leur ouvres ton porte-monnaie, tu affiches

* Au milieu des années 1960, le Département d'État américain a demandé à Paris de réduire les autorisations de transit des diplomates cubains par les îles françaises des Antilles.

la bannière étoilée à ta fenêtre et ils te bouffent dans la main…

— Mmm… C'est pas facile ton truc… Je vais me renseigner. Il y a peut-être quelques individus qui accepteront au minimum de t'écouter. Je ne te promets rien, si ce n'est un rendez-vous. Tu connais Jacques Foccart ?

— Pas en personne, mais j'ai déjà entendu parler de lui.

— Sa sœur, demi-sœur en vrai, est née ici et y vit toujours. C'est un des piliers de la bonne société de l'île, famille de planteurs, entremetteuse politique, difficile de bouger un petit doigt sans qu'elle donne son avis et rapporte ce qui se passe à frérot. Elle emmerde régulièrement le préfet. Je peux t'introduire auprès d'elle et sans doute d'un ou deux autres gros bonnets qui rôdent dans ses jupes pour se faire bien voir.

— Ça m'irait impec. Mais il ne faudrait pas que ça remonte jusqu'à Paname. Comme je te l'ai dit, ma mission n'est pas validée par les sphères officielles…

— T'inquiète pas. Ici, les gens gardent leurs affaires sur l'île. Quant à la sœur Foccart, elle confiera peut-être des trucs à son frangin, mais le mec est un des rares dans l'orbite de De Gaulle à être farouchement anticoco. Si ça ne tenait qu'à lui, il aurait déjà envoyé les chars français sur Moscou.

— Un type comme on en manque, grimaça Volkstrom, ne pensant qu'à moitié ce qu'il disait.

Il avait fréquenté trop de politicards pour leur faire confiance. Ils formaient une espèce à part, en descendance directe de l'anguille.

Les cloches de la basilique Saint-Pierre-et-Saint-Paul

sonnèrent midi, incitant les deux hommes à déjeuner ensemble. Ils éprouvaient tous deux la sensation de s'être retrouvés, comme deux chiots de la même portée. Legeay raconta son parcours de sous-officier en Indochine dans les pas de son mentor, le colonel Jean Némo qui, une fois devenu général et promu commandant supérieur des Antilles-Guyane, l'avait entraîné avec lui dans les Caraïbes. Là, sur ordre du gouvernement, ils avaient mis en place le Service militaire adapté (SMA) dans le but d'intégrer dans la société française la jeunesse des nouveaux départements qui, jusqu'alors, se trouvait dispensée de passer une dizaine de mois à marcher au pas.

Sirius écoutait son interlocuteur et le relançait, autant en raison du sujet, qui l'intéressait, que parce que cela lui évitait de devoir parler de lui. Il ne désirait pas mentir à son nouvel ami, car s'il disait la vérité, elle ne le ferait pas reluire. En plus, Legeay ne se faisait pas prier : il aimait rouler des mécaniques et s'envoyer des compliments indirects. En louant son ancien patron, Jean Némo, brillant théoricien de la « contre-insurrection », c'est-à-dire la façon de mater les guerres anticoloniales, il tressait ses propres lauriers. Le SMA, c'était lui, et il avait fallu de l'énergie pour que « les nègres défilent et saluent le drapeau correctement ».

Par contre, Legeay passa rapidement sur son départ du SMA et son retour à la vie civile, à tel point que Volkstrom soupçonna une retraite contrainte. Mais il ne le pressa pas sur le sujet. Il en était à son quatrième pastis et sa tête flottait agréablement ; pas le moment de contrarier son interlocuteur. Désormais, Legeay affichait au revers de sa veste le titre officieux de bras droit du préfet chargé des questions de sécurité. Il avait beau y avoir une importante gendarmerie, des CRS en nombre et des détachements militaires répartis entre la Martinique et la Guadeloupe, Pierre Delbotte avait estimé avoir besoin d'un conseiller ad hoc. Et, d'après Legeay, ce n'était pas du luxe.

— Le 26 mai, si je n'avais pas secoué les gendarmes et poussé Delbotte à prendre le commandement à la place du commissaire central, on en serait encore à se battre avec ces excités ! proclama Legeay. C'est même moi qui ai appelé le chef des forces armées Antilles-Guyane.

— L'armée est venue ? Vous aviez la trouille à ce point-là ? interrogea Volkstrom avec une surprise sincère, car, même de loin, il n'avait pas eu le sentiment d'assister à autre chose qu'une manifestation un peu musclée.

— Pas moi ! s'offusqua le conseiller du préfet. Mais les gendarmes et la communauté blanche chiaient dans leur froc. Ces pétochards croyaient la grande révolte noire arrivée. Moi, je savais bien qu'on ne risquait pas grand-chose. Les mecs en face étaient à peine armés et, franchement, pas équipés pour le Grand Soir. Je peux t'assurer qu'après quelques coups de fusil bien ciblés, ces rebelles de pacotille sont partis se réfugier dans les jupes de leurs bonnes femmes !

— T'as fait le coup de feu toi-même ? s'enquit Sirius.

— Chut ! Secret défense ! sourit Legeay en se collant l'index à la verticale sur les lèvres.

Il n'en dirait pas plus, mais Volkstrom était passé par là. Ce n'était pas ce qu'on apprenait dans l'armée, mais un formateur, un officier ou un conseiller spécial se devait de descendre dans l'arène pour montrer à ses ouailles ou à ses pairs qu'il en avait une paire solidement accrochée.

Les deux hommes finirent par se séparer après le café. Legeay ferait signe à Sirius dès qu'il aurait mis en place une rencontre avec les personnes évoquées. En attendant, le manchot partit faire la sieste, ravi de sa nouvelle connaissance.

14

Luc Blanchard, Paris

Paris ne possédait pas la même saveur quand on y vivait et lorsqu'on y revenait. Cela faisait cinq ans que Luc Blanchard avait déserté Paris, et les souvenirs d'une vie passée l'assaillaient. Pour autant, la ville fonctionnait comme la proverbiale bicyclette : une fois qu'on savait comment se tenir dessus, on n'oubliait jamais son mécanisme.

Dès que Luc avait appris la déportation de Lucille en métropole, il avait cherché un moyen de la rejoindre pour aider à sa défense et, surtout, se rapprocher d'elle. L'État avait décidé, certainement en haut lieu, que les prévenus du 26 mai étaient de dangereux terroristes qui portaient atteinte à l'intégrité de la nation ; il fallait donc les punir en conséquence. En les emprisonnant avant leur procès, en les expédiant à six mille cinq cents kilomètres de chez eux, en laissant leurs familles dans la douleur. Cela tandis que les militants de l'OAS et les opposants à l'indépendance algérienne avaient déjà bénéficié de plusieurs lois d'amnistie alors qu'ils avaient du sang sur les mains.

Heureusement, le rédacteur en chef de *France-Antilles* avait proposé à Luc de se rendre à Paris pour écrire des articles sur les dix-neuf Guadeloupéens emprisonnés avant d'être traduits devant la Cour de sûreté de l'État. Les grands manitous du quotidien avaient dû réaliser que, s'ils voulaient continuer à vendre du papier imprimé, il leur fallait s'adresser à la majorité de la population, qui n'était ni blanche ni riche. Bien entendu, les reporters volontaires ne s'étaient pas pressés au portillon, car la mission impliquait non seulement de passer au moins quinze jours en métropole et les insulaires n'aimaient pas cela, mais il fallait courir le risque que les autorités locales prennent la mouche par rapport à ce qui serait rapporté. Commençait en effet à se répandre dans l'île l'idée selon laquelle l'exil frappant les inculpés ainsi que la juridiction face à laquelle ils devraient justifier de leurs actes apparaissaient démesurés au regard des événements. Par conséquent, le journaliste qui écrirait sur cela marcherait sur des braises. La série de reportages avait donc échu à un pigiste, Luc, qui s'était dépêché d'accepter, s'étonnant au passage que personne ne se préoccupât du fait que sa dulcinée faisait partie des prévenus. Les déontologues y trouveraient certainement à redire, mais Blanchard avait depuis longtemps compris que la vertu dans le journalisme fonctionnait à sens unique et à géométrie variable. Il avait donc cessé de s'en soucier. Il lui en avait coûté de laisser Célanie en garde chez sa voisine, quasiment une tante pour la petite, mais il cogitait déjà à la faire venir.

Lorsque Luc émergea du métro sur la place de la République, il fut déstabilisé par un trafic dont il n'avait plus l'habitude. Des camionnettes de livraison avançaient dans des volutes de fumée grise, doublées par des automobilistes pressés et de jeunes gens sur des vespas qui abordaient pleins gaz le rond-point autour de la statue de Léopold Morice. Les piétons marchaient droit devant eux en se frôlant sans se regarder, et les terrasses des cafés débordaient sur la chaussée, profitant du soleil de juin. Un instant, Luc se sentit dans la peau d'un provincial ébahi débarquant dans la capitale, mais il retrouva vite ses repères. Il remonta le boulevard Voltaire sur deux centaines de mètres avant de trouver l'hôtel que le journal lui avait réservé. Ni chic ni trop miteux, il avait de surcroît l'avantage de se situer à proximité de la prison pour femmes de la Roquette, même si Luc ne connaissait pas encore les modalités de visite.

Toujours méticuleux, il posa sa valise sur la table de sa chambre et sortit ses chemises qu'il suspendit sur des cintres, avant de s'étendre sur le couvre-lit. Luc s'accorda une demi-heure de repos, puis demanda au standard une ligne vers l'extérieur afin de joindre l'avocat embauché par le GONG. Celui-ci lui proposa de passer d'ici une heure à son bureau.

Luc prit une douche rapide et revêtit un costume, nouant une cravate qu'il n'avait pas dépliée depuis longtemps. Il éprouva la sensation d'enfiler un vieux bleu de travail remisé dans la naphtaline pendant plusieurs années.

Le métro parisien n'avait guère changé, éternellement empreint d'odeurs d'égouts, de cigarettes, de sueur et de graisse mécanique. Il se repéra sur un plan et grimpa dans la rame qui surgissait. L'avocat possédait son cabinet sur le boulevard du Montparnasse. C'était un petit appartement de deux pièces reconverti en bureau et l'homme qui l'accueillit n'employait même pas de secrétaire. Il avait affiché son diplôme dans l'antichambre, sûrement le meilleur moyen de déjouer les commentaires qu'il devait fréquemment recevoir. Car Me Francis Léontin, en plus d'être guadeloupéen, n'avait pas trente ans, comme en témoignait son visage poupin rehaussé de grosses lunettes d'écailles.

— Entrez, je veux vous présenter quelqu'un, annonça d'emblée l'avocat, entraînant Luc vers la pièce qui lui servait de cabinet.

Là, un homme au nez aquilin et aux cheveux ondulés qui commençaient à se clairsemer se leva pour le saluer. Luc reconnut instantanément sa tête pour l'avoir croisé dans les locaux de *France-Observateur*, mais il ne se souvenait pas de son nom.

— Voici Claude Estier, tout nouvellement élu député de Paris pour la FGDS*, introduisit Léontin. C'est un ami de notre cause.

— Un ami, un ami… Disons que j'y suis sensible et qu'elle m'intéresse, modéra le représentant de la nation, en empoignant la main de Blanchard.

Luc ne savait trop sur quel tableau jouer. Compagnon d'une prisonnière ? Envoyé spécial de *France-Antilles* ? Militant dans les coulisses de la justice et de la politique comme semblait l'y inviter l'avocat ? Il réfléchissait à l'attitude à adopter quand Claude Estier, malgré lui, parvint à le mettre encore plus mal à l'aise.

---

* Fédération de la gauche démocrate et socialiste. Ancêtre du Parti socialiste, créée sous l'impulsion de François Mitterrand.

— Votre père était un grand homme dans la Résistance. Je n'ai pas eu la chance de le croiser, nous appartenions à des réseaux différents, mais on l'a souvent évoqué devant moi.

— Merci…, murmura Luc, qui n'avait quasiment aucun souvenir de son géniteur, mort lorsqu'il était enfant mais dont la figure tutélaire écrasait ses épaules depuis ses plus jeunes années.

— Je crois également savoir que vous connaissez un de mes camarades, François Mitterrand. Il m'avait parlé de vous au moment de cette sale affaire de l'Observatoire. L'avez-vous revu depuis ?

— Pas récemment, se défendit Luc qui avait autant de sympathie pour l'ancien ministre de la IVe République que l'antilope pour le lion. Lorsqu'il avait fréquenté Mitterrand à la charnière des années 1960, ce dernier passait pour un élu tricard depuis qu'il avait trempé dans un vrai-faux attentat contre lui-même dans les jardins de l'Observatoire. Pourtant, par un de ces doubles saltos dont seuls les politiciens sont capables, il s'était rétabli et avait prospéré électoralement jusqu'à devenir l'incarnation de la gauche française non communiste. Une telle souplesse forçait l'admiration. Hormis celle de Luc.

Les présentations effectuées, Me Léontin entreprit de les affranchir sur l'avancée de la procédure judiciaire. Selon lui, les dossiers ne paraissaient guère épais et, avec d'autres avocats qui l'avaient rejoint pour l'appuyer, il allait déposer des demandes de mise en liberté provisoire. Entendant cela, Luc regagna espoir, mais le député de Paris fit immédiatement la moue :

— Je me trompe peut-être, mais je ne vois pas le pouvoir battre en retraite sur cette affaire, glissa Estier.

— Les faits reprochés aux prévenus sont mineurs et pas du tout circonstanciés, protesta le jeune avocat.

— Je vous crois sur parole, mais pour les gaullistes, c'est l'autorité de l'État qui est en jeu. Or elle représente le fondement de leur légitimité. D'après ce que l'on m'a rapporté dans les couloirs de l'Assemblée, c'est le préfet Delbotte qui a pris la décision de faire tirer sur les manifestants, et il a été soutenu dans cette décision par Foccart lui-même. Il est donc hors de question pour le gouvernement de remettre en cause l'attitude des policiers et des militaires, pas plus que celle de l'émissaire de la République et encore moins celle du bras droit de De Gaulle.

Blanchard laissa Estier terminer sa tirade puis intervint :

— Vous avez la confirmation que les forces de l'ordre ont tiré sur les manifestants ?

— C'est ce que l'on m'a raconté, en effet. Pourquoi me demandez-vous cela ? Vous étiez bien sur place, non ?

— Bien sûr, mais c'est passé sous silence en Guadeloupe.

L'avocat opina du chef avant de renchérir sur Luc :

— La préfecture et les ministères rappellent en permanence les blessés chez les gendarmes et les CRS, plusieurs dizaines apparemment, mais ne mentionnent jamais le nombre de victimes parmi les manifestants. Je ne parviens pas à obtenir le moindre bilan.

Claude Estier haussa les épaules et soupira, comme si tout cela ne l'étonnait pas le moins du monde.

— Il va falloir maintenir la pression, insista-t-il. Je vais voir si l'on peut essayer d'organiser un rassemblement prochainement à Paris. Mais cela ne va pas être facile. Tout le monde a la tête tournée vers le Moyen-Orient en ce moment avec cette guerre entre l'Égypte et Israël.

Après avoir échangé avec Léontin sur la meilleure manière de préparer un événement public rapidement, le député s'excusa, il devait retourner à l'Assemblée.

— Vous avez mentionné Foccart tout à l'heure, l'interpella Luc alors qu'Estier enfilait son manteau. Je croyais qu'il s'occupait de l'Afrique.

— Je pourrais vous répondre que Foccart s'occupe de tout auprès du Général, mon ami ! Mais il garde un œil particulièrement aiguisé sur les Antilles françaises. C'est lui qui a implanté le parti gaulliste dans les îles après la guerre.

— Je n'étais pas au courant, admit humblement Blanchard.

— Le père de Foccart a dirigé une plantation à Basse-Terre au début du siècle, et sa mère est issue d'une vieille famille blanche guadeloupéenne. Je crois même qu'il s'est découvert une demi-sœur sur place qui l'informe de tout ce qui se trame sur l'île. Il faut dire que Foccart y conserve des intérêts économiques au travers de sa boîte d'import-export. Désolé, je dois vraiment vous quitter, conclut le député en saisissant la poignée de porte, laissant ses deux cadets.

Après avoir pris le temps d'absorber ces dernières indications, Blanchard retourna à un point précis qu'il avait renoncé à soulever en présence du politicien, mais qu'il souhaitait confier à l'avocat :

— Je suis persuadé que Jacques Nestor et d'autres protestataires ont été volontairement ciblés le 26 mai. Probablement par un tireur caché.

Francis Léontin se pencha par-dessus son bureau et baissa la voix avec un air de conspirateur :

— Ces bruits me sont revenus également. Je pense que, pour l'heure, nous devons garder cette information sous le coude. Si on se met à la crier sur les toits, on va nous traiter de fous, on va tenter de nous discréditer et peut-être nous attaquer. Je vous ai présenté Estier parce qu'il est l'un des rares à s'intéresser à ces choses-là : c'est un anticolonialiste convaincu. En tout cas il l'était. Maintenant qu'il est devenu député, on va voir… Même les communistes ne nous soutiendront pas si on accuse le gouvernement d'avoir tiré sur des manifestants. Comme vous le savez, le Parti communiste guadeloupéen marche main dans la main avec les gaullistes sur le statut et la gouvernance de l'île.

— Qu'est-ce que l'on peut faire ? se désespéra Luc.

— Parler de victimes civiles, dénoncer la gestion néocoloniale de ce dossier et l'emprisonnement abusif des prévenus, mais ne pas faire de vague en mentionnant d'éventuels assassinats. Cela ne nous empêche pas de recueillir des éléments de preuve qui nous serviront peut-être ultérieurement.

Malgré sa naïveté, Luc s'était déjà suffisamment brûlé les doigts à vouloir monter à l'assaut de manière frontale, alors il accepta la recommandation de l'avocat. Satisfait que son message de prudence soit avalisé, l'homme de loi s'empara d'un classeur sur son bureau et, revenant à une tonalité audible, se mit à questionner Blanchard sur « Mlle Ferracci-Montout », ainsi qu'il la nommait.

Luc lui raconta par le menu tout ce qu'il savait du comportement de Lucille durant la journée du 26 mai, de même que ses liens avec Jacques Nestor, et d'autres détails sur leur vie commune. Léontin hésitait apparemment encore sur sa stratégie de défense : plaider l'emprisonnement abusif et attentatoire aux libertés, ou bien tenter d'émouvoir les juges sur le sort d'une mère de famille travailleuse et séparée de son enfant. Luc préférait évidemment la première option, mais il acceptait que dans ce genre de bataille, l'efficacité prime.

Finalement, après plusieurs dizaines de minutes de questionnement – le juriste prenait son engagement au sérieux –, Léontin souleva son téléphone et, après avoir joint trois interlocuteurs différents auprès desquels il se montra d'une courtoisie extrême, se pencha vers Blanchard :

— Vous pourrez aller visiter Mlle Ferracci-Montout dès demain à la prison de la Roquette.

Luc, qui s'était attendu à devoir patienter plusieurs jours pour décrocher ce sésame, remercia profusément l'avocat. Avant d'évoquer le sujet de sa rémunération.

— Ne vous en faites pas pour l'instant. Certaines personnes sont disposées à me soutenir, révéla-t-il de manière sibylline. Cela ne durera peut-être pas, mais il existe encore des gens qui ont de l'argent en même temps que des convictions politiques au-delà de leurs intérêts égoïstes.

À neuf heures le lendemain matin, Luc se présenta devant le portail de la prison de la Petite Roquette, située dans la rue homonyme. Il n'avait pas eu l'occasion d'y pénétrer lorsqu'il possédait sa carte de policier, car, depuis les années 1930, l'établissement ne détenait que des femmes, et il n'avait jamais enquêté sur des crimes au féminin. Il reconnut cette architecture carcérale sinistre avec ses murs de meulières suintants, ses toits de tuiles rouges et ses minuscules fenêtres lardées de barreaux. Après s'être identifié, il entama le long processus de contrôles puis de franchissements de portes gardées par des fonctionnaires aussi peu aimables. Finalement, on le fit patienter dans le parloir, constitué d'une demi-douzaine de tables vissées au sol dont il ne devait pas s'éloigner.

Au bout de plusieurs minutes, Lucille arriva dans une tenue grise informe, accompagnée par une gardienne qui lui prêtait moins d'attention qu'un berger à ses moutons. Les yeux de Lucille étaient cernés, ses traits fatigués et ses cheveux noués, mais elle lui rendit son sourire lorsqu'elle s'assit devant lui. Luc faillit braver l'interdiction d'étreindre son amoureuse, mais il s'abstint; les matons n'auraient été que trop heureux d'en faire retomber les conséquences sur son droit de visite. Il tendit néanmoins la main au travers de la table pour saisir celle de Lucille.

Même si, pour la première fois de sa vie, Blanchard visitait en prison quelqu'un de cher, il s'était suffisamment plié à ce rituel avec des suspects ou des condamnés pour savoir que toutes les entames de conversation se ressemblaient et que l'originalité n'existait pas. « Comment ça va ? » restait la phrase la plus banale, mais incontournable pour démarrer.

Luc s'y attendait : ce fut surtout lui qui parla. De Célanie, bien entendu, de leur maison, des proches en Guadeloupe, dont Freddie confié aux bons soins de Lucchesi, de sa mission de journaliste, de son intention de recueillir des éléments pour la disculper ou, au moins, pour démontrer que l'on ne pouvait opposer deux violences inégales. Luc s'efforça de se montrer optimiste et enthousiaste. Peut-être qu'un psy aurait jugé que ce n'était pas la bonne méthode pour soutenir le moral d'une personne, mais il ne savait pas s'y prendre autrement. D'autant plus que Lucille finit par lui avouer que ses conditions de détention s'avéraient tout sauf idylliques. Sa cellule ne possédait ni eau courante, ni toilettes, ni chauffage si jamais son incarcération durait jusqu'en hiver, et elle entendait les rats cavaler au-dessus de sa tête dans le dernier étage abandonné. Ses yeux s'embuèrent lorsqu'elle raconta ses journées, mais nulle larme ne coula. Elle refusait de faire le moindre cadeau, même d'un millilitre d'eau salée, à ses geôliers.

Au bout d'une demi-heure, la gardienne vint les séparer sans aucun égard. Luc put laisser ce qu'il avait apporté et qui avait été soigneusement inspecté à son entrée : quelques livres et du chocolat. Le plus difficile restait de ne pas savoir quand il pourrait revenir. Francis Léontin avait tiré quelques ficelles pour obtenir ce droit de visite, il n'était pas sûr que cela pourrait se reproduire rapidement.

Les deux amoureux se regardèrent fixement dans les yeux jusqu'à ce qu'ils ne puissent plus, lorsque la lourde porte du parloir fut claquée et verrouillée. Luc ravala un sanglot et prit le chemin de la sortie.

Une fois dehors, au milieu de l'agitation populaire et commerçante de la rue de la Roquette, Blanchard décida de se replonger au plus vite dans son métier de journaliste. C'était la seule planche de salut à sa portée pour tenter d'infléchir le sort de Lucille.

15

Antoine Lucchesi, Pointe-à-Pitre

La première partie de la croisière s'était plutôt bien déroulée. Paul Despointes et son épouse avaient passé leur temps à se prélasser sur le voilier pendant le trajet jusqu'en Martinique, adressant à peine la parole à Antoine, qui s'en accommodait fort bien, et encore moins à Freddie qui, de toute manière, faisait de son mieux pour ne jamais traîner dans leurs pattes. Le fugitif faisait un mousse fort honnête. Lucchesi lui avait expliqué les bases de ce qu'il aurait à faire sur le bateau avant d'embarquer, lui avait fait mémoriser quelques noms de cordages, et le jeune homme s'en sortait très bien. Despointes n'avait rien trouvé à redire à cette embauche, estimant qu'au regard de la somme qu'il versait à son skipper, celui-ci pouvait bien engager un second sur son propre salaire.

La navigation s'avérait aisée, rien à voir avec ce qu'Antoine avait dû affronter durant sa traversée de l'Atlantique. Il avançait uniquement au vent et sans se presser. Après avoir contourné Marie-Galante et la Dominique, ils mouillèrent au large de la presqu'île de la Caravelle, sur la côte orientale de la Martinique. Là, les Despointes descendirent à terre et, lorsqu'ils revinrent le jour suivant, ils étaient accompagnés de deux couples d'amis. Le voilier était suffisamment grand, d'autant qu'Antoine préférait dormir sur le pont à la belle étoile et que Freddie l'imitait. Mais Lucchesi sentit immédiatement une pincée de tension s'installer quand un des invités émit un commentaire détourné sur sa tenue – short taillé dans un vieux jean et chemise ouverte – qui ne correspondait apparemment pas aux standards qu'il attendait d'un skipper. Le nouveau venu ne s'adressa pas directement à Lucchesi, bien entendu, mais à Paul Despointes, qui prit un air contrit. Ensuite ce fut une remarque concernant Freddie et l'obligation d'avoir « un nègre à bord ». Enfin, ces tristes drilles refusèrent farouchement qu'Antoine et Freddie les aident à transborder leurs nombreuses valises à bord, comme s'ils allaient les contaminer en les touchant.

Lucchesi se dit que la croisière retour jusqu'à Pointe-à-Pitre allait être fort longue en compagnie de ces sinistres individus… D'autant que, selon leurs désirs, ils effectuèrent d'abord un tour complet de la Martinique, leur île de naissance à tous, qui fut l'occasion d'enfiler un nombre considérable de perles à propos des paysages qui n'avaient rien à voir depuis le large par rapport à la terre ferme. Heureusement, Antoine dénicha un petit poste à transistor dans un des placards du carré et, en l'installant à côté de la barre et suffisamment bas pour ne pas importuner les passagers, il put s'abstraire des jacasseries qui lui tapaient sur les nerfs. Une des stations en ondes courtes diffusait en continu un assortiment de musique antillaise et de rock'n'roll, ce qui lui permit de rattraper les lacunes de sa culture musicale. À sa grande surprise, ce qu'il avait toujours considéré comme du bruit pour jeunes bourgeois écervelés, les yéyés, se mit à lui parler, surtout les chansons des groupes et interprètes britanniques. Freddie, qui restait lui aussi autant qu'il pouvait dans le poste de pilotage, eut tout le loisir de se moquer de son patron qui découvrait les Beatles, les Who, les Yardbirds et autres Animals, dont il déformait atrocement les noms avec un accent français des plus rustres.

Comme Antoine ne pouvait quand même pas échapper à tout contact avec le sextuor – il s'agissait d'un ketch de vingt et un mètres, pas d'un paquebot –, il comprit que les invités étaient des partenaires de Despointes dans plusieurs commerces : une distillerie, une chaîne d'épiceries et un concessionnaire automobile, à la fois en Martinique et en Guadeloupe. Et, dans cette association, Despointes n'était apparemment pas le plus gros poisson, ce qui expliquait un certain retrait de sa part dans les discussions entre les trois hommes – les femmes n'étant bien entendu pas sollicitées dans ce domaine. Les conversations, dont il captait des bribes, tournaient toutes autour des taxes d'importation, des difficultés à trouver des employés fiables, des fonctionnaires incompétents et des impôts, évidemment trop élevés et trop injustes. Qu'on soit dans un café du Vieux-Port à Marseille ou à bord d'un voilier dans les Caraïbes, se dit Antoine, tous ceux dont le portefeuille était garni ressassaient la même chose. C'était à désespérer de la nature d'un pan de l'humanité. Le plus riche.

En approchant de l'île de la Dominique, Lucchesi se dit que son calvaire tirait à sa fin. Il n'était pas question d'y faire escale, car cela aurait nécessité des formalités douanières puisqu'il s'agissait d'un État associé du Commonwealth britannique, mais ses commanditaires voulaient tout de même caboter le long de la côte sous le vent. Le soir arrivé, on lui ordonna de mouiller dans une crique qui, selon les cartes marines, comportait plusieurs hauts-fonds. Antoine essaya de dissuader Despointes, car il connaissait mal ces récifs : il lui proposa d'aller jeter l'ancre un demi-mile marin plus au nord en toute sécurité. C'était un avis de bon sens qui ne changeait pas grand-chose. La côte restait la même. Pourtant, à la surprise de Lucchesi, le type qui n'avait pas apprécié sa tenue s'énerva et lui confisqua la barre des mains. En d'autres circonstances, Antoine n'aurait certainement pas lâché le gouvernail, mais le bateau n'étant pas le sien et, étant grassement payé et trouvant la situation finalement assez ironique, il laissa faire. Inévitablement, au premier changement de bord, le type fit affaler la voile malgré l'avertissement de Freddie. Le ketch se mit alors à dériver, ballotté par les vagues et s'approchant d'un rocher à fleur d'eau. Seuls les cris des trois femmes parvinrent à mobiliser Antoine, qui accéda à leur requête urgente de reprendre les commandes. Il rétablit le voilier dans le vent en deux minutes et, sans rien demander à quiconque, partit mouiller à l'endroit qu'il avait recommandé au préalable. À partir de ce moment, l'atmosphère devint pesante. Lucchesi avait suffisamment navigué pour savoir que les relations à bord d'un bateau s'exacerbent vite et que, une fois envenimées, elles se révèlent souvent impossibles à apaiser. Dans les ports, il n'était pas rare d'assister à des colères homériques, y compris entre vieux amis, lorsque le navire appontait et que l'opportunité de s'éloigner de l'autre relâchait les vannes de la fébrilité accumulée.

Cet incident n'empêcha pas Antoine et Freddie de dormir paisiblement sous un ciel couvert, et de passer la matinée à laver le pont et vérifier les cordages, puisqu'il avait été décidé de ne pas lever l'ancre. Vers midi, les trois hommes demandèrent à se rendre à terre avec l'annexe, ce que Lucchesi jugea curieux, car il faisait gris, le vent avait forci, la plage était laide, et il n'y avait pas la moindre trace d'habitation ou de route à cinq kilomètres alentour. Sans compter qu'il était illégal de débarquer ainsi dans un pays étranger – un point qui n'était pas de nature à offusquer Antoine, juste à attiser sa curiosité. Il aida néanmoins les trois personnages à mettre le canot à l'eau et, une fois à terre, il les observa s'éloigner vers le sud en suivant un sentier côtier mal taillé.

Trois heures plus tard, Despointes et ses deux acolytes réapparurent sur la plage, accompagnés de deux Noirs, des Dominiquais certainement, avec chapeaux, pantalons de flanelle et chaussures en cuir, étonnamment bien sapés eu égard au coin perdu où ils se trouvaient. Les deux inconnus restèrent à terre pendant que les trois békés reprirent les rames pour rallier le voilier. Mais, comme le laissaient présager les nuages qui s'étaient accumulés depuis la nuit, la mer remuait plus que les jours derniers. Rien d'insurmontable, mais les rameurs n'étant pas des marins chevronnés, ils se retrouvèrent vite à la peine. Lorsqu'ils parvinrent au ketch, ils étaient fatigués et passablement irrités, et le sourire narquois d'Antoine qui les fixait depuis le plat-bord ne contribua pas à les détendre. Ils exigèrent brutalement de Freddie qu'il descende dans l'annexe pour la maintenir contre la coque tribord du voilier avec l'un d'entre eux, pendant que Despointes et son autre ami grimpaient à bord. Ils paraissaient fébriles et pressés.

— Qu'est-ce que vous fabriquez ? les interpella Antoine qui aurait préféré hisser la barque hors de l'eau rapidement plutôt que de l'autoriser à taper contre la coque.

— Ta gueule, mataf ! lui répondit celui qui avait pris la barre le soir précédent.

Encore une fois, Lucchesi laissa pisser. Les deux hommes disparurent à l'intérieur du voilier pendant que les trois femmes se tenaient sur le pont sans rien dire, s'accrochant au mât et aux cordages, car le bateau gîtait. Sur la côte, les deux Dominiquais contemplaient ce remue-ménage paisiblement.

Il fallut quelques minutes avant que Despointes et son comparse ressortent, chacun portant une valise à la main. Antoine, qui avait observé et participé à ce genre d'opération cent fois dans sa vie, n'avait désormais plus aucun doute : ses employeurs s'apprêtaient à débarquer discrètement quelque chose en Dominique. Il n'y voyait pas d'objection, il aurait juste aimé l'apprendre – cela lui aurait permis de négocier ses émoluments à la hausse.

Freddie et l'autre faisaient des efforts pour coller l'annexe au ketch, mais le maintien n'était pas aisé car les vagues se creusaient.

— Vous feriez mieux d'amener l'annexe à la poupe et d'embarquer par le balcon arrière, leur conseilla Antoine.

— Ça va aller, répondit Despointes, tendu, mais pas insultant, contrairement à son partenaire.

— Fais attention, mon chéri ! s'exclama Mme Despointes, guère rassurée.

La remarque n'aurait pas pu mieux survenir, car, enjambant trop vite le cordage le long du plat-bord, Paul

Despointes glissa et bascula vers l'avant. Freddie lâcha la coque du voilier pour tenter de l'attraper au vol, mais l'entrepreneur faisait une fois et demie son poids, et tous deux plongèrent dans la mer. Les deux acolytes se mirent alors à hurler en houspillant Freddie, le traitant de toutes les épithètes racistes de leur vaste répertoire, les femmes s'en mêlant également.

Antoine décida d'intervenir. Il saisit une gaffe pour aider les deux nageurs, mais il s'en servit d'abord pour menacer du geste les quatre Blancs arrogants encore à bord.

— Vous la fermez ou je vous envoie rejoindre votre ami, les apostropha-t-il en leur lançant un regard noir.

— Je ne vous permets pas…, commença le récalcitrant avant de s'écraser, visiblement convaincu par la promesse contenue dans les yeux du Corse.

Freddie barbotait comme un poisson, contrairement à Despointes, dont les vêtements l'alourdissaient. Antoine tendit donc sa gaffe vers le Blanc, mais les vagues l'éloignaient de l'embarcation. N'ayant pas envie de se jeter à l'eau, il renonça et intima à Freddie d'aller aider Despointes. Son épouse, le voyant en difficulté, se remit à hurler de plus belle, ce qui n'avait strictement aucun effet sinon de taper sur les nerfs des autres protagonistes. D'autant que, du point de vue d'un vieux marin comme Antoine, toute cette situation, mis à part les injures xénophobes, relevait plus de la pitrerie que du danger immédiat.

Le Blanc qui était resté seul sur l'annexe peinait à maintenir celle-ci contre le flanc du voilier, d'autant qu'il ne quittait pas des yeux la valise tombée à la mer et qui, quoique gorgée d'eau, n'avait pas encore sombré. Antoine se pencha donc par-dessus le cordage de sécurité et parvint à crocheter la poignée du bagage avec sa gaffe. Il attira la valise à lui sous les regards anxieux de ses propriétaires. Lorsqu'il eut remonté la mallette à bord, le Corse ne résista pas à lancer une provocation : « Je me demande ce que vous trimballez là-dedans… »

Cette pique, qui dans l'esprit de l'ancien contrebandier se voulait innocente, n'eut pas le même effet sur les trois hommes blancs. En particulier sur le plus excité, qui avait déjà une dent contre Antoine. Il sortit brusquement de son pantalon un petit Smith & Wesson et le braqua sur le capitaine.

— Maintenant, c'est fini les conneries, le mataf! Vous vous éloignez de cette valise et vous retournez à la barre!

— Faudrait vous calmer, répliqua tranquillement Antoine. Je peux vous garantir que tirer sur une personne depuis un bateau qui tangue n'est pas chose facile… Je parle d'expérience.

— Faites ce que je vous ai dit!

Les trois femmes observaient ce développement avec anxiété pendant que Freddie, qui était parvenu à attraper Despointes sous les épaules et le ramenait en nageant vers la barque, interrompit son sauvetage.

Lucchesi pivota posément vers la poupe pour exécuter l'ordre, puis accéléra son mouvement et détendit son bras avec la gaffe au bout. L'homme au revolver ne vit pas venir l'attaque et tomba à genoux en hurlant de douleur. La griffe de métal l'avait heurté de plein fouet entre le poignet et l'avant-bras. Son arme avait volé sur le pont. En trois bonds de marin habitué à se mouvoir avec aplomb et célérité sur un voilier, Antoine fondit sur le blessé qui cajolait son bras inerte contre sa poitrine comme on serre un nourrisson, le saisit par la chemise et le propulsa par-dessus bord. Il ramassa le Smith & Wesson et jeta un rapide coup d'œil vers le passager de l'annexe et vers les Dominiquais sur la côte afin de s'assurer que personne n'avait l'intention de lui tirer dessus. Satisfait de voir que nul ne brandissait d'arme, il donna l'ordre à Freddie de remonter à bord, ce que ce dernier s'empressa de faire en nageant vers le balcon arrière et son échelle de corde.

Les deux békés à la flotte, qui étaient finalement parvenus à agripper le rebord de la barque où se tenait le troisième, regardaient ce qui se passait sans pouvoir intervenir, partagés entre la volonté de se concerter pour partir ensemble à l'assaut, en dépit de leur situation précaire, la fatigue et la douleur qui les tiraillaient, l'attachement farouche à leurs deux valises qui gisaient sur le pont, et les gémissements apeurés de leurs trois femmes restées à bord. Malgré leur rancœur, ils comprirent vite qu'ils étaient à la merci de Lucchesi.

— C'est bon, laissez-nous remonter, maintenant, on va s'arranger, suggéra celui dans la barque.

— Fais pas le con, Lucchesi, s'il te plaît, plaida Despointes.

— Monsieur, s'il vous plaît, ils vont se noyer ! s'effraya, probablement sincère, Mme Despointes, avec le soutien tacite de ses amies.

Antoine avait renoncé à braquer les épouses avec le revolver, mais il conservait l'arme dans son poing, au cas où. Alors qu'il avait agi sereinement jusqu'ici, convaincu de défendre sinon son honneur, au moins une certaine civilité entre êtres humains, il sentait désormais monter dans ses tripes une colère rentrée. Lui, l'indépendant forcené, avait accepté un boulot qui l'éloignait des siens, certes bien payé, mais exigeant et fatigant, il s'était tenu coi malgré les vexations, et il ne récoltait que morgue et arrogance. Celle des fortunés et des gens bien nés. Quant au malheureux Freddie, il n'avait fait qu'exécuter tout ce qu'on lui demandait et, en retour, il subissait le racisme le plus crasse. Antoine avait décidé d'aider le jeune homme, et par conséquent, selon son code personnel, de le protéger. Le sort de Freddie était donc lié au sien.

Ces émotions convergentes bouillonnaient en lui. En bonne logique, il aurait dû patienter quelques minutes, quelques secondes même, avant de réagir, le temps qu'elles s'évaporent. Mais il n'en fit rien et leva le canon vers les trois femmes en les commandant d'une voix froide :

— Mesdames, vous descendez dans l'annexe.

Tout le monde, y compris Freddie, le regarda avec incrédulité. Quand la dimension de ses paroles finit par atteindre le centre verbal des cerveaux, une sérénade de plaintes et de récriminations jaillit des six bouches concernées. Mais Antoine, inflexible, continuait de pointer son arme. Il y ajouta une pointe d'humiliation en demandant à Freddie d'aider ces dames à descendre dans la barque.

Sur la côte, les deux Dominiquais ne comprenaient visiblement pas ce qui se déroulait hors de leur portée, mais ils n'avaient pas pour autant pris la poudre d'escampette, attendant sans doute que les événements se décantent.

Dans un chœur de jérémiades accompagné de sanglots,

les six croisiéristes békés se tassaient dans l'annexe comme de vulgaires naufragés de leur propre impudence. Lucchesi exigea qu'ils lâchent le voilier et, pour bonne mesure, les repoussa avec la gaffe. Résignés et dérivants, ils n'osèrent proférer la moindre menace ou la moindre invective, devinant qu'un type assez cinglé pour les débarquer de leur propre ketch pouvait aussi bien décider de les couler par le fond en ouvrant le feu sur leur embarcation.

— Vous retrouverez votre bateau au mouillage à Pointe-à-Pitre, les informa Lucchesi en guise d'adieu.

Ensuite, il leva l'ancre pendant que Freddie hissait les voiles. Le vent les gonfla et ils se mirent à voguer vers le large à vive allure. Avant que la distance ne soit trop importante, Lucchesi regarda en arrière et aperçut la barque des six Robinson atteindre le rivage, où les accueillirent les Dominiquais.

— Ne te fais pas de souci. On ramène le voilier à Pointe-à-Pitre et on disparaît. Ils en seront quittes pour payer le voyage retour et ça s'arrêtera là, avança Antoine pour rassurer Freddie qui, bien qu'obéissant aux consignes, ne semblait guère enthousiasmé par la tournure de ce qui ressemblait à s'y méprendre à un acte de piraterie dans les règles de l'art. Le mousse avait beau avoir grandi dans les Caraïbes, il ne se destinait pas nécessairement à une vie de flibustier.

Lucchesi, de son côté, estimait que leurs victimes n'auraient aucune envie de se manifester une fois qu'elles auraient récupéré leurs biens – voilier et valises. Ni auparavant d'ailleurs, car s'il ne savait pas encore ce que contenaient les mallettes, elles feraient office d'assurance contre toute intervention policière. Les mallettes, justement.

Antoine n'entendait pas les subtiliser, mais il allait au moins les mettre à l'abri.

Il les ramassa sur le pont et les descendit dans le carré pour examiner leurs entrailles et la cause de tout ce malentendu. Un très gros malentendu, comme il le découvrit.

16

Sirius Volkstrom, Pointe-à-Pitre

Sirius venait de se coltiner une heure et demie de taxi en plein cagnard pour se rendre de Pointe-à-Pitre à Basse-Terre, à l'extrémité sud-ouest des deux îles formant la Guadeloupe. Autant dire qu'il avait surtout envie d'un grand verre de n'importe quoi bien frais et titrant quelques degrés d'alcool. Il gravit en transpirant les marches qui le menaient au seuil d'une jolie villa ancienne dominant la mer et le fort Saint-Charles, haut lieu de la résistance au rétablissement de l'esclavage sous Napoléon*. Il fut accueilli par un majordome en livrée qui le conduisit au travers de plusieurs pièces richement meublées jusqu'à une large terrasse sur laquelle se trouvaient Lionel Legeay et un homme de soixante ans en chapeau de paille. Tous deux admiraient et se repassaient

* Le fort a été rebaptisé fort Delgrès en 1977, du nom de l'officier qui refusa de rendre les armes face aux émissaires napoléoniens et finit par se suicider avec trois cents de ses compagnons, fidèles à la devise révolutionnaire : « Vivre libre ou mourir. »

une splendide carabine de précision avec une lunette de visée, dont Sirius ne connaissait pas le modèle, mais qu'il avait déjà aperçue entre les mains de tireurs d'élite dans l'armée. Elle était briquée comme une belle américaine et ils la maniaient avec autant de délicatesse.

— Bel engin, approuva Volkstrom, interrompant les deux hommes.

— MAS 49/56. 7,5 mm. Avec lunette de tir. Tu veux l'essayer ? proposa Legeay avant de réaliser sa bévue. Avec un seul bras, Sirius pouvait à peine s'exercer au tir de fête foraine.

— Non, de toute manière, je suis bigleux, évacua le manchot, qui voyait fort bien.

— Peter Grass, ou quel que soit ton nom, je te présente Me Alain Panoyaux, avocat, vice-président de la chambre de commerce de Basse-Terre, cheville ouvrière de l'UNR sur l'île, et distillateur d'un des meilleurs rhums du coin à ses heures perdues !

L'homme souleva son chapeau pour saluer Sirius, esquissant une moue dubitative face à l'élogieuse introduction de sa personne.

— Notre ami Lionel me passe la brosse à reluire. Appelez-moi Alain et retenez simplement que je possède quelques plants de canne à sucre, sourit Panoyaux. Est-ce que je peux vous offrir quelque chose à boire ?

L'homme se déplaça vers un bar situé à l'extrémité de la terrasse, pendant que Sirius s'empressait de le suivre et que Lionel Legeay rangeait la carabine dans un bel étui sur mesure. Le majordome en livrée surgit pour prendre leurs commandes, comme s'il aurait été inconvenant qu'ils se servent eux-mêmes. Une fois chacun son verre rempli – un Martini-gin avec glaçons pour Volkstrom, décidé à imiter son rôle d'émissaire de la CIA à la perfection –, Panoyaux annonça :

— Mme Lamarre ne va pas tarder à nous rejoindre. Normalement, elle reçoit chez elle le dimanche, mais sa demeure est en travaux en ce moment, donc c'est moi qui vous accueille.

— Le plaisir est pour moi, lança Sirius en trinquant, se sentant d'humeur guillerette malgré le trajet qui l'avait plombé.

Cela lui faisait toujours cet effet lorsqu'il se retrouvait dans la bonne société. Les premiers instants, en tout cas.

Panoyaux s'absenta pour aller régler un détail d'intendance avec le majordome. Legeay en profita pour affranchir son invité :

— Je n'ai pu rassembler que ces deux-là, mais ils forment le meilleur des baromètres. Si tu as la veuve Lamarre de ton côté, tu peux boulonner la tour Eiffel dans ton jardin sans demander de permis de construire. Quant à Panoyaux, c'est le relais le plus efficace qui soit. Tu lui donnes un sac de blé, et le lendemain il te fournit du pain frais dans une boulangerie qui porte ton nom en plein centre-ville.

— Et toi, qu'est-ce que tu fiches ? le taquina Sirius.

— Moi, je m'assure que ces deux-là ne soient emmerdés par personne.

— Avec ta carabine ?

— S'il le faut, confirma Legeay avec un clin d'œil.

Volkstrom se sentait bien en compagnie du bras droit du préfet qui, justement, possédait de beaux bras. En chemisette et en plein soleil, Lionel Legeay dégageait une masculinité qui plaisait à Sirius et qui lui rappelait son ancien amant décédé, Hector. Auraient-ils été seuls que le manchot aurait tenté sa chance, mais dans les conditions présentes, ce n'était pas envisageable un seul instant. D'autant qu'une petite dame assez âgée, qui n'aurait pas dépareillé dans un salon du XVIe arrondissement parisien, fit son apparition. Elle paraissait bien trop couverte pour le temps qu'il faisait, mais les vieux avaient toujours froid, se dit Volkstrom. Elle leur tendit une pogne molle sans se présenter, chose superflue.

Sirius avait tué des hommes de sang-froid, s'était battu en Asie et en Afrique, avait fricoté avec des nazis, mais il devina d'instinct que ce bout de femme possédait plus de pouvoir et de détermination que l'ensemble des salopards avec lesquels il s'était colleté ou auxquels il avait obéi. S'il voulait emporter son adhésion pour son projet, il avait intérêt à se tenir à carreau.

Les Guadeloupéens commencèrent par échanger des nouvelles qui les concernaient autour de l'apéritif. Leur conversation ressemblait à une délibération de conseil municipal à huis clos, à laquelle Sirius ne captait pas grand-chose. Il ne connaissait ni les personnes ni les lieux mentionnés, tout ce qu'il comprit était que les fortunes des uns et des autres ne se portaient pas si mal en dépit des sempiternelles plaintes sur les taxes et la bureaucratie, et des événements survenus quinze jours auparavant. Certes, il avait fallu concéder des hausses de salaire, mais les entrepreneurs se rattraperaient en augmentant les prix – ce n'était pas comme si la population insulaire pouvait se fournir ailleurs. Et puis la violence, le « coup de semonce » selon leurs mots, « regrettable, mais nécessaire », avait servi de leçon. À les en croire, ils avaient acheté plusieurs années de calme. Paris y veillerait, garantit Marcelle Lamarre, ce que personne ne contesta au regard de sa ligne directe avec Foccart.

Finalement, alors qu'ils passaient à table pour déguster un déjeuner de légumes et de poissons grillés accompagné d'un excellent vin de Loire bien frais, la veuve Lamarre se tourna vers Sirius afin qu'il lui présente les raisons de sa venue. L'émissaire de la CIA démarra sur une mise en garde face au péril communiste dans les Caraïbes, un point qu'il savait consensuel parmi les convives. De fait, les réactions de la demi-sœur de Foccart surprirent Volkstrom qui, bien qu'engagé comme troupier dans l'endiguement de l'ogre moscovite, possédait le recul suffisant pour faire la part des choses entre le proscenium et les coulisses dans ce théâtre de la guerre froide. Il avait rarement entendu une telle détestation épidermique des héritiers de la IIIe Internationale dans la bouche d'une seule personne. Selon la brave dame, ces gens ne désiraient rien d'autre que la fin de la civilisation occidentale chrétienne et capitaliste : ils incarnaient les nouveaux Barbares aux portes de Rome. Sur le papier, ce n'était pas faux, mais un demi-siècle de communisme soviétique avait amplement démontré qu'il y avait un monde entre les discours de Lénine et leur application par le Politburo à la mode Leonid Brejnev. Fidel Castro lui-même n'avait embrassé Moscou que par opportunisme, après avoir été rejeté par des Américains revanchards s'alignant sur les intérêts de la mafia de Chicago. Même les communistes guadeloupéens, plus préoccupés d'asseoir leur pouvoir personnel de baronnets locaux que de préparer le Grand Soir, ne trouvaient pas grâce aux yeux de Marcelle Lamarre.

Métaphoriquement, Sirius se frottait les mains. Ses affaires paraissaient bien engagées. Il passa donc à la seconde partie de son exposé : ses plans pour s'adjoindre les services d'une poignée de patriotes guadeloupéens – dans sa tête et la leur, cette expression désignait des Français attachés à maintenir l'île dans le giron de l'Occident en gommant ses racines africaines et amérindiennes. Il déroula ses idées comme un coureur de fond sa foulée à l'approche de la ligne d'arrivée : recrutement de volontaires disposés à organiser le coup de feu contre Cuba, établissement d'un camp d'entraînement, achat de matériel d'appui à un débarquement, démarrage d'un outil de propagande anticastriste et proaméricaine avec des tracts et une radio en ondes courtes… Le seul élément qu'il conservait pour l'heure dans sa manche était son canevas, pas encore tracé d'équerre, d'autofinancement des opérations en cultivant sur des terres guadeloupéennes du cannabis, voire de la coca, à exporter vers les États-Unis sous couvert de déplacements aériens ou maritimes de la CIA. Il savait que le sujet risquait d'être sensible dans cette assemblée de deux notables et d'un adjoint du préfet. Pour Sirius, la fin justifiait toujours les moyens, mais tout le monde ne partageait pas cette philosophie.

Lorsqu'il eut bouclé l'exposé de ses projets, le manchot observa ses trois interlocuteurs avec satisfaction. Pourtant, il devina rapidement qu'il n'avait pas décroché le jackpot. Leurs regards ne transpiraient pas l'enthousiasme.

Marcelle Lamarre se chargea de perforer la bulle bien

gonflée de ferveur anticastriste de Volkstrom, alias Peter Grass :

— C'est un gros investissement que vous nous demandez, monsieur Grass. De surcroît, j'imagine que tout cela devrait être dissimulé ou, comment dites-vous ? Top secret.

— Attendez, je me suis mal fait comprendre. La CIA fonctionne sur un modèle économe : n'importe quel bout de terre abandonné ou inconstructible peut faire office de camp d'entraînement, les hommes à former seront soit des Cubains désireux de renverser Castro, soit des chômeurs guadeloupéens recrutés pour une bouchée de pain. Quant aux outils de propagande, la CIA peut les fournir clefs en main, nous avons simplement besoin de relais auprès de la presse et des élus locaux pour expliquer discrètement nos ambitions.

— Je vous entends bien, monsieur Grass, reprit la vieille dame avec les mains posées l'une sur l'autre devant elle, pleine de certitudes. Mais nous sommes une petite île et nous entretenons de bonnes relations avec tous nos voisins. Par ailleurs, la position de la France, portée par le général de Gaulle, demeure celle du non-alignement entre les deux blocs. Je peux le regretter à titre personnel, mais je n'irai pas contre la politique de mon gouvernement.

— Sans compter, je le crains, qu'introduire des Cubains revanchards sur notre île, ou alors endoctriner des pauvres Guadeloupéens qui n'ont jamais eu de notion politique de leur vie avec des idées de coup d'État, ne nous serait guère profitable…, ajouta Alain Panoyaux avec un air aussi affligé que désolé.

— Vous avez tout à fait raison, monsieur Panoyaux, renchérit Lamarre. On sait très bien comment démarrent ce genre d'opérations, on ne sait jamais comment elles s'achèvent. C'est comme les incendies de forêt : on a vite fait d'être débordés par des individus qui jouent avec des allumettes !

Lionel Legeay ne mouftait pas. Il n'était qu'entremetteur. Il haussa néanmoins les sourcils à l'intention de Volkstrom, manière de lui rappeler : « Je t'avais bien dit que ce serait difficile, mon gars. »

Sirius hésita à aborder sa troisième partie pour remporter le morceau, afin de démontrer comment cette opération pouvait fonctionner en vase clos et cercle vertueux, mais il sentit bien que ce n'était pas la question de l'argent qui coinçait. Ces gens-là étaient d'évidence pingres, mais ils savaient ouvrir les cordons de leurs bourses quand leurs intérêts s'avéraient menacés. Là, ils ne l'étaient pas. Ils vomissaient Castro et le Komintern à en épuiser leur salive, mais tant que les *barbudos* ne lorgnaient pas sur le quart de queue Pleyel importé dans leur véranda, ils n'allaient pas s'impliquer dans un quelconque schéma susceptible de déstabiliser leur statut d'une manière ou d'une autre. Sans compter, et cela Volkstrom pouvait l'admettre, que lorsqu'on faisait rentrer les Américains chez soi, on ne savait ni trop quand ils repartiraient ni dans quel état ils laisseraient la moquette. Même s'il était fier de son plan, surtout pour son potentiel à lui remplir les poches, Sirius se résolut à abandonner sa trouvaille de bâtir un réseau de narcotrafic à partir de l'île papillon. Tel un musicien qui lit les réactions de son public, il sentit que son tube ne serait pas du goût de cet auditoire-là.

— Comprenez-nous, monsieur Grass, le réconforta Marcelle Lamarre en posant une de ses mains nervurées sur celle de Sirius. Nous apprécions sincèrement votre zèle à combattre le communisme et nous sommes de grands amis des États-Unis. Je préférerai toujours New York à cette pourtant merveilleuse Saint-Pétersbourg qu'ils ont rebaptisée, et je ne clamerai jamais autre chose, même sous la torture. Mais nous sommes des gens simples sur un tout petit bout de terre que nous chérissons. Nous immiscer dans un conflit qui nous dépasse nous serait préjudiciable…

— Vous avez admirablement exprimé le sentiment des Guadeloupéens, madame Lamarre, compléta Panoyaux, flagorneur.

Face à d'autres interlocuteurs, Sirius se serait sans doute emporté : il aurait moqué leur tartufferie, aurait ironisé sur leur nombrilisme. Mais il ne pouvait s'abstenir d'être subjugué par cette vieille dame qui parlait avec un tel aplomb qu'elle lui faisait l'effet d'un roc, inamovible et inflexible. À cet instant précis où il devait choisir quelle conduite adopter, digne retraite ou assaut réitéré, il se persuada que s'il la froissait, elle était capable de l'empêcher de quitter l'île autrement qu'en aliment pour requins.

Volkstrom opta donc pour le désengagement stratégique. Il haussa les épaules et figea sur ses traits un vaillant sourire, celui du joueur de poker qui vient de faire tapis et d'être défait, mais qui ne veut pas perdre la face, c'est juste un jeu, sans rancune, je me suis bien amusé.

— J'aurai au moins essayé, c'est ce qui compte chez les Américains, leur assura-t-il.

— *Win some, lose some…*, pérora Panoyaux.

La fin du repas rebascula sur des problématiques internes à la Guadeloupe. Qui investissait dans quoi ? Qui succéderait à untel à tel poste ? Comment aider le fils de machin ? Etc.

Soporifique pour celui qui n'était pas de la partie, comme Sirius.

Après le café, Panoyaux offrit de raccompagner Marcelle Lamarre chez elle. Avant de partir, il ouvrit sa cave à cigares et à digestifs à Legeay et Volkstrom, qui ne se privèrent pas de l'honorer. Une fois tous deux calés dans des fauteuils sur la terrasse face au large, le conseiller du préfet essaya d'atténuer la déconfiture de son invité.

— Tu sais, vieux, les notables ici ne veulent surtout pas de vagues. Pas de réformes, pas de changements, ce sont des amoureux du statu quo. Ce que tu es venu leur proposer, pour eux, c'est l'équivalent de la prise du Palais d'hiver ! Ça leur flanque les chocottes.

— Tu exagères, répondit Sirius, qui voyait que son ami tentait de le consoler, ce dont il n'avait nullement besoin. Il savait depuis belle lurette à quoi s'en tenir concernant les mœurs de la bourgeoisie rentière.

— Non, je t'assure, ils ont peur de tout ce qui remue. Ce sont des rentiers ! Leur vieille économie sucrière est en train de se casser la figure depuis deux ou trois décennies et ils cherchent à la remplacer par le fric de l'État. Payer les fonctionnaires 40 % en plus afin de les ponctionner derrière avec un prix des denrées faramineux ; maintenir l'octroi de mer* pour se financer sur le populo… Tout ce qui est susceptible de faire des vagues, comme tes idées d'héberger des anticastristes, de ramener la CIA, ou de créer une économie parallèle, les terrorise. Ils n'ont qu'une

* Taxe sur les produits importés dans les départements et territoires d'outre-mer qui finance les administrations locales.

seule trouille, que Paris leur dise : « Démerdez-vous sans nous ! »

Plutôt que de répondre, il n'avait de toute manière rien de pertinent à ajouter, Sirius préféra siroter le vieux rhum au goût de vanille et d'épices, en tirant sur son cigare cubain. D'autres échecs, dans le passé, l'avaient bien plus frustré que celui-ci. Il s'était certes imaginé trouver un moyen de croquer en douce sur les projets de la CIA, mais il ne s'était pas fondamentalement impliqué dans cette histoire : il accomplissait juste une mission ordinaire. Par contre, la question de son avenir l'ennuyait davantage. À supposer que l'Agence veuille toujours de lui, il ne se voyait pas retourner en Floride pour rendosser le costume de garde-chiourme d'un assortiment de pieds nickelés aux perspectives foireuses. Même si la paie était réjouissante.

Volkstrom venait à peine d'entamer cette réflexion silencieuse que Legeay lui resservit d'autorité une rasade de rhum parfumé et, sur la lancée de ses explications, poursuivit son monologue :

— Je vais sans doute bientôt quitter la Guadeloupe. Mon préfet rentre à Paname, et je ne crois pas que son successeur reconnaîtra mes compétences. Delbotte m'a à la bonne : il m'a quasiment promis un boulot en métropole avec lui, dans sa prochaine affectation, mais il ne l'a pas encore reçue, alors ça va traîner un peu…

— T'as qu'à prendre des vacances ! T'as bien un peu d'oseille de côté, lui suggéra Sirius.

— Le farniente, c'est pas pour moi. Je me reposerai quand je serai mort.

— Pareil pour moi ! Nous sommes deux vieilles carnes

dures à la tâche. Si on s'arrête, on clamse ! s'amusa le manchot, qui rêvait pourtant en cachette de cocotiers, de jeunes éphèbes et d'île déserte. Ou, à défaut, d'un partenariat avec Legeay.

— Je songe à aller faire un tour du côté de la Martinique, je connais un type là-bas. Un ancien de la préfecture qui s'est reconverti dans les affaires.

— Ça veut tout et rien dire. Il fait quoi ?

— Je ne sais pas exactement, réfléchit Legeay. Il joue les intermédiaires entre les entrepreneurs et les élus, je crois. Il m'a dit à plusieurs reprises qu'il aurait besoin d'un type dans mon genre. Dans nos genres… Mais tiens, ça me fait penser, tes histoires de recrutement et de camps d'entraînement pourraient l'intéresser. Il aime bien la carambouille et déteste les cocos.

— Mouais, normalement, la Martinique est déjà couverte par Madison.

— Je ne voulais pas te le dire avant, mais Madison est une feignasse. Il palpe le fric de Washington en attendant que le temps passe. Tu devrais aller voir mon gars, je suis sûr qu'il aura des tuyaux à te fourguer. Il s'appelle Deogratias, c'est un nom qui ne s'oublie pas.

Volkstrom s'étouffa littéralement avec la fumée de son cigare. Toussant et larmoyant, il lui fallut une minute avant de pouvoir articuler :

— Deogratias, t'es bien sûr ?

17

Luc Blanchard, Paris

Luc n'en revenait pas du décalage qui existait entre les militants mobilisés par les conséquences des événements du 26 mai à Pointe-à-Pitre et l'indifférence quasi générale, non seulement de la population française, mais surtout des hauts fonctionnaires et des élus, bref, de ceux qui avaient charge de la République. Il avait rencontré la moitié des prisonniers guadeloupéens incarcérés à Fresnes et à la Santé, leurs avocats autour de Francis Léontin, des groupes de soutien spontanés et des associations de défense des droits et libertés qui tentaient de secouer l'opinion : tous ces gens avaient mille choses à exprimer, pas seulement des doléances individuelles, mais une volonté d'interpellation universelle. Pourtant leur parole sombrait dans un puits sans fond et sans écho. Il ne s'agissait pas juste de l'attention des Français qui se serait déportée ailleurs, vers la guerre entre Israël et l'Égypte qui s'était achevée au bout de six jours, mais avait provoqué une déflagration considérable au Proche-Orient. Non, il se jouait autre chose, comme un instrument de musique possédant la capacité de créer du silence en étouffant le son des autres instruments sur le même podium.

En journaliste consciencieux, Luc avait sollicité les ministères de l'Intérieur, de la Justice et des Départements et Territoires d'outre-mer, ainsi que l'Élysée et Matignon pour recueillir la parole officielle, mais il avait fait chou blanc sur toute la ligne. Personne ne désirait lui parler et, comme il manquait cruellement de contacts directs, il n'avait pu obtenir de confidences officieuses, ce genre de « un proche du pouvoir pense que » faisant le miel des articles politiques. Il avait fait mention de ce mutisme dans ses correspondances pour *France-Antilles*, espérant que pointer l'absence de point de vue du gouvernement ferait réagir ce dernier, mais rien de tel ne s'était produit.

Ses maigres succès se comptaient dans les marges des partis politiques. Un permanent du Parti communiste français chargé des Antilles avait accepté de le recevoir, mais il avait passé leur entretien à se tortiller sur sa chaise d'embarras. Le cadre du parti reconnaissait la légitimité de la cause des manifestants et condamnait la brutalité policière, mais, sachant que les communistes guadeloupéens avaient dénoncé les « gauchistes » et les « aventuristes » qui avaient provoqué les troubles, il s'était montré plus jésuite que les jésuites – un comble pour le tenant d'une idéologie prônant la disparition des religions. Du côté de l'UNR, un porte-parole s'était révélé conforme à ce que Luc avait imaginé en se rendant au siège du parti gaulliste rue de Lille : selon lui, les autorités préfectorales et policières avaient agi avec justesse et modération face à des indépendantistes furieux et minoritaires. Circulez, il n'y avait rien à voir.

Seul Claude Estier, sollicité, avait fait preuve de combativité, au nom des socialistes, et il avait accepté que Blanchard le cite dans un de ses articles : « Les événements du 26 mai démontrent la supercherie de la légende selon laquelle le général de Gaulle serait le dernier décolonisateur de la République française alors qu'en fait le colonialisme subsiste aux Antilles. » C'était une déclaration forte et directe, que Luc avait placée au début de son article sur les réactions politiques en métropole. Cependant, à la parution de son papier, la citation avait été reléguée par ses éditeurs à la toute fin. Bien qu'accoutumé à ce genre de bassesse éditoriale, Blanchard commençait à désespérer. Non seulement il n'avait rien déniché qui lui aurait permis d'aider Lucille, mais ses tentatives d'éclairer les événements et leur interprétation à coups de reportages se fracassaient sur l'indifférence et le filtre de décideurs qui avaient, précisément, décidé qu'il n'y avait rien à creuser ou à remettre en cause.

Estier lui avait suggéré d'aller s'entretenir avec François Mitterrand qui, en tant que principal opposant non communiste à de Gaulle depuis son accession au deuxième tour de la présidentielle de 1965, disposait d'un porte-voix bruyant. Luc refusa poliment, sans donner ses raisons, à savoir que le politicien l'avait toujours écouté, mais s'était systématiquement carapaté au moment d'agir en conformité avec ses belles paroles. Blanchard n'avait pas besoin d'une déception supplémentaire, il avait fait le plein. Cependant, avant de prendre congé, le député socialiste avait attiré son attention sur un détail dont il n'avait pas eu connaissance jusqu'ici : le sous-directeur des Affaires criminelles au ministère de l'Intérieur avait été envoyé en mission en Guadeloupe afin de rédiger un rapport au juge d'instruction de la Cour de sûreté de l'État. Le policier en question se nommait Honoré Gévaudan et, d'après Estier, passait pour un homme droit. Il allait achever sa mission prochainement, ou l'avait peut-être déjà bouclée.

Blanchard remercia le cacique socialiste : l'information était intéressante, mais il ne savait pas trop comment l'exploiter. Le dernier contact qu'il avait eu avec un de ses anciens collègues de la police criminelle remontait à cinq années, et il s'agissait de la seule personne qui avait gardé une once de sympathie pour lui. Les autres flics avaient été presque heureux de le voir démissionner : sa carrière d'inspecteur blanc-bec naïf et chevaleresque ne cadrait pas trop avec les pratiques de la maison. Luc s'arrêta néanmoins dans une cabine téléphonique pour tenter de joindre son vieux partenaire Amédée Janvier. La standardiste de la préfecture de police, bien que serviable, fut incapable de trouver son nom dans l'annuaire interne : soit il avait été muté, soit il avait pris sa retraite, lui dit-elle. Luc n'osa penser qu'il pouvait également croquer les pissenlits par la racine, et que c'était le plus probable. La dernière fois qu'il l'avait croisé, Amédée ne respirait pas la santé.

Luc se posa pour réfléchir. Il ne lui restait plus que trois jours à Paris avant de devoir repartir à Pointe-à-Pitre. Le journal n'avait pas étendu sa mission, et il avait une petite fille à rejoindre, une enfant qui ne voyait déjà plus sa mère et qu'il aurait été cruel de tenir longtemps éloignée de son père. Luc devait trouver le meilleur usage de ses heures finales en métropole. Il marcha jusqu'au boulevard Saint-Germain et s'assit à une terrasse de bistrot. Un bref instant, lorsqu'il plongea ses lèvres dans le café, il fut saisi par une bouffée de nostalgie : l'esprit de flânerie parisienne qui consistait à s'attabler dans n'importe quel estaminet avec un expresso et contempler le monde tourner autour de soi sans avoir d'autre préoccupation que le moment.

Le jour avant son départ serait consacré à son ultime visite auprès de Lucille. Francis Léontin avait bataillé pour lui obtenir le plus de parloirs possible face à une administration rétive, et il n'entendait en manquer aucun, surtout pas le dernier. Il devait également faire quelques courses, car tout séjour en métropole comportait son lot de commandes variées de la part des amis et voisins. Pour le reste, il était libre. Sa série d'articles était bouclée, il avait contacté tous les interlocuteurs pertinents. Il pouvait donc tenter de joindre Honoré Gévaudan. Même si l'issue lui semblait cuite d'avance, il n'avait rien de mieux à faire.

Après avoir lentement bu un second café pour faire durer le plaisir de se languir au soleil, il rentra dans l'établissement et paya au serveur ses consommations ainsi que cinq jetons téléphoniques. Il se dirigea vers la minuscule cabine ouverte, au fond du troquet, et composa le numéro du ministère de l'Intérieur. D'une voix assurée, il demanda à parler au commissaire Gévaudan. À sa grande surprise, la standardiste transféra immédiatement son appel. Il dut ensuite attendre une demi-douzaine de sonneries avant qu'un préposé à la voix peu amène ne lui demande ce qu'il voulait – traduction à peine polie du « Pourquoi nous dérangez-vous ? » caractéristique de la bureaucratie française.

— Pourrais-je parler au commissaire Gévaudan ?

— Il n'est pas disponible, répliqua le cerbère, qui s'apprêtait déjà à raccrocher.

— Pouvez-vous au moins me dire s'il est rentré de Guadeloupe ? glissa Luc au summum de sa courtoisie.

— Qui êtes-vous ? Vous lui voulez quoi ?

— Je suis un journaliste de *France-Antilles*, j'ai des informations à lui communiquer sur la manifestation du 26 mai sur laquelle il enquête.

— Comment vous savez ça, vous ? continua l'homme passablement bourru, sans doute un adjoint de Gévaudan.

— C'est mon métier. Alors, pouvez-vous me passer le commissaire, s'il est là ?

— Il ne cause pas aux plumitifs.

— Je vous l'ai déjà dit, j'ai des informations à lui révéler.

— Pffff..., soupira le cerbère, dont on entendait presque les rouages de la cervelle tourner, soupesant la solution la moins risquée pour son matricule : passer à son supérieur le coup de fil d'un journaliste qui l'avait peut-être enflé, ou alors éconduire un bonhomme qui avait effectivement un témoignage important à transmettre. Il opta finalement pour la première : Je vous mets en relation, ne quittez pas, ronchonna-t-il.

Luc poireauta de nouveau pendant une dizaine de sonneries avant qu'une voix incisive ne l'interpelle :

— Commissaire Gévaudan à l'appareil. Vous avez des informations à me communiquer ?

— C'est exact. Puis-je vous rencontrer ?

— Venez cet après-midi. Je dois boucler mon rapport ce soir. Votre nom, s'il vous plaît ?

— Luc Blanchard.

— C'est noté. À tout à l'heure.

Le reporter avait joué son va-tout. Il avait bien l'intention de raconter au commissaire les tirs de précision qu'il avait entendus et les morts qu'il avait vus le 26 mai, mais il doutait d'être pris au sérieux. Ce n'était probablement pas le genre de révélations que l'envoyé du juge avait envie d'écouter, ni qu'il considérerait comme consistantes et suffisamment étayées. Mais Luc raisonna qu'au pire, il se ferait éconduire. Son amour-propre y survivrait.

Il lui restait un coup de fil à passer : à Jacques Foccart, l'inamovible secrétaire général de l'Élysée aux affaires africaines et malgaches. Bien que connaissant les liens qui unissaient le bras droit du général de Gaulle à la Guadeloupe, il n'avait eu aucune raison de joindre le bonhomme jusqu'ici. On n'allait pas voir « la Foque » sans posséder un minimum de biscuit, sinon il vous roulait dans la farine, et vous faisait éventuellement frire ensuite. Mais maintenant, Luc se sentait prêt.

Il ouvrit son vieux carnet d'adresses dans lequel il avait soigneusement conservé le numéro direct du bureau de Foccart et glissa un jeton dans la fente. Il tomba rapidement sur sa secrétaire personnelle à laquelle il expliqua en détail ses entrevues précédentes avec son patron, son statut de résident guadeloupéen et de journaliste à *France-Antilles*, puis il attendit. Apparemment, il avait fait étalage de suffisamment de références pour que la dame lui demande de patienter un instant afin, sans doute, de sonder directement Foccart ou un de ses adjoints. Il resta cinq bonnes minutes suspendu à son combiné avant que la secrétaire ne reprenne la ligne :

— Veuillez rappeler cet après-midi, s'il vous plaît. Nous verrons si M. Foccart peut vous caler dans son agenda.

C'était une demi-victoire, mais, au stade où il en était, elle valait mieux que rien.

En sortant du café, Luc donna une pièce de 1 franc ainsi que les jetons de téléphone qui lui restaient à un clochard qui faisait la manche juste devant.

Quelques heures plus tard, lorsque Blanchard se présenta à l'entrée de l'élégant hôtel de Beauvau, il hésita à faire demi-tour. Il n'avait cessé de réfléchir à un stratagème pour parvenir à soutirer des informations à Gévaudan, mais il n'en avait arrêté aucun. Son problème : il ne détenait aucune monnaie d'échange. Que pouvait-il offrir au policier qui l'incite à lâcher des éléments d'enquête susceptibles de disculper Lucille ? Parallèlement, il avait écarté les habituelles stratégies d'interrogatoire : face à un flic, cela revenait à boxer devant un miroir. On pouvait tirer fierté de sa posture et de son allonge, mais, au bout du compte, on ne marquait aucun point.

L'esprit embrumé par ces pensées défaitistes, il se fit annoncer à l'accueil. Après avoir reçu confirmation téléphonique qu'il était attendu, un huissier le guida dans le dédale de couloirs, avec moulures et hauts plafonds, avant de le laisser devant une porte à laquelle il frappa. Un « Entrez ! » sonore retentit et Luc obéit à l'injonction. Un homme au large front, avec des lunettes à grosse monture noire et une clope calée au coin de la bouche, tapait avec deux doigts sur une machine à écrire.

— Asseyez-vous, j'en ai pour une minute, indiqua-t-il à son visiteur.

Luc s'exécuta et retira sa veste. Il faisait chaud dans ce vieil immeuble, le commissaire lui-même avait desserré sa cravate et travaillait en bras de chemise.

Au bout du temps annoncé, Honoré Gévaudan releva la tête et, sans s'embarrasser de formalités, attaqua bille en tête :

— Pourquoi ne pas m'avoir dit au téléphone que vous étiez un ancien de la maison ?

— Euh…, bafouilla Luc, incapable de trouver une justification valable.

— Vous n'étiez pas l'un des plus mauvais, en plus, si je peux me permettre, l'admonesta Gévaudan en tapotant un dossier au nom de Luc Blanchard qui garnissait son bureau. Vous avez juste eu la malchance de servir au mauvais moment sous les ordres d'un préfet qui, lui, ne faisait pas partie des meilleurs. C'est cela qui vous a poussé à nous quitter ?

— Euh oui, en effet. Je n'appréciais pas vraiment la manière dont Maurice Papon concevait l'action de la police, osa Luc, qui ne savait pas exactement jusqu'où afficher sa sincérité.

Il avait appris dans la presse le remplacement de Papon par un nouveau préfet, Maurice Grimaud, à la fin de l'année 1966, ce dernier arrivant visiblement avec des idées assez opposées à celles de son prédécesseur. Pour autant, la majeure partie des flics demeuraient des légalistes et ils n'éreintaient pas aisément leurs grands patrons, passés ou présents.

— Vous pouvez y aller franco avec moi, vous savez. L'OAS

m'a condamné à mort et les truands ne m'aiment guère. Je m'en moque, je sers la République, pas un ministre, ni une clique ou un président !

— Je pense que vous avez lu mon dossier, temporisa Luc. Disons que je regrette d'avoir dû démissionner parce que j'aimais mon métier, mais je ne me voyais pas continuer à l'exercer avec des supérieurs comme Maurice Papon.

— Vous auriez peut-être dû mettre un peu d'eau dans votre vin, la police a besoin de gens comme vous. Les chefs passent, les bons flics restent. Pourquoi vouliez-vous me rencontrer ? Attendez, je vous avertis : pas un mot de ce que nous allons évoquer ne doit sortir d'ici ! J'ai accepté de vous recevoir parce que j'avais entendu parler de vous dans la maison quand vous y étiez, pas parce que vous êtes journaliste. C'est clair ?

— Limpide, confirma Luc qui, pour une fois qu'on ne le jugeait pas à l'aune des actions de son père, mais des siennes, se sentit ragaillardi. Je souhaite vous rapporter plusieurs éléments qui m'ont troublé lors de la manifestation du 26 mai à Pointe-à-Pitre…

— Vous y participiez ? le coupa le commissaire, soudain suspicieux.

— J'allais retrouver quelqu'un à la darse et j'ai aidé à transporter un blessé jusqu'à l'hôpital. Lorsque je me suis trouvé à proximité de la place de la Victoire, j'ai entendu des coups de feu provenant d'une arme de précision, qui…

— Mon ami, je vous arrête tout de suite ! l'interrompit de nouveau Gévaudan, en rallumant une cigarette. J'ai été mandaté par le juge d'instruction pour, je cite de mémoire,

« procéder à une enquête sur les activités du GONG et sur le rôle qu'auraient pu jouer ses membres dans la préparation et le déroulement des incidents qui ont troublé l'ordre public ». Je ne m'occupe nullement de savoir qui a fait quoi et comment dans cette manifestation.

— Mais l'un ne va pas sans l'autre ! protesta Luc.

— Eh bien si ! On choisit où l'on regarde. Ou bien, pour vous le dire plus franchement, on a décidé pour moi. On m'a demandé d'enquêter sur la responsabilité du GONG, pas sur autre chose. Et pour être sincère avec vous, si mon mandat avait été plus large ou centré sur les violences du 26 mai, mon investigation n'aurait tout bonnement pas eu lieu : elle serait mort-née !

Blanchard connaissait trop bien ce discours. Il y avait fréquemment réfléchi et était parvenu à la conclusion qu'il existait trois sortes de flics : ceux qui ne voyaient rien ou ne voulaient rien voir ; ceux qui voyaient un peu dans les marges autorisées, quitte à les repousser parfois subtilement ; et ceux qui voyaient tout et finissaient par rendre leur carte tricolore et leur flingue. Gévaudan appartenait à la deuxième catégorie, lui à la troisième. Ils ne s'entendraient jamais ; il était vain d'essayer de persuader le commissaire de faire son travail différemment et de risquer la porte. Luc changea donc d'approche, dans la perspective de glaner un maximum d'informations en jouant sur la culpabilité enterrée, mais toujours présente, des policiers appartenant à la deuxième catégorie.

— Vous reconnaissez qu'il y a bien eu des violences le 26 mai des deux côtés ?

— Évidemment !

— Pourquoi aucun bilan officiel n'a-t-il été rendu public à ce jour ?

— Appelez la préfecture, mon ami ! asséna le commissaire, avant de faire une pause introspective, de tirer sur sa cigarette, puis de reprendre. Je suis en train de boucler mon rapport et je peux vous dire ce que je vais mettre dedans à l'issue de mes investigations sur place. Je ne prétends pas détenir toute la vérité, mais je vais écrire qu'il y a eu huit morts et un nombre indéterminé, mais assez élevé, de blessés.

— Huit morts ?! Mais c'est effarant !

— Oui, cela fait beaucoup…, admit Gévaudan, en contemplant ses doigts écraser sa cigarette dans le cendrier.

— Uniquement du côté des manifestants ? demanda Luc qui restait sous le choc de cette révélation quasi officielle.

— On compte des blessés graves parmi les forces de sécurité, mais pas de décès.

Les deux hommes se turent pendant un moment. Sachant qu'ils venaient d'évoquer Maurice Papon, il était impossible pour eux de ne pas se remémorer les morts d'octobre 1961 et ceux du métro Charonne en 1962. Les premiers, parce que algériens, avaient été effacés. Quant aux seconds, ils avaient accédé au rang de martyrs chez les communistes, mais personne n'avait été puni, et on commençait déjà à les oublier. Qu'adviendrait-il des morts guadeloupéens de 1967 ?

— Vous connaissez les causes des décès des huit victimes ? relança Luc.

— Pas mon mandat, asséna Gévaudan.

— Vous allez charger le GONG ? s'enquit Blanchard, en

omettant presque de mettre le point d'interrogation dans sa voix.

— Vous allez m'apprendre mon métier peut-être ?! tonna le policier. Je veux bien vous parler, mais je n'accepte pas qu'on questionne mon intégrité !

— Je m'excuse. C'était stupide de ma part. Je connais quelques gars du GONG et, même s'ils sont très militants et fort bavards, je n'ai jamais eu le sentiment qu'ils étaient bien dangereux.

— Vous auriez dû bosser à la préfecture !

— Je ne comprends pas…

— Le préfet Delbotte et son entourage, de même que les RG et les gradés de la gendarmerie se sont tous monté la tête depuis des mois en se convainquant que le GONG était le nouveau FLN. Ils ont réagi en conséquence et se sont fourré le doigt dans l'œil jusqu'au coude !

— C'est ce que vous allez écrire dans votre rapport ?

— Pas de cette manière, je serai plus diplomate, contrairement à vous, s'amusa Gévaudan. Mais je n'ai trouvé aucune preuve de la responsabilité directe du GONG dans la préparation, l'organisation ou l'exécution des manifestations des 26 et 27 mai. C'est ce que j'ai déjà couché dans mon rapport, conclut-il en montrant sa machine à écrire, où il tapait son compte-rendu de mission en quatre exemplaires.

— Est-ce que je peux annoncer cela dans *France-Antilles* ?

— Non.

— Votre rapport sera-t-il rendu public ?

— C'est une décision qui ne m'appartient pas. Voyez avec mes supérieurs au ministère. Je vous rappelle que je vous ai fait confiance, alors je compte sur vous pour honorer votre engagement.

— N'ayez crainte, je ne vous grillerai pas.

— Je ne crains rien. Je n'ai juste pas envie d'avoir à me faire respecter.

Blanchard ne savait s'il devait prendre cette crânerie pour une véritable menace ou pour un bon mot, mais il ne souhaitait pas tenter le diable. Même s'il ne couchait pas noir sur blanc ce qu'il venait d'apprendre, il espérait utiliser ces éléments pour la défense de Lucille. Huit morts, c'était une information capitale. L'absence de responsabilité du GONG en était une autre, qui appuierait l'argumentation de n'importe quel avocat.

Les deux hommes se séparèrent et, avant que Luc n'ait fermé la porte du bureau, Gévaudan était de nouveau devant sa machine à écrire pour achever son rapport.

Dans la rue, Blanchard consulta sa montre : 15 h 30. Le moment de rappeler le secrétaire aux affaires africaines et malgaches. Il dénicha une cabine et passa l'appel.

— Veuillez patienter un instant, s'il vous plaît, lui dit l'assistante de Foccart en faisant basculer la communication sur un disque diffusant une mauvaise interprétation des *Quatre saisons* de Vivaldi, qui possédait surtout le don d'irriter le correspondant. Mais peut-être était-ce là le but recherché : inciter les fâcheux à raccrocher ?

Finalement, la secrétaire le reprit en ligne :

— Pouvez-vous m'en dire un peu plus sur les raisons que vous avez de solliciter M. Foccart ? La Guadeloupe ne fait pas partie de ses attributions.

Blanchard sentit que les choses ne se présentaient pas sous leur meilleur jour. Il fallait appâter l'homme du Général avec du lourd, qui le pousse à émerger de son refuge. Fort de ce qu'il avait appris auprès de Gévaudan et de ce qu'il avait lui-même établi, il lâcha donc pour la première fois la théorie qui lui trottait dans la tête depuis sa sortie de Beauvau :

— Je sais que M. Foccart entretient des liens personnels privilégiés avec la Guadeloupe. Comme je mène une enquête sensible au sujet des événements du 26 mai, je souhaiterais confronter mes informations aux siennes. On m'a rapporté un grand nombre de morts parmi les manifestants, au moins huit, dont certains auraient été assassinés par un tireur embusqué…

Luc n'aurait pu être plus clair ni plus direct. Cela ne lui arrivait pas si souvent en tant que journaliste : il était fier de son argumentation.

La secrétaire prit note de ce qu'il venait d'exposer sans sourciller – elle devait en entendre d'autres vu les affaires dont s'occupait son patron – et le suspendit de nouveau dans l'enfer vivaldesque.

Cette fois-ci, son supplice s'interrompit rapidement :

— Je suis désolée, mais M. Foccart ne pourra pas vous recevoir.

— Attendez, ce que j'ai à lui dire est important, je vous l'ai…

— Ce n'est pas moi qui décide, monsieur, trancha-t-elle. Je vous rapporte ce que M. Foccart m'a dit. Bonne journée, monsieur. Au revoir.

Apparemment, Luc aurait besoin de réviser ses techniques de chasse : si l'on appâtait un animal avec quelque chose de substantiel, méfiant, il pouvait choisir de rester tapi dans sa tanière. Par contre, le journaliste devait se garder d'en tirer des conséquences. Il pouvait avoir mis dans le mille avec sa théorie, ou s'en être approché de près, ce qui expliquerait la défilade de Jacques Foccart. Il pouvait également s'être totalement égaré : dans ces conditions, qui voudrait causer à un cinglé ?

Cependant, Luc ne pouvait s'empêcher de penser qu'il avait visé juste.

Il lui restait maintenant à tout raconter à Francis Léontin : il serait mieux placé pour tirer profit de ces informations. L'avocat s'était montré assez pessimiste sur la perspective d'une libération avant le procès. En décidant de traduire les prévenus devant la Cour de sûreté de l'État, une juridiction d'exception dévolue à ceux qui sont accusés d'avoir fomenté contre les intérêts fondamentaux de la nation, le gouvernement les avait clairement désignés comme les pires des salopards. Il n'allait donc pas afficher une quelconque clémence face à la lie du pays. L'État avait planté ses crocs et il n'entendait pas relâcher sa proie. Le rôle de Luc consistait à soutenir son amoureuse et appuyer sa défense. Le reste échappait à son contrôle. Ce qui ne l'empêcherait pas de remonter la piste qu'il suivait.

Blanchard s'était préparé à son dernier parloir à la prison de la Roquette avant de regagner la Guadeloupe. Une visite qu'il chérissait autant qu'il la redoutait. Confier ses sentiments, ses hésitations et ses envies, prodiguer du réconfort et un peu de bonheur évanescent à un horaire défini et dans un temps imparti représentait un exercice douloureux. Des émotions à exprimer sur commande.

Luc patientait depuis un quart d'heure lorsque Lucille fut introduite. Elle n'avait, hélas, pas meilleure mine que lors de ses visites précédentes, mais il lut dans son regard une détermination nouvelle et elle lui sourit en s'asseyant. Il s'apprêtait à l'interroger sur ce qui lui occupait l'esprit, mais elle l'interrompit avant qu'il n'ouvre la bouche :

— J'aimerais que tu restes à Paris.

Luc fut pris de court. Lorsque, la fois passée, il avait informé Lucille de la fin de sa mission pour *France-Antilles*, elle n'avait rien dit d'autre que : « C'est bien, tu vas retrouver Célanie. » Il lui en coûtait, évidemment, de repartir en la laissant dans sa Bastille, mais il s'était autoconvaincu qu'il s'agissait de la meilleure solution.

— Je sais que je ne sortirai pas d'ici avant le procès, reprit-elle avant qu'il ait trouvé quoi répondre. Ça va être difficile, mais ça le sera encore plus si je suis seule.

Les yeux de Lucille se mouillèrent. Elle renifla. Luc allongea sa main pour recouvrir celle de son amoureuse, toutes deux posées à plat sur la table pour ne pas éveiller les soupçons des gardiens. Mais aucun ne cilla ; ils étaient accoutumés à ce genre de tableau.

— Je… je vais essayer. Je vais m'organiser, balbutia Blanchard qui réfléchissait à toute vitesse, mais se perdait dans le labyrinthe des détails à régler pour satisfaire à la demande de sa compagne.

Lucille lui sourit : elle le connaissait suffisamment pour avoir compris qu'il lui répondait positivement, mais que son esprit était déjà en train de tout calculer pour transformer l'hypothèse en réalité. En plissant ses lèvres, elle fit déborder une larme de son globe oculaire, qui glissa sur sa joue. Luc l'essuya du doigt.

— Je fais l'aller-retour à Pointe-à-Pitre pour ramener Célanie. Dans une semaine, je serai de retour. Je te le promets.

Luc n'avait aucune idée de comment il allait procéder, à commencer par trouver l'argent nécessaire. Mais s'il devait braquer un fourgon blindé, il le ferait. Sa décision était prise.

18

Antoine Lucchesi, Marie-Galante

En s'approchant de la rade de Pointe-à-Pitre, Antoine fut saisi d'un mauvais pressentiment. Il affala les voiles et attrapa une paire de puissantes jumelles, propriété des Despointes, comme le ketch, et se mit à observer le port de plaisance et les différents pontons privés. Il ne tarda pas à repérer un camion de gendarmerie garé à côté de la capitainerie et, au bout d'un moment, capta des reflets sporadiques depuis une des fenêtres. Quelqu'un surveillait le large à la jumelle, son double inversé.

Peut-être ne s'agissait-il que d'une vigilance ordinaire, mais Lucchesi n'y croyait qu'à moitié. Avec Freddie, ils avaient navigué au plus vite des capacités du voilier, tout en comptant sur le mutisme de ses clients débarqués, mais il avait commis une erreur d'appréciation. Malgré le contenu des valises, Despointes et ses amis avaient décidé d'avertir la police. Antoine avait mal jugé l'esprit de connivence entre les élites commerçantes et les autorités.

Quelques heures plus tôt, Antoine et Freddie avaient

ouvert les deux mallettes restées à bord après l'expulsion de leurs détenteurs et constaté qu'elles renfermaient chacune une ventrée d'argent liquide. Des milliers de billets de 50 et 100 francs, pour un total qui devait avoisiner le demi-million de francs, soit 50 millions d'anciens francs. Autrement dit, un paquet d'oseille. D'où provenaient ces biftons, à quoi servaient-ils ? Lucchesi n'en avait aucune idée, mais, vu le pedigree de leurs propriétaires, l'hypothèse la plus probable était la plus évidente : les trois entrepreneurs békés possédaient une montagne d'argent liquide non déclarée aux impôts et ils la faisaient passer en douce en Dominique, pour ensuite la déposer dans un de ces merveilleux établissements bancaires des îles britanniques des Caraïbes, au choix les îles Vierges, les îles Caïmans, ou Saint-Christophe, Niévès et Anguilla. De l'évasion fiscale de la manière la plus simple qui soit : à la voile. Les deux autochtones bien habillés qu'Antoine avait aperçus sur la côte de la Dominique devaient être les intermédiaires chargés de blanchir le cash.

Malgré l'illégalité de la transaction, et malgré la promesse que Lucchesi avait faite de restituer le ketch et les mallettes, Despointes et ses acolytes avaient averti la police guadeloupéenne. Ce n'était finalement guère surprenant. L'évasion fiscale était un sport de gens respectés.

Antoine se tourna vers Freddie et lui demanda :

— Est-ce que tu connais un endroit où l'on peut aborder tranquillement sans se faire remarquer ?

Le jeune Guadeloupéen réfléchit un moment, puis finit par dire :

— Ce n'est pas facile, toute la côte est peuplée et ce

voilier n'est pas très discret. Ce serait plus simple à Marie-Galante.

— Alors, on met le cap sur Marie-Galante.

Le Corse donna ses ordres de manœuvre à Freddie et ils virèrent de bord pour repartir vers le sud. Antoine continua de surveiller la capitainerie avec inquiétude, mais il n'aperçut aucune navette foncer sur eux. Même en tirant des bords, ils filaient vite et ils parviendraient rapidement à Marie-Galante. Mais que feraient-ils ensuite ? Freddie pourrait sans doute patienter un peu et rejoindre la Guadeloupe, une fois ses ennuis tassés. Mais lui, Antoine ? Si Despointes et consorts avaient sonné l'alerte, ils avaient assurément livré son nom aux autorités. Même en abandonnant le voilier, il resterait dans la ligne de mire des gendarmes. Passer les contrôles aéroportuaires dans ces conditions s'apparenterait à un jeu de roulette russe avec cinq balles dans le barillet. De plus, la justice locale ne devait pas être tendre avec les flibustiers, surtout ceux trimbalant un demi-million de francs en cash. Plus il réfléchissait, plus l'avenir se colorait en noir.

Inéluctablement, il aboutit à une conclusion qui, depuis le début, se planquait dans un coin de sa caboche. Elle affleurait comme un récif qu'il ne voulait pas voir. Elle était logique et, au bout du compte, la moins risquée des échappatoires : rallier un autre pays avec le voilier et l'argent, se débarrasser du ketch, et garder le magot. Si son hypothèse était avérée, il s'agissait de pognon détourné. Il n'avait même pas cherché à le subtiliser, il l'avait récupéré après avoir défendu quelques principes. Dans le monde d'Antoine, cela revenait à gagner à la loterie. Pourquoi se faire des noeuds à l'estomac ?

Sa décision prise, Lucchesi respira plus aisément. Il humait de nouveau les embruns et cette odeur particulière de végétation luxuriante et de sable humide que transportait le vent à proximité des terres. Il sourit en apercevant les reliefs de Marie-Galante qui surgissaient devant eux. Ne restait plus qu'une difficulté à surmonter : trouver un pays où jeter l'ancre. Pour le moment, cela ne le souciait guère : entre les îles des Caraïbes et l'Amérique du Sud à proximité, il n'avait que l'embarras du choix. Un parfum d'aventure qui ne lui déplaisait pas, en dépit de sa résolution de mener une vie tranquille.

Une fois qu'avec Freddie ils eurent déniché une crique abritée et déserte le long de la côte au vent, alors que la nuit était tombée, Antoine s'ouvrit de son projet à son compagnon. Il lui proposa la moitié de l'argent, dont il estimait qu'il lui revenait autant qu'à lui, et surtout de l'accompagner vers sa destination finale, pour l'heure inconnue. Le jeune homme le regarda avec des yeux ébahis. Par la somme ou par le voyage ? Probablement les deux. Il bafouilla une réponse incohérente avant qu'Antoine ne lui dise : « Prends le temps de réfléchir jusqu'à demain matin. »

Les deux hommes possédaient désormais le ketch pour eux deux et pouvaient chacun dormir dans une cabine. L'intérieur du bateau était sobre et de bon goût : la personne qui en avait fait l'acquisition avait respecté les boiseries et les lignes courbes, ne cherchant pas à satisfaire à des caprices modernes. Un court instant, Antoine eut une pensée pour le propriétaire qui l'avait embauché à

Marseille, avant de l'oublier. Ce problème se réglerait en temps voulu.

Le Corse rassembla toutes les cartes nautiques, puis parcourut les ouvrages dans la bibliothèque de bord. Essentiellement des romans pour occuper les passagers, ainsi qu'une poignée de livres sur la navigation, mais du genre que l'on expose sur des tables basses, c'est-à-dire sans aucune utilité pratique. Antoine se rabattit sur un atlas récent et une encyclopédie Larousse en deux volumes. Il s'allongea sur son lit de cabine afin de se dégoter un point de chute.

Après trois heures de consultation, Lucchesi se fixa sur la Jamaïque. Ce n'était pas l'endroit le plus proche, mais c'était celui qui correspondait le mieux à ses critères : un lieu où son passeport français ne susciterait pas trop d'interrogations, où il pourrait laisser un bateau à quai, où il pourrait convertir un peu d'argent et trouver un avion pour rentrer en France métropolitaine. Il avait hésité avec le Venezuela, mais il ne causait pas un mot d'espagnol, contrairement à l'anglais qu'il parlait comme un sagouin, mais qui lui permettrait de se débrouiller – legs d'un parachutiste britannique qu'il avait récupéré puis chaperonné dans le maquis en 1943. Par ailleurs, Caracas possédait la sale réputation d'abriter de nombreux exilés français en délicatesse avec les autorités tricolores, dont une grosse poignée de Corses liés au Milieu. Il préférait les éviter.

Antoine, montant sur le pont fumer une dernière cigarette à la fraîche avant de se coucher, trébucha sur Freddie en pleine cogitation. Il s'en voulut d'avoir projeté le jeune homme dans un monde d'indécision et d'inquiétude. Certes, il était déjà recherché quand il l'avait embarqué avec lui, mais on se sent toujours moins vulnérable lorsqu'on ne dispose pas de 250 000 francs d'argent de poche, aussi étrange que cela puisse paraître.

— Désolé de t'infliger ça Freddie, s'excusa l'ancien contrebandier. Tu aurais préféré rentrer tranquillement chez toi…

— Vous n'y êtes pour rien.

— Tu ! le reprit Antoine, qui avait un mal de chien à lui imposer le tutoiement.

— Oui, pardon, tu n'y es pour rien.

— Un peu quand même. Je plaide coupable.

Le Corse laissa passer un silence.

— J'ai décidé de mettre le cap sur la Jamaïque. On ira au consulat, on dira que tu as perdu tes papiers au cours d'un grain, je me porterai garant de toi, et tu pourras rentrer en Guadeloupe en avion ou en ferry, si ça existe. Ça va nous prendre plusieurs semaines, donc lorsque tu reviendras, tes histoires avec la police de Pointe-à-Pitre seront oubliées.

— Et… l'argent ?

— La moitié t'appartient, tu en fais ce que tu souhaites. C'est du blé détourné, tu sais. Les malfaiteurs, c'étaient ces six imbéciles, pas nous.

— Je n'en veux pas, annonça Freddie, déterminé.

Dans l'obscurité d'une nuit sans lune, les deux hommes se devinaient plus qu'ils ne se voyaient. Antoine ne pouvait donc lire l'état d'esprit du Guadeloupéen sur les traits de son visage. Impossible de déchiffrer ce qui effrayait le plus le jeune homme : se retrouver en possession d'un paquet de fric pas vraiment acquis dans les règles, ou voguer à l'aventure vers un pays inconnu.

— Tu veux me dire pourquoi ? demanda Lucchesi, qui

imaginait mille raisons pour ce refus, mais n'en acceptait aucune qui tienne vraiment.

— Tu sais ce qu'on raconte chez nous ? Qu'un nègre avec de l'argent, c'est forcément un nègre suspect.

— C'est ridicule !

— Dans votre, pardon… dans ton monde peut-être, mais pas dans le mien.

— Tu n'es pas obligé d'en faire étalage. Et puis, tu es français, tu peux ouvrir un compte en banque, déposer l'argent progressivement. Tu peux avoir hérité d'un oncle en métropole, ou avoir vendu des terres familiales…

— Tu ne comprends pas, Antoine. Ces combines marchent quand tu es blanc, pas quand tu es noir. Même si je ne montre pas mon argent, les policiers viendront me demander comment j'ai acheté une voiture, ou alors cette belle maison pour ma maman. Comment je fais pour étudier sans boulot à côté.

— Tu aimerais aller à l'université ?

— Oui… J'ai dû arrêter au baccalauréat, mais j'étais bon élève.

— Eh bien voilà ce que je te propose. Tu prends un peu d'argent, pas trop, pour ne pas être embêté, tu me laisses le reste. Une fois que je suis en métropole, je place l'argent dans une banque, je te fais une procuration, et tu t'en sers pour des études. En Guadeloupe ou à Paris, comme tu préfères. Peut-être qu'on te posera des questions, mais on ne pourra pas saisir ton fric.

Freddie se tut, scrutant la mer qui porte toujours conseil, pour réfléchir. Puis il finit par répondre :

— Ça, je veux bien.

— Alors l'affaire est réglée. Demain, tu débarques sur Marie-Galante, tu m'aides à me ravitailler, et tu vis ta vie. Moi, je rentre à Marseille en faisant quelques escales et tu me fais signe quand tu es décidé.

— Ça me va.

Les deux hommes se claquèrent les mains. Puis ils fumèrent une cigarette en silence, entre gentilshommes.

19

Sirius Volkstrom, Fort-de-France

Inutile de se raconter des histoires. Lorsque le nom de Deogratias avait été prononcé devant lui, la bile était remontée de l'estomac de Volkstrom jusqu'à lui brûler la gorge. Il s'en était fallu de peu qu'il vomisse sur le carrelage de la villa de Basse-Terre. Non seulement cette ordure était toujours vivante, mais à un jet de pierre de lui.

Sirius avait consacré beaucoup d'efforts à oublier son ancien acolyte, son ancien employeur, son ancienne âme damnée*. Dire que ça avait été difficile relevait de la litote. Mais il y était parvenu. Presque sept ans que Jean-Paul Deogratias, à l'époque bras droit de Maurice Papon à la préfecture de police de Paris, avait fait assassiner son amant en prison. Sirius avait cherché à se venger, n'avait réussi qu'à s'enfoncer encore plus dans le bourbier. Résultat : il avait fui la France et avait patiemment tourné la page.

Mais maintenant que Legeay lui avait servi le nom et la

* Voir *Requiem pour une République*.

localisation de cet homme, à la fois protégé et rebut de l'administration française, pouvait-il faire autrement que de lui rendre la monnaie de sa pièce ?

Puisque les Guadeloupéens ne paraissaient pas disposés à s'engager dans les plans de la CIA et que Legeay avait quitté Pointe-à-Pitre, bref, puisque nul ne semblait intéressé par ses services, il décida de tirer sa révérence. De toute manière, il devait officiellement solder ses comptes avec Langley, alors il acheta un billet sur le ferry pour Fort-de-France qui partait dans la soirée.

Il rangeait ses affaires dans sa valise lorsqu'il tomba, au fond d'une poche, sur un morceau de magazine froissé. La corbeille lui fit de l'œil avant qu'il ne se souvienne que l'adresse de Blanchard était inscrite sur la feuille de papier. Il hésita un moment : avait-il envie de revoir le journaliste ? Sa montre affichait dix heures du matin, son bateau larguait les amarres à dix-neuf heures. Ça faisait du temps à traîner au bistrot…

Volkstrom confia son bagage à la consigne et sauta dans un taxi. Si Blanchard travaillait au canard local, il avait peut-être entendu parler de Deogratias et serait en mesure de le tuyauter. Non pas qu'il imaginait que son ancien patron se soit réformé en hippie pacifique, mais il préférait toujours savoir où il mettait les pieds.

Au bout d'un quart d'heure, le chauffeur le déposa devant un modeste bungalow. La porte était ouverte, mais Sirius ne voyait personne. Il s'approcha lorsqu'un bout de chou haut comme trois pommes surgit sur la terrasse en portant une poupée par la jambe. Elle leva immédiatement la tête et, très poliment, salua :

— Bonjour monsieur.

— Bonjour petite fée, avança Volkstrom, affichant le sourire le plus avenant de son répertoire. Est-ce que ton papa…

— Pourquoi t'as qu'un seul bras ? coupa la gamine.

— C'est une longue histoire, et elle n'est pas pour les petites filles. Mais si ton papa est là, on peut lui demander s'il m'autorise à te la raconter.

— Comment tu fais pour découper ta viande ?

Étrangement, Volkstrom aimait bien les enfants. Ils posaient des questions directes et sans arrière-pensées. Ils ne cherchaient pas non plus à vous arnaquer. Tout le contraire des adultes qu'ils devenaient ensuite. Lui aussi avait dû être un môme, un jour.

— Je ne mange que du steak haché, assura le manchot.

— Oh, quelle chance ! souffla la gamine.

— À qui parles-tu, Célanie ? interrogea une voix qui parvenait de l'intérieur du bungalow.

Sans attendre la réponse, la tête méfiante de Luc Blanchard surgit dans l'encadrement de la porte.

Un bref instant, Sirius eut l'impression que Blanchard allait se ruer sur sa fille pour la soulever et faire barrage de son corps face à la menace qu'il imaginait. Mais le journaliste tressaillit à peine et n'en fit rien.

— Salut l'ami, fit Sirius en tendant la main pour montrer qu'il n'arborait nulle intention sinistre. Lucchesi m'a indiqué que je te trouverais ici.

— Pour une surprise…, entama Luc, sans terminer, visiblement habité par un sentiment d'inquiétude. Je vois que tu as déjà rencontré ma fille.

— Elle est charmante, elle doit tenir de sa mère, s'amusa le manchot en clignant de l'œil. Et comment va Madame ?

Blanchard soupira.

— Tu as du temps devant toi ?

— Toute la journée.

Luc apporta du café sur la terrasse, puis des bières pour Sirius quand approcha l'heure du déjeuner, pendant qu'il lui narrait ses dernières semaines, les déboires de Lucille et sa décision de regagner Paris pour être aux côtés de la mère de Célanie. Le mercenaire écoutait avec curiosité ce parcours d'engagement et de passion, d'amour et de convictions, si éloigné de sa propre existence qu'il avait l'impression de regarder un documentaire animalier.

Quand Luc eut achevé son histoire, il s'enquit des tribulations de son hôte. Autant Volkstrom avait livré franco sa mission à Lucchesi, autant il ne se sentait pas de la dévoiler au journaliste, surtout après son récit poignant. Il se contenta d'inventer un bobard à propos de la prospection de rhum agricole pour un entrepreneur américain. Ça pouvait presque sonner juste. De toute manière, il se tirait dans la soirée. S'il voyait clair au travers du mensonge, Blanchard ne le manifesta pas.

Dans cette ambiance quasi familiale, Sirius renâclait à mettre le sujet Deogratias sur le tapis. Luc s'absenta une dizaine de minutes pour préparer à manger à sa fille et lorsqu'il revint, ayant placé Célanie à table avec une assiette de légumes et de poisson, il se décida :

— As-tu entendu dire que Deogratias bossait en Martinique ?

— Ce vieux salopard ? Non, je ne savais pas.

Blanchard paraissait sincère. Il n'avait rien à dissimuler de ce côté-ci.

— Tu vas aller régler tes comptes avec lui ? s'enquit Luc.

— C'est possible.

— Il est sans doute inutile que je te conseille de t'abstenir…

— Le meilleur moyen de me pousser à faire quelque chose c'est de me recommander de l'éviter.

— Sauf si tu as changé.

— Je n'ai pas changé.

Quelques années plus tôt, cet échange aurait laissé un froid entre eux, mais plus maintenant. Blanchard se contenta d'un haussement d'épaules furtif.

— Et ensuite ? Tu repartiras pour les États-Unis ou Paris ? relança Luc.

— Sais pas, les Américains me fatiguent, avoua Sirius. Peut-être qu'on se retrouvera bientôt dans un rade parisien…

— Si je parviens à rentrer…, marmonna Luc.

— Comment ça ? Tu viens de m'annoncer que tu allais déménager avec la petite pour être aux côtés de Lucille.

— C'est l'idée, oui, mais il faut d'abord que je réunisse l'argent. Tu ne veux pas m'acheter ma mobylette, je m'en sépare ? ironisa Blanchard en désignant sa Motobécane cabossée appuyée contre le bungalow.

Machinalement, Volkstrom observa l'engin en se disant que l'audacieux qui le ferait monter dessus n'était pas encore né. Puis il glissa la main dans sa poche portefeuille et en extirpa une liasse de billets roulés. Avec la dextérité de ses doigts, il en détacha cinq de 100 dollars. Une belle somme.

— Qu'est-ce que tu fais ! s'insurgea Luc.

— Tiens, fit Sirius en posant les billets sur la table. Ce sont des frais de mission non dépensés.

— Hors de question ! plaida l'ancien flic.

Célanie les scrutait, les lèvres et le menton pleins de jus de tomate, se demandant bien de quoi les deux adultes causaient.

— Écoute, j'ai pas souvent l'occasion de faire une bonne action, alors laisse-moi rééquilibrer mon karma.

— Merci pour l'intention, mais je vais me débrouiller seul.

— Tu n'auras qu'à mettre le fric dans le cochon rose de la gamine, annonça Sirius en faisant mine de partir.

— Je ne veux rien devoir à personne.

— Alors t'as qu'à considérer ça comme un don.

Blanchard reporta son regard sur les billets, puis de nouveau sur Volkstrom, et se résolut à franchir le Rubicon.

— Un prêt, je veux bien, grimaça-t-il.

— Marché conclu, sourit Volkstrom.

Il rigolait intérieurement. Si Blanchard avait soupçonné que cet argent provenait des caisses noires de la CIA, il aurait été encore plus mortifié de l'accepter.

— Je ne sais pas où je logerai, mais tu pourras me retrouver grâce au bureau de *France-Antilles* à Paris, poursuivit Luc, qui n'entendait rien laisser au hasard.

— À la revoyure, termina Volkstrom, qui fit une révérence exagérée et sacrément pataude à l'intention de Célanie, avant de prendre la direction de la grande route.

Sa bonne action le réjouissait. Même si elle ne lui avait rien coûté. Il n'avait jamais eu l'intention de rendre ses frais de mission à l'Agence. Personne ne le faisait jamais. Peu importait. C'était sa subversion personnelle.

Quarante-huit heures plus tard, James Madison accueillait Sirius à l'instar de sa précédente visite, avec whisky et Lucky Strike à volonté, toujours d'humeur plaisante. Contrairement aux Français, pusillanimes et torturés, l'Américain portait un regard ironique et détaché sur l'existence.

— Je ne m'attendais pas à vous revoir, lui lança la gravure hollywoodienne.

— Je repassais par la Martinique, donc je suis venu profiter de vos cigarettes et de vos bouteilles. Je ne suis parvenu à rien en Guadeloupe, les locaux n'ont aucune envie de se mobiliser contre Castro.

— Je ne peux pas dire que cela me surprenne…

Madison recevait la nouvelle avec flegme, comme si tout ça n'était qu'un jeu. Un vaste passe-temps à l'échelle planétaire certes, mais un divertissement qui ne méritait pas qu'on le considère trop sérieusement. Peut-être avait-il raison, se dit Sirius. À prendre les événements à la légère, on s'épargnait les ulcères et les désillusions.

— Qu'en dit Derrick Johnson ? s'enquit l'homme de la CIA, faisant référence au patron de Volkstrom, l'un des pilotes du « Projet cubain » de l'Agence.

— Il est déçu, ne cacha pas Sirius. Mais il savait dès le départ que c'était un coup pour voir. Il n'attendait pas de miracle.

— C'est un pragmatique.

— Il a d'autres fers au feu, si j'ai bien compris.

— Derrick a toujours plein de fers au feu. Désolé de

vous le révéler abruptement, mais vous n'êtes pas la seule barbouze de Derrick Johnson.

— Y a pas de mal, je m'en doutais.

Ce n'était pas simplement l'insouciance de Madison qui déteignait sur Sirius, lui aussi se contrefichait des pirouettes de la CIA. Depuis maintenant plusieurs mois. Il avait fait son temps ; sa motivation s'était estompée. Elle n'avait jamais été bien solide de toute manière. Peut-être parce qu'il vieillissait, mais aussi parce qu'il ne s'agissait pas de son pays. Volkstrom avait beau entretenir un rapport de défiance et d'animosité à l'égard de la France, il dissimulait en lui une nostalgie, à défaut d'un réel attachement. Bien enfouie, mais tangible.

Le moment était donc venu de rendre son tablier à l'Oncle Sam et de rentrer au bercail. Il l'avait déjà annoncé à Johnson, mais il attendait encore deux choses de Madison.

— J'ai négocié ma fin de contrat avec Derrick. Il m'a demandé de voir avec vous pour le solde en liquide. Il vous envoie le montant par câble.

— Très bien, je fais le nécessaire. Vous pourrez passer demain le récupérer.

— Pas de souci. J'ai une autre question pour vous : avez-vous entendu parler de Jean-Paul Deogratias ?

— L'ancien de la préfecture ?

— Lui-même.

— Mon prédécesseur me l'avait recommandé. Pour le cas où il faille monter des trucs, comment dire, délicats… Mais je ne l'ai jamais rencontré. On m'a rapporté qu'il avait quitté la préfecture et s'était mis à bosser à son compte pour le parti gaulliste.

Ça lui ressemblait assez, en conclut Volkstrom. Legeay avait évoqué qu'il œuvrait à tisser des passerelles entre les entrepreneurs et les élus, Madison mentionnait l'UNR, mais tout cela restait la même tambouille. Ce que Deogratias avait toujours cuisiné : avancer ses pions, intriguer, promouvoir ses idées rances et surtout se faire du blé sur le dos de l'État. Un certain sens du business à la française.

— Aucune chance que vous sachiez comment le contacter ? tenta Sirius.

— Demandez à ma secrétaire en partant. Vous lui voulez quoi, sans indiscrétion ?

— Lui présenter mes hommages. On a travaillé ensemble dans le temps. On ne s'est pas vus depuis belle lurette.

— C'est marrant, je ne vous avais pas identifié comme un homme débordant de courtoisie, se moqua gentiment Madison en faisant tinter les glaçons dans son verre presque vide.

— Vous vous trompez, ce sont les Américains qui sont grossiers. Nous, les Français, nous avons des manières !

Sur cette belle parole, à laquelle il ne souscrivait pas le moins du monde, Sirius prit congé de l'agent de la CIA. Il s'arrêta auprès de la secrétaire de Madison, qui lui donna un numéro de téléphone pour Deogratias tout en l'avertissant qu'il remontait à plusieurs années. Le manchot la remercia quand même et lui dit « à demain », lorsqu'il viendrait récupérer son ultime salaire. Il pressentait qu'il regretterait cela : les enveloppes de dollars. Et le whisky à toute heure, également. Contrairement à ce qu'on pensait, les Ricains savaient vivre.

Sirius trouva le bureau des PTT le plus proche et

demanda une cabine. Il essaya le numéro de téléphone qu'il venait d'obtenir et tomba sur un disque préenregistré : « Ce numéro n'est plus attribué. » Il compulsa alors l'annuaire de la Martinique et dénicha rapidement les coordonnées du siège local de l'UNR. Il joignit un permanent, ou un volontaire, qui lui assura que l'officine restait ouverte jusqu'à seize heures. Et, puisque cette personne semblait aussi bien disposée qu'un vendeur à la commission à l'affût du client, il se fit expliquer comment se rendre sur place.

Sans se presser, Volkstrom suivit les indications jusqu'à parvenir face à une devanture au milieu d'une rue commerçante de Fort-de-France. La baie vitrée était couverte d'affiches de De Gaulle et des candidats à la députation de l'élection de mars. Sirius releva les bords de son chapeau comme il avait vu Humphrey Bogart le faire dans *Le grand sommeil*, afin de se donner un air benêt, et pénétra dans la boutique de vente au détail du gaullisme.

Sur son chemin, Volkstrom avait mis au point un petit discours lénifiant sur le fait qu'il arrivait de la métropole et souhaitait militer à l'UNR localement. Il le servit au permanent qui bondit illico sur ses fiches d'inscription, ravi d'enregistrer un nouveau soutien. Sirius lui fournit des renseignements bidon avant de poser la seule question qui l'intéressait :

— J'avais un vieux compagnon autrefois, un homme qui adore le Général et qui s'est installé en Martinique. Il ne serait pas inscrit chez vous par hasard ? Jean-Paul Deogratias…

Le militant fit une moue indéchiffrable. D'évidence, le nom lui était familier, mais il était difficile de savoir s'il lui évoquait de la perplexité ou de l'appréhension. En tout cas, pas du respect ni de la sympathie. Il finit par répondre en soupesant ses mots :

— Oui, M. Deogratias a fait partie de nos cadres locaux.

— Vous en parlez au passé, nota Sirius avec politesse. Il est décédé ?

— Non, pas que je sache, s'empressa de préciser le permanent, qui hésitait sur l'attitude à adopter. Il est rentré en métropole juste après les élections législatives. Il semble qu'on lui ait offert un poste dans un ministère.

Malgré ses efforts de pondération, Volkstrom ne put réprimer un long soupir. À la fois de déception, car il avait espéré dénicher Deogratias au plus vite et lui régler son compte avec le même empressement. Mais il évacuait aussi son soulagement, étrangement heureux à l'idée de ne pas avoir à respirer l'air vicié qu'exhalait son ennemi personnel.

— Ah, c'est fort dommage, se reprit le manchot. Vous ne savez pas dans quel ministère ?

— Désolé, on me l'a dit, mais je n'ai pas retenu. M. Deogratias n'a pas fait de pot de départ.

« Tu parles, Charles », murmura Sirius pour lui-même. Deogratias était le genre d'homme à semer la détestation partout où il passait. Personne ne le regrettait jamais, sauf ses supérieurs, qu'il couvrait de flatteries et auprès desquels il savait se montrer indispensable. S'il avait été rappelé à Paris, qui plus est dans un lieu de pouvoir, c'est que quelqu'un avait besoin d'un Machiavel à portée de main.

Puisqu'il était inutile de continuer à jouer à l'imbécile, Sirius abandonna son amabilité de façade. Il se leva sans un mot et sortit, laissant le pauvre factotum désarçonné, qui essaya vainement de le faire revenir signer son bulletin d'adhésion… S'il avait su que Volkstrom opérait, depuis longtemps, dans le camp opposé au Général, il aurait économisé son encre.

Plus rien ne retenait Sirius aux Antilles désormais.

20

Luc Blanchard, Paris

Le retour à Paris recélait un goût de défaite. Il réemménageait dans une ville qu'il avait abandonnée par dépit et il devait y reconstruire sa vie, au moins jusqu'à ce que Lucille soit libérée – il n'osait envisager l'option d'une condamnation.

Pour la petite Célanie, ce déménagement représentait un pas immense : elle délaissait le seul endroit qu'elle avait jamais connu. En même temps, comme tous les gamins de trois ans, elle se montrait prodigieusement souple et quelques jours en métropole avaient suffi pour qu'elle apprivoise sa nouvelle existence auprès de la famille antillaise installée à Saint-Denis qui leur avait loué une chambre et avait accepté de s'occuper de la petite fille durant la journée. Ces exilés de l'intérieur, que Luc ne connaissait que par le bouche-à-oreille, avaient accueilli le père et sa fille tels des héros du simple fait que Lucille figurait parmi les accusés du 26 mai. Ils s'étaient donc rapidement sentis chez eux, entourés.

Le coup de pouce de Volkstrom s'était révélé inespéré. Si on avait dit à Blanchard qu'il en viendrait à emprunter de l'argent au mercenaire, il aurait proclamé : « Plutôt crever de faim. » Et pourtant… Il s'y était résolu et n'en avait pas perdu le sommeil pour autant. Il rembourserait en temps voulu. Une seconde opportunité s'était matérialisée lorsque Luc avait essayé de convaincre Alexis, son rédacteur en chef de *France-Antilles*, de publier un article à partir des éléments solides dédouanant le GONG tirés des conclusions du commissaire Gévaudan, dont le rapport n'avait, comme prévu, pas été rendu public. Le nombre officiel de morts – huit – ne paraissait toujours préoccuper personne. Quand le moindre carambolage sur une route nationale aboutissait à un bilan vérifié, chiffré et certifié, les victimes d'une manifestation disparaissaient dans un trou noir de désintérêt. Alexis lui avait aimablement, mais fermement, conseillé d'abandonner cette investigation. Mais, alors que Luc s'apprêtait à prendre la porte en maugréant, le rédacteur en chef lui avait proposé de travailler en tant que correspondant parisien, puisqu'il s'établissait en métropole pour plusieurs mois. Blanchard représentait certes un élément agaçant, voire hasardeux, pour son supérieur, mais il était aussi un des meilleurs journalistes de son équipe. D'où ce compromis et, pour Luc, un salaire à la clef. En son for intérieur il espérait même qu'Alexis accepterait de temps à autre des entorses à son régime façon trois petits singes (rien vu, rien entendu, rien dit).

Ragaillardi par cette bonne surprise, et faisant fi de la recommandation d'oublier son enquête, Blanchard avait profité de son avant-dernier jour en Guadeloupe pour traquer

Pierre Delbotte. Son entrevue précédente avec le préfet lui ayant infligé une amère blessure, il avait l'intention de prendre sa revanche. Puisqu'il n'y avait pas, cette fois-ci, de réunion des entrepreneurs pour aborder directement l'édile, il s'était adressé à la réceptionniste de l'accueil, une toute jeune femme à l'air aimable :

— Bonjour, madame, Luc Blanchard, je suis le correspondant de *France-Antilles* en métropole, je souhaiterais prendre rendez-vous avec M. Delbotte.

La jeune femme avait incliné la tête avec étonnement.

— Vous ne savez pas ? M. Delbotte est rentré à Paris.

— Quand revient-il ?

— Il ne revient pas, monsieur. Sa mission de préfet est achevée, il a été muté à Paris dans les services du Premier ministre. C'est M. Jean Deleplanque qui le remplace.

Luc était tombé des nues, avant de se remémorer l'aparté d'un commerçant, au cours de la réunion des entrepreneurs, qui se félicitait du départ imminent de Delbotte. Sur le moment, il n'avait pas relevé l'information. L'homme qui avait supervisé les forces de sécurité lors de la manifestation avait déserté le lieu du crime – et n'avait pas été rappelé, comme on le fait avec un fonctionnaire qui a failli. Le gouvernement français l'avait tout bonnement recasé ailleurs.

En arrivant à Paris, le premier instinct de Blanchard avait été de se lancer sur la piste de Delbotte, comme un bon ratier. Sauf que ses premières approches avaient échoué. Personne ne connaissait l'ancien préfet de la Guadeloupe à l'hôtel Matignon. De surcroît, *France-Antilles* n'attendait pas de lui un travail de limier, mais des nouvelles de la métropole.

Il lui avait fallu plusieurs semaines de patience, le temps de se réadapter à la vie parisienne, de s'occuper de Célanie et de visiter Lucille, avant de pouvoir reprendre sa traque. Pour un peu, il l'aurait presque oubliée, jusqu'à ce qu'un jour, venant de quitter un déjeuner avec le ministre de l'Éducation et une dizaine de confrères à propos de la réforme de l'université, il déambulât devant l'hôtel Matignon. N'ayant aucun article à boucler, pas de rendez-vous pressant, il se dit que cela valait la peine d'essayer.

Matignon ne fonctionnait hélas pas à la manière d'une préfecture antillaise : on n'y entrait pas comme dans un moulin. Si les plantons armés consentirent à le laisser pénétrer dans le bâtiment sur la foi de sa carte de presse, les responsables de l'accueil tentèrent de l'éconduire. Blanchard répéta plusieurs fois qu'il venait rencontrer Pierre Delbotte, mais puisque son nom ne figurait pas dans l'agenda quotidien, ils refusaient de contacter le conseiller. Les deux agents prétendaient d'ailleurs ne pas connaître Delbotte.

Finalement, à force d'insistance, un des deux cerbères accepta de consulter l'annuaire de Matignon et y dénicha une extension téléphonique pour Delbotte, qu'il composa en grimaçant. Luc s'assura que le préposé énonce bien les trois mots-clefs « journaliste », « 26 mai » et « assassinats », ce qu'il fit avant de raccrocher.

— Je gage qu'il ne désire pas me recevoir, anticipa Blanchard.

— Si, si, il arrive, répliqua le factotum en lui désignant

trois pauvres chaises métalliques dans un coin pour qu'il patiente.

Quinze minutes plus tard, personne n'était venu le voir et il commençait à se demander ce qu'il devait faire, relancer l'accueil ou se retirer. Il décida de temporiser encore une quinzaine de minutes. Au bout d'une demi-heure, les vigiles le dardaient de regards sinistres de plus en plus appuyés lorsqu'un type aux cheveux blancs et ras et à la musculature bien dessinée surgit, depuis l'extérieur et non pas du corps de l'hôtel particulier, et s'avança vers lui. Ce n'était pas Delbotte, mais, comme Luc se remémora, ébahi, un des adjoints de l'ancien préfet, celui qui l'avait toisé à l'issue de la réunion avec les entrepreneurs guadeloupéens et l'avait nargué en évoquant son mariage avec Lucille. Sans tendre la main, le bonhomme aboya :

— Qu'est-ce que vous voulez ? On ne cause pas aux journalistes !

— Je souhaitais m'entretenir avec M. Delbotte, hasarda Luc, déstabilisé.

— Ce n'est pas un cabinet médical ici. On ne se pointe pas sans rendez-vous !

Quelques années plus tôt, Blanchard aurait sûrement rentré la tête dans sa carapace et filé doux, mais il avait enfin pris un peu de bouteille, constatant que ceux qui criaient fort parvenaient plus souvent à leurs fins que ceux qui obtempéraient. Par ailleurs, l'attitude de chien d'attaque de ce type dont il ne connaissait même pas le nom titillait son esprit combatif.

— On m'a averti que M. Delbotte a des choses à raconter sur la manifestation du 26 mai, avança Luc.

— Qui vous a dit ça ? réagit l'homme, soudain sur la défensive.

— Une source bien informée dans un ministère, répliqua Luc, qui flaira la reculade.

L'adjoint de l'ancien préfet, qui jouait visiblement toujours un rôle auprès de Delbotte, dévisagea Blanchard comme pour évaluer sa capacité à dépecer l'importun d'un claquement de mâchoire. Il en avait envie, c'était clair. Mais on ne faisait pas forcément ce qu'on voulait dans la vie, surtout avec un journaliste, surtout en public, car il y avait malgré tout des apparences à préserver. Il désigna donc la porte du bâtiment :

— J'ai besoin de me dégourdir les jambes. Accompagnez-moi ! ordonna-t-il, un tantinet plus aimable que dix secondes auparavant.

— Puis-je savoir à qui j'ai affaire ? demanda Luc.

— Legeay, Lionel Legeay, répondit le bonhomme après un instant d'hésitation. Je travaille avec Pierre Delbotte.

Blanchard hocha la tête, satisfait malgré le flou de la description, et suivit Legeay qui sortit une cigarette sans en proposer à son interlocuteur. Lorsqu'il eut tiré deux bouffées en se dirigeant vers les Invalides, il tourna le cou vers le reporter et le provoqua :

— Pourquoi vous intéressez-vous à ces histoires ? Qu'est-ce qui vous fait penser que Delbotte a des choses à vous raconter ?

L'orage était passé dans la voix de Legeay ; ne subsistait plus qu'une morgue froide. Luc connaissait ce genre de posture : celle de ceux qui cherchent à éluder tout examen de leurs actions, s'échinant à dévier l'attention et à se moquer de leur interrogateur. Cela le réconforta : il se savait plus malin que ce sophiste.

Blanchard interrompit soudainement sa foulée, obligeant Legeay à stopper et lui faire face.

— Ma source m'a indiqué que le GONG n'avait rien à voir avec les violences sur la place de la Victoire, et qu'il y avait eu au moins huit morts parmi les manifestants, dont plusieurs tombés sous des balles tirées pour tuer.

Luc éprouva le même sentiment que lorsque, gamin, il shootait dans une fourmilière pour le plaisir d'observer les insectes s'égailler puis, une fois le danger immédiat passé, se ressaisir pour réparer leur colonie. Il crut déceler des fourmis refluer dans les veines de Legeay pour le faire pâlir, puis repartir à l'assaut pour redonner du rouge à son visage. Le reporter n'eut presque pas besoin d'écouter la réplique furieuse, il en devinait par avance la teneur :

— Vous racontez n'importe quoi, monsieur Blanchard ! Vous faites le malin en vous abritant derrière votre carte de presse, mais vous ne savez rien ! Vos élucubrations mériteraient qu'on vous colle en prison !

Legeay effectua un demi-tour quasi militaire et jeta sa cigarette à demi consumée sur le trottoir.

Luc ne put s'empêcher de remuer le couteau dans l'estafilade qu'il venait d'infliger :

— Je repasserai d'ici à quelques jours, monsieur Legeay, lui cria-t-il. Histoire de voir si la mémoire vous est revenue ou si M. Delbotte est disponible.

Pour toute réponse, le conseiller lui adressa un bras d'honneur et poursuivit son chemin. Quelques piétons les observaient, se demandant quel était l'objet de la querelle dans ce quartier d'ordinaire si policé des ministères. Après avoir souri à la cantonade pour marquer sa victoire, Blanchard se dirigea vers le métro.

En descendant à l'intérieur de la station, il se rendit néanmoins à l'évidence : il n'avait rien remporté du tout. Son succès reposait sur du vent. Il n'avait pas déniché Delbotte et son bras droit ne lui avait rien révélé. Pas le moindre détail. Pas la moindre piste nouvelle. La colère de Legeay était éloquente, certes, mais Luc n'était pas psy. Il était journaliste. Les émotions n'allaient pas étoffer son dossier.

Cinq jours plus tard, Blanchard sortait de la prison de la Petite Roquette. La détention préventive de Lucille et des autres accusés était maintenue. Les charges avaient beau demeurer floues et inaccessibles par la défense, les autorités judiciaires et surtout politiques s'arc-boutaient sur leur décision. Lucille resterait entre quatre murs suintants jusqu'à son procès, qui ne se tiendrait pas avant le début de l'année 1968. Heureusement, Me Francis Léontin leur avait obtenu un parloir hebdomadaire, ce qui, d'après l'avocat, s'apparentait à un traitement de faveur. Aucune autre famille des prisonniers guadeloupéens ne bénéficiait d'une telle fréquence de visites.

— Je vous dirais bien que je suis un excellent avocat qui a le bras long, mais je ne pense pas que ce soit le cas…, avait ironisé Me Léontin, quand il avait révélé à Luc cette prérogative, quelques semaines plus tôt.

— Vous croyez que c'est parce que je suis blanc ? Ou un ancien flic ? avait tout de suite soupçonné le journaliste.

— J'en doute. Je crois surtout que vous avez des relations bien placées qui ont intercédé pour vous.

Cette remarque avait hérissé le poil de Luc. Durant sa carrière, il avait surtout brûlé des ponts plutôt que cultivé les amitiés intéressées. Et même si, depuis qu'il officiait comme correspondant à Paris de *France-Antilles*, il hantait les ministères et rencontrait parfois des notabilités, il ne naviguait pas le moins du monde dans un réseau d'influence. Il rentrait tous les soirs à Saint-Denis auprès de Célanie et de ses logeurs, passait ses week-ends avec sa fille ou bien à travailler. Il n'avait même pas eu le temps – ni le courage, il devait l'admettre – de renouer avec ses anciennes connaissances parisiennes. Alors l'idée qu'on puisse penser qu'il bénéficiait d'un ange gardien perché sur son épaule pour lui offrir un privilège le surprenait autant qu'elle lui répugnait.

Toujours est-il que, faveur ou pas, Luc se rendait invariablement chaque semaine à la Petite Roquette pour voir Lucille pendant une courte demi-heure. Ils parlaient de tout, de rien. Ils échangeaient des nouvelles de l'intérieur et de l'extérieur, essayaient de faire bonne figure l'un à l'égard de l'autre. Un jour, Luc avait amené Célanie avec lui au parloir, mais ils étaient finalement convenus d'un commun accord qu'une prison n'était pas un environnement pour une enfant. Cette décision coûtait à Lucille, mais c'était un prix supplémentaire à payer.

Comme chaque fois qu'il sortait de l'établissement carcéral, Blanchard se sentait déprimé. Il devait faire un effort pour ne pas se ruer au comptoir du bistrot le plus proche afin de commander un alcool fort. Lui qui, de sa vie, n'avait jamais bu de manière régulière ressentait l'appel irrépressible d'un petit verre, suivi d'un autre, et d'un autre… Le temps d'automne parisien, avec son ciel gris plomb et son crachin, n'aidait pas. Ce soir-là, Luc avait de surcroît oublié son parapluie. Repoussant la tentation de l'assommoir, il retroussa le col de sa veste et partit d'un pas contrarié vers la station Voltaire.

Au moment d'arriver à sa destination il reçut un violent coup d'épaule qui le propulsa dans la Cité industrielle, une impasse étroite. Avant qu'il puisse se redresser, voilà qu'on le tirait sur une demi-douzaine de mètres à l'intérieur de la voie. D'un geste brusque, Luc se dégagea de l'emprise et bondit sur ses pieds en songeant : « À la bonne heure ! » Le journaliste avait une furieuse envie de se défouler pour évacuer la colère rentrée et les déceptions de ces derniers mois.

Deux baraques sortirent d'une R16 beige qui venait de se garer à l'entrée de l'impasse, rejoignant celui qui l'avait percuté. Ses trois agresseurs portaient des bonnets sur la tête, des foulards devant le visage et ils étaient bâtis comme de vrais sportifs, tendance judo ou lancer du disque. Luc leva sa garde – il avait arrêté la boxe à la naissance de Célanie, mais les fondamentaux ne disparaissaient pas. Il n'eut malheureusement pas l'opportunité de remettre en pratique son savoir, car le premier gars qui s'approchait sortit une longue matraque de type bidule de CRS de derrière son dos et, grâce à l'allonge supplémentaire, lui en flanqua un coup dans les côtes qu'il ne put parer. Il reçut comme une décharge d'électricité dans le haut du corps, mais parvint à se rétablir rapidement, prêt à contre-attaquer. Juste à temps pour un second coup de matraque dans le flanc opposé.

Luc posa un genou à terre. À un contre trois et déjà perdant aux points, Blanchard réalisa qu'il était mal barré. Il aurait beau crier, cela ne l'aiderait guère. Les rares passants filaient sous la pluie, les riverains se calfeutraient et la solidarité n'était pas la vertu la mieux ancrée chez les Parisiens. Luc se résolut donc à un baroud d'honneur en solitaire. Qu'il ne put même pas lancer. Car le bonhomme à la matraque venait de se glisser derrière lui et de le ceinturer en se servant de son arme qu'il appuya sur son sternum. S'ensuivirent deux crochets, droite-gauche en pleine mâchoire, qui le sonnèrent pour de bon.

Luc ne s'évanouit pas, mais il avait la tête toute cotonneuse et plus du tout envie d'entamer un second round. Pendant que son premier assaillant le maintenait fermement, le deuxième se plaça hors de portée d'un éventuel coup de pied, mais assez proche pour lui tomber dessus s'il se débattait. Enfin, le dernier, le plus fluet, ce qui était tout relatif, car sa musculature affleurait sous sa chemise, se cala devant lui et ouvrit la bouche :

— T'es pas un vrai journaliste, Blanchard, t'es juste un biffin qui fouille les ordures, moqua le chef de la bande qui s'exprimait avec un accent méridional franchement exagéré. Ou peut-être devrait-on t'appeler monsieur Montout ?

Le trio rigola sur commande. Pas Luc, qui comprenait le sens de la menace : on sait qui tu es, qui est ta compagne, sur quoi tu enquêtes.

— Qu'est-ce que vous me voulez ? rétorqua Luc, attristé par ce dialogue de série B, qui lui permettait toutefois de gagner du temps pour récupérer ses esprits et faire parler son agresseur.

— Ne fais pas le mariole, tu le sais très bien ! T'as de la chance d'avoir un protecteur influent. Difficile à imaginer pour un amoureux des moricauds comme toi, mais apparemment c'est ainsi. Donc on te passe un simple avertissement : tu arrêtes de fouiner ! La Guadeloupe, c'est terminé ! Et si l'on n'est pas assez convaincants, je te garantis que ton bienfaiteur finira par changer d'avis et à ce moment-là, on te désignera la porte du cimetière !

Pour faire bonne mesure, et probablement parce que les trois gorilles ressentaient la frustration de ne pas avoir pu lui rectifier le portrait à leur guise, ils lui balancèrent trois ou quatre coups de poing dans la figure avant de le jeter sur les pavés humides comme un sac de linge sale. Le trio remonta dans la R16 et démarra sans même lui adresser un ultime regard.

Luc se releva avec peine, les côtes endolories et l'œil droit qui le lançait, essuya ses vêtements de son mieux. Dans l'échelle des tabassages, celui-ci comptait au rang des performances médiocres. Malheureusement, ce n'était pas par ineptie ou manque de conviction, plutôt parce que ordre avait été donné d'y aller mollo. Un avertissement, comme on le lui avait décrit. Propre et léger.

Ce n'était ni la première, ni sans doute la dernière fois que Luc était menacé et bastonné parce qu'il faisait ce que lui dictait sa conscience. Ce qui le souciait davantage était l'identité des gros bras et, par-dessus tout, celle de son soi-disant protecteur. Deux fois qu'on lui balançait cet inconnu à la figure. Il appréciait les égards, un peu moins ceux de bienfaiteurs masqués.

S'agissant de ses agresseurs, il penchait pour des flics ou

des militaires : la matraque, les coups qui font mal sans laisser de traces, la clef d'immobilisation. Sans oublier l'accent marseillais du nervi, dont l'intonation caricaturale fluctuait au cœur d'une même phrase. Cela ressemblait à quelqu'un qui tente de dissimuler son identité derrière une mauvaise imitation de café-théâtre pagnolesque. Résultat : si Luc avait dû parier ses économies sur le nom de celui qui l'avait harcelé, il aurait misé sur Lionel Legeay. L'arrogance, la stature, la colère provoquée par l'investigation sauvage de Blanchard, il était à peu près le seul candidat.

Luc nettoya son visage avec un mouchoir et un peu d'eau de pluie collectée d'une gouttière percée, histoire de se donner une apparence présentable pour descendre dans le métro. Il songea bien un instant à se rendre au commissariat le plus proche pour déposer plainte, mais il y renonça. Il n'avait aucun témoin et nulle description au-delà de celle d'une R16 beige des plus ordinaire. Il n'avait pas non plus l'intention de balancer Legeay. Considérant que celui-ci se planquait derrière les mocassins d'un collaborateur de Matignon, c'était tout à fait le genre de cas qui lui exploserait à la figure plutôt que d'aboutir à l'arrestation de son agresseur. La police française conservait une mentalité d'Ancien Régime. Elle servait les puissants.

Le lendemain, Luc débarqua dans les locaux de *France-Antilles* sur les Grands Boulevards avec un méchant coquard, une lèvre éclatée et une succession de grimaces dès qu'il se déplaçait. Sachant que ce n'était pas la franche camaraderie entre les quatre correspondants qui partageaient le même bureau, Blanchard étant perçu comme l'émissaire du rédacteur en chef destiné à remonter le niveau des articles, ses trois collègues levèrent à peine l'œil sur son passage claudiquant. Seule la secrétaire, une jeune Martiniquaise volubile, s'alarma de la condition de Luc :

— Mon Dieu ! Qu'est-ce qui vous est arrivé, monsieur Blanchard ?

— Accident de la circulation, mentit-il. J'ai oublié de regarder des deux côtés avant de traverser la rue. Une R16 m'a percuté.

— Vous n'êtes plus à Pointe-à-Pitre, monsieur Blanchard, il faut faire attention !

À l'heure du déjeuner, Luc descendit en solitaire, comme presque tous les midis, pour aller grignoter un jambon-beurre au comptoir de la brasserie la plus proche. Étrangement, Richard, le plus ancien de ses collègues, qui avait dirigé le bureau parisien jusqu'à récemment, lui emboîta le pas et grimpa dans l'ascenseur avec lui. Les deux hommes se causaient rarement, appartenant à des générations différentes et se divisant sur les pratiques de leur métier.

— Alors ? Accident de la circulation ? Vous auriez dû prendre quelques jours d'arrêt de travail vu votre état.

— Ça va. Je peux marcher et taper à la machine, répliqua Luc.

— Il faut faire attention à Paris. On se croit tranquille, protégé par la grande ville, mais il y a bien plus de dangers que dans les îles, poursuivit Richard en allumant sa pipe, sans jamais regarder Blanchard dans les yeux.

— Merci du conseil. Je vais m'en sortir, épilogua Luc, qui avait l'impression qu'on se moquait de lui.

— Le patron a reçu un coup de fil ce matin à votre sujet, annonça Richard de la même voix détachée.

— Le patron ? Quel patron ?

— Le grand patron, répondit le vétéran en désignant les étages supérieurs de son doigt.

Luc soupira. Il aurait haussé les épaules si le mouvement ne risquait pas de le faire souffrir. Il détestait ce genre d'échange à mots couverts, surtout le concernant. Richard, au contraire, paraissait s'en délecter. Sauf que, l'ascenseur ayant atteint le rez-de-chaussée et son interlocuteur ne l'ayant pas relancé, il se sentit désarçonné. Ouvrant la porte, Luc marcha vers la sortie de l'immeuble sans se préoccuper de Richard, obligeant ce dernier à trottiner pour le rejoindre et déverser son fiel.

— Ce n'est jamais bon pour le journal quand un membre haut placé du gouvernement appelle le patron pour se plaindre de l'un d'entre nous…

— Ça vous est déjà arrivé ? le provoqua Luc, avançant sur le boulevard.

— Non, certainement pas ! s'offusqua Richard.

— Ô surprise !

— Vous devriez cesser de mettre votre nez où ça ne vous regarde pas. Vous ne serez pas éternellement protégé !

— Ça commence à bien faire ! déborda Luc en s'arrêtant brusquement au milieu du trottoir. Si vous avez un message à me faire passer, allez-y franchement, ne prenez pas de détours ! D'autres ne s'en sont pas privés hier, comme vous le savez fort bien !

Blanchard montra du doigt son œil au beurre noir, puis, incapable de réprimer son énervement plus longtemps, il retourna son index pour tapoter la poitrine de son collègue, le contraignant à reculer.

— Comment ça se fait que vous vous fassiez le relais d'un coup de téléphone au grand patron ? Comment avez-vous appris le contenu de la conversation ? Comment savez-vous que je me suis fait tabasser hier ? Vous connaissez peut-être les nervis qui m'ont agressé ? Pourquoi répétez-vous tous que j'ai un protecteur ?

À chaque question Luc plantait son index pile en dessous du nœud de cravate de Richard, qui n'en menait plus large et finit par se retrouver dos à un immeuble à force de battre en retraite, ayant laissé choir sa pipe.

— Je… je… je n'y suis pour rien, bafouilla Richard. J'ai juste surpris une discussion quand je passais devant le bureau du patron…

Cet aveu ressemblait à un gros mensonge, mais Luc ne le releva pas. Il possédait maintenant l'ascendant sur son collègue, sans doute pas pour longtemps, car Richard, tout pleutre fût-il, réaliserait vite que Luc n'allait pas le frapper, et il comptait en profiter.

— Qui était le membre du gouvernement au bout du fil ?

— Je ne sais pas, je n'ai pas entendu…

— Arrêtez de mentir ou je me fâche pour de vrai !

Blanchard ferma son poing et le colla sous le nez de l'autre pour appuyer sa menace.

— Foccart ! C'est Jacques Foccart, lâcha Richard, expirant comme s'il venait de terminer un sprint.

— Et mon fameux protecteur ? Celui que personne ne nomme ? Il fait peur à Foccart peut-être ?

Richard, dont les yeux cherchaient jusqu'alors un illusoire secours du côté des piétons du boulevard, fixa Luc avec un air d'incompréhension.

— Mais, mais… C'est Foccart qui vous protège !

— N'importe quoi ! s'énerva Luc.

— Je vous le jure ! Il a appelé le patron pour se plaindre de vous, et en même temps il lui a demandé de ne pas toucher à vous pour l'instant.

Le chaud et le froid. Cajoler, surveiller et intimider. Caresser, tirer sur la laisse en menaçant de la trique. Foccart tout craché.

Blanchard avait reculé d'un pas et cessé d'éperonner Richard, allant même jusqu'à lui ramasser sa pipe. Il réfléchissait aux implications de cette toile d'araignée.

— C'est bien d'avoir Foccart de son côté, hasarda Richard qui tentait de raviver sa bouffarde avec des doigts tremblants. Certains proclament que les Antilles représentent son véritable terrain d'influence, encore plus que l'Afrique. Un jardin qu'il entretient en secret. Enfin, c'est ce qu'on raconte, hein, moi je n'en sais rien…

— Bien sûr. On dit que… Certains prétendent… Des conversations de couloir… Tout ça respire le courage ! se lâcha Luc, avant de mettre un terme à cet échange. Et maintenant, je peux aller déjeuner en paix ?

Sans attendre de réponse, il pivota et se dirigea vers la brasserie la plus proche. Une fois assis sur un tabouret de bar, il se massa les côtes. Blanchard comprenait parfaitement pourquoi le grand baron du gaullisme le menaçait. Par contre, il devinait moins l'intérêt qu'il avait à le préserver des scorpions qu'il avait excités en soulevant le rocher du 26 mai, voire à favoriser ses visites au parloir de la Petite Roquette. La première fois qu'il avait rencontré Foccart, en 1962, ce dernier avait mentionné avoir connu son père dans la Résistance. Se pourrait-il que l'homme fût un sentimental ? Assez peu probable. Était-ce parce que l'entourage du Général était divisé en factions qui se tiraient dans les pattes et que Foccart ne voulait pas donner de munitions à ses ennemis en éliminant un journaliste ? Un peu plus probable. Ou alors, s'agissait-il de raisons mystérieuses et tordues, d'un jeu de billard à bandes multiples ? Encore plus probable.

Alors qu'il attaquait son sandwich, la seule conviction de Luc était que plus on se tenait éloigné de Foccart, moins on risquait de se brûler les doigts. Il n'avait pourtant pas l'intention d'abandonner.

21

Antoine Lucchesi, Marseille

Antoine avait connu pire, cependant il n'était guère plaisant de surveiller ses arrières lorsqu'on déambulait dans Marseille. Cela le ramenait des années en arrière, une période qu'il pensait avoir remisée derrière lui.

C'était en amarrant le ketch à Morant Bay, en Jamaïque, trois semaines plus tôt, qu'il avait réalisé s'être glissé dans de sales draps. La disparition d'un beau voilier ancien, en plus de celle de cinquante bâtons en nouveaux francs, n'allait pas s'évanouir de la mémoire de leurs propriétaires de sitôt. Après un tel coup, il fallait se volatiliser, pas revenir tranquillement chez soi comme si rien ne s'était produit. Or c'était justement ce que Lucchesi avait fait.

Le propriétaire du navire, le frère de Paul Despointes, notable marseillais, risquait de voir rouge s'il apprenait que le naufrageur de son parent, et des amis de celui-ci, paradait sans crainte sur la Canebière. Pareil pour le dirigeant de la Société nautique de Marseille, qui avait fait confiance à Antoine. À moins que ces gens-là n'aient leur manière propre de redresser les torts, une manière qui différerait des us et coutumes marseillais, Antoine avait du souci à se faire. Le Corse en était donc réduit à regarder derrière son épaule lorsqu'il faisait ses courses ou sirotait un pastis entre le Vieux-Port et le Panier. Pas une situation très agréable. Même si elle était entièrement de sa responsabilité. Les pires conneries demeuraient celles que l'on commettait seul.

Dès qu'il avait retrouvé Maria, après quatre mois d'absence, il s'était ouvert à elle. Il ne lui avait rien caché : le coup de sang contre les békés, le débarquement des proprios, les deux valises de cash soustraites aux impôts, la promesse faite à Freddie, l'échappée vers la Jamaïque… Maria ne jugeait pas, elle ne l'avait jamais jugé. Mais le fardeau s'avérait lourd à porter. Pour eux deux désormais. Trois avec Jean, le fils de Maria, âgé de quinze ans, qu'Antoine élevait comme le sien.

Lucchesi avait pris le temps de réfléchir lors de la fin de son périple antillais, puis lors des douze jours qu'il avait passés en Jamaïque, un pays formidable pour celui qui avait des soucis à régler, comme de déposer du liquide sur un compte en banque tout juste ouvert ou se faire établir un certificat de propriété d'un voilier volé. Rentrer au bercail était stupide, mais il refusait absolument d'abandonner Maria. Entre imbécile et dangereux d'un côté, ou couard et rationnel de l'autre, Antoine n'avait jamais hésité. Il avait donc réintégré son foyer et ses habitudes marseillaises avec un projet qu'il avait soumis à la femme de sa vie : solder le restaurant du Panier et, avec ce profit, additionné à celui de la future vente du ketch, sans omettre les mallettes de billets dormant dans une banque jamaïcaine, s'expatrier loin de Marseille. Ils en avaient déjà débattu auparavant, mais sans s'y résoudre, le genre de conversation que l'on avait en fumant allongé sous les draps après avoir fait l'amour. Le moment semblait venu de l'envisager avec plus de sérieux. Cela permettrait de transformer une fuite en un nouveau départ. Le Canada les attirait, ou alors l'Argentine ou l'Australie. Ils devaient décider.

Ce matin, avant l'ouverture du bistrot, alors qu'ils glanaient quelques instants de calme au lit, Maria s'était tournée vers Antoine et, le visage penché, lui avait annoncé :

— Je suis d'accord pour partir à l'étranger. Mais je ne souhaite pas me précipiter. Je veux vendre le restaurant correctement, je n'ai pas envie de dépendre de toi.

— Je comprends, avait-il répondu posément.

Il observait Maria, ses yeux noirs perçants, son épaisse chevelure de jais et ses jolies ridules au coin des paupières. Il aurait tout accepté d'elle. Ce qu'elle lui demandait ne faisait que renforcer l'amour et l'admiration qu'il éprouvait pour cette femme qui avait eu une première moitié de vie aussi mouvementée que la sienne, et qui était bien résolue à mener la seconde comme elle l'entendait, sans se faire marcher sur les pieds.

— Est-ce que cela te convient ? s'enquit-elle. Tu vas pouvoir attendre ?

— Je vais m'arranger, lui assura-t-il. Où partirons-nous ?

— On va explorer ensemble les possibilités. Rêver à notre destination, sans se presser, marque le début du voyage…

Elle allongea le cou pour atteindre les lèvres d'Antoine et l'embrasser à pleine bouche. Maria savait ce qu'elle venait de lui imposer, mais elle avait confiance en son époux, il parviendrait à trouver une solution.

Après avoir soupesé ses options, Lucchesi opta pour celle qu'il connaissait le mieux. Elle lui coûtait, mais il n'en voyait pas d'autres susceptibles de fonctionner rapidement avant de s'envoler à l'étranger. Il partit donc rendre visite au Matou, alias Jacky le Mat, c'est-à-dire Jacky le Fou, qu'il avait fréquemment croisé à l'époque de la bande des Trois Canards à Paris. Les deux hommes n'avaient jamais été des intimes, et ils avaient pris des voies divergentes : Antoine s'était retiré des affaires, alors que Jacky avait gravi les échelons du Milieu. Il faisait désormais office de bras droit de Tany Zampa, l'homme fort de la pègre marseillaise depuis que l'empire des frères Guérini s'effondrait avec fracas. L'aîné venait d'être assassiné au début de l'été, et son frère cadet avait été embastillé quelques jours plus tard.

Antoine aurait préféré s'adresser directement à Zampa, mais ce dernier purgeait une peine de prison, après un contrôle sur le Vieux-Port au cours duquel on avait trouvé des armes dans sa Jaguar. Dure vie du Milieu marseillais. En conséquence, il devait se contenter du Matou, qui possédait davantage la réputation d'une gâchette que d'un cerveau. Il espérait que ça irait.

Jacky le Mat parut heureux de le revoir. Le truand, au visage sympathique, avec un nez épaté et de gros sourcils noirs, le reçut dans un appartement proche de la gare Saint-Charles, une planque plus qu'un logement, et pendant de longues minutes, ils se remémorèrent la belle époque des Trois Canards, Antoine en feignant la nostalgie, Jacky apparemment sincère. Finalement, le Corse exposa son dilemme. Il arrangea la vérité comme elle lui seyait, bien entendu, il n'allait pas aggraver son cas. Seules différences avec l'authentique déroulement des faits : Antoine affirma avoir balancé les valises de cash à la mer et avoir naufragé le ketch sur des récifs jamaïcains. De toute manière, il allait devoir payer pour ces deux « volatilisations », mais ce serait toujours moins que s'il admettait les avoir conservés.

Le Mat fit jurer à Lucchesi qu'il n'avait contacté ni le propriétaire du voilier ni le président de la Société nautique de Marseille, ce qui n'était effectivement pas le cas, afin de s'assurer qu'il pourrait officier comme intermédiaire, sans interférence et sans le passif d'une tractation préalable avortée. C'était la règle du Milieu : en venant se ranger derrière Jacky, Antoine s'achetait une protection à condition de s'en remettre entièrement à lui pour négocier une solution.

Une fois cette démarche effectuée, Lucchesi put cesser de surveiller ses arrières. Il était couvert par Jacky et le clan Zampa.

Dix jours plus tard, alors que le mois de septembre pointait son nez, Antoine fut convoqué pour entendre sa sentence. Cette fois-ci, un bar du quartier de l'Opéra, quasiment vide en milieu d'après-midi, servit de théâtre à l'énoncé du juge de paix. Jacky souriait, pleinement satisfait de lui-même et de l'opportunité de briller grâce à une tractation rondement menée.

— Alors Antoine, tu es prêt à reprendre du collier ? attaqua le Mat.

— Ce qu'il faudra, répliqua Lucchesi, surjouant la docilité et le repentir.

— Très bien. J'en suis ravi. La famille du propriétaire du bateau passe l'éponge. Tu ne leur dois plus rien. Y compris aux Antillais que tu as foutus à la baille, ricana le truand. La Société nautique ne te causera pas d'ennui non plus. Mais tu imagines bien que si tu entends naviguer de nouveau, tu devras te dénicher un autre port d'attache.

— Merci, Jacky. Et en échange ?

— En échange, tu reprends du service pour nous. Tu feras des convoyages. Entre Marseille et Paris, Le Havre, Rouen ou Rotterdam, selon les besoins. Depuis ta petite retraite, la French Connection s'est développée. Les Amerloques s'enfilent notre héroïne comme si c'était des bonbecs. Ils en veulent toujours plus. Et nous, nous sommes bien sûr contents de leur fournir ce qu'ils désirent ! Seulement, on doit diversifier nos points de départ. On ne peut plus tout expédier depuis Marseille, cela devient trop risqué.

— D'accord, approuva Antoine, qui s'était attendu à quelque chose de ce genre.

— Tu verras avec le Poissonnier comment démarrer, ordonna Jacky en faisant un signe du menton à l'intention d'un des trois types qui les observaient depuis la table de derrière.

Lucchesi les connaissait tous, au moins de vue. Le Poissonnier, lui, était un vieux de la vieille, soixante printemps bien sonnés et propriétaire de plusieurs entrepôts en ville, dont certains servaient à glacer les poissons avant de les acheminer aux quatre coins de la France. Il lardait souvent la poiscaille de blanche.

— D'accord. C'est tout ? voulut savoir Antoine avant de tirer sa révérence.

Jacky le Mat se pencha vers lui jusqu'à le toucher et lui murmura :

— Tu me dois également vingt bâtons. Nouveaux. Tu paies au fur et à mesure, comme ça t'arrange, mais tu paies. Compris ?

— Entendu, confirma le Corse.

Son histoire de valises jetées à l'eau n'était pas passée au détecteur de mensonges de Jacky, c'était prévisible. Le Matou n'était pas un perdreau de l'année. Peu importe la manière dont il avait négocié avec la famille Despointes et les autorités de plaisance marseillaises, il se sucrait au passage. Pour Antoine, cela restait toujours plus profitable que de renoncer à l'intégralité de la somme. Un bon arrangement, en quelque sorte. Atout non négligeable, il pourrait mettre en vente le bistrot de Maria sans attirer de soupçons : il justifierait cette transaction au nom de sa dette à rembourser.

Seul le convoyage contrariait Lucchesi. Il avait sincèrement espéré abandonner cette spécialité, dont les risques augmentaient à mesure que l'on multipliait les trajets. Or il en avait déjà beaucoup au compteur. Le Mat n'avait pas précisé le nombre d'années d'allégeance qu'il attendait d'Antoine, ce serait un paramètre qui se négocierait en fonction de l'évolution des affaires. Car tous deux savaient que leur business était par essence volatil.

De toute manière, Antoine n'avait aucune intention de faire long feu. Il jouait ses propres cartes et, jusqu'à présent, il s'en sortait bien. Très bien, même, selon ses plans.

1968

22

Sirius Volkstrom, Paris

Sirius s'ennuyait. Un peu moins que la France, mais quand même. Cela faisait six mois qu'il avait posé ses valises dans l'Hexagone après plus de cinq années d'absence, et il peinait à retrouver ses marques. Il s'était installé à Paris faute d'alternative. Il n'appréciait pas particulièrement la capitale, mais il n'avait d'attaches nulle part ailleurs à force d'avoir grillé trop de ponts durant sa vie. À Paname, au moins, il pouvait se fondre dans la foule : sa trogne froissée et son bras manquant n'attiraient pas plus l'attention que les cheveux longs ou les robes gitanes. Moins, même.

Volkstrom avait beau ne pas être porté sur autrui, il avait tout de même noté un changement décisif dans la société française : les jeunes menaient une existence autonome. Ils n'agissaient plus comme les fils et filles de leurs parents, en attente de procréer à leur tour et de devenir adultes et responsables. La jeunesse était revendiquée, mise en avant, indépendante, et ses désirs divergeaient de ceux de ses aînés. Sirius, malgré son enfance peu conventionnelle, se souvenait d'avoir été affublé d'une cravate et d'un galure avant sa majorité. Ce signe extérieur symbolisait l'intronisation dans le conformisme adulte et se repassait de génération en génération. Mais aujourd'hui, dans le métro et aux terrasses de café, Sirius croisait des étudiants en jean et chemise à fleurs, des adolescents avec des blousons en cuir et un rictus de mépris pour leurs semblables, des ouvriers avec une guitare plutôt qu'une clef à molette, des gamines qui montraient leurs cuisses sous des minijupes sans être des prostituées… Les vieux et les jeunes appartenaient à la même espèce, mais ils ne se ressemblaient pas plus qu'un dalmatien à un bulldog.

Curieusement, cela ne choquait pas Volkstrom. Avec ses cinquante ans révolus et son solide ancrage conservateur, il aurait dû émarger dans le parti de ceux qui juraient que « tout fout le camp », mais cette jeunesse bigarrée l'amusait. Elle déclenchait un joyeux bordel, ça lui plaisait. Certes, elle se considérait comme le nombril du monde, mais le monde se chargerait de la ramener sur le plancher des vaches. Sirius l'avait constaté aux États-Unis : dans les grandes villes américaines, les jeunes s'émancipaient et se prenaient pour les rois de la vie, mais dès qu'Oncle Sam toquait à leur porte pour les parachuter au Vietnam, ils se planquaient derrière leurs parents…

Le seul truc qui ne semblait pas évoluer à la même vitesse et qui chiffonnait Sirius demeurait la question de l'homosexualité. Si garçons et filles s'affichaient main dans la main ou bouche sur la bouche dans la rue, il restait impensable que deux minettes ou deux mecs tentent la même chose. On glosait révolution sexuelle et coucherie avant le mariage, mais encore fallait-il que chacun se maintienne dans sa travée. Tout au moins en public. Les apparences devaient subsister.

Le vrai problème de Volkstrom n'était pas une époque qu'il ne reconnaissait plus, ou qui n'avançait pas aussi vite sur le sujet qui le concernait, mais qu'il ne savait pas quoi faire de sa carcasse. Ses anciennes connaissances, celles qu'il n'avait pas flouées, avaient disparu ; le Milieu n'était plus aussi poreux qu'avant, il fallait montrer patte blanche ; les officines louches des gaullistes se méfiaient des nouveaux venus ; les aventures coloniales se racornissaient. Bref, ses talents ne faisaient plus partie de ceux que l'on s'arrachait en se pinçant le nez, mais avec avidité. Par moments, il regrettait de ne pas avoir poursuivi son compagnonnage avec la CIA qui, elle, continuait de s'accrocher à ses vieilles lunes.

Même s'il était rentré en France dans cette perspective, sa quête de Jean-Paul Deogratias n'avait, jusqu'à présent, pas débouché. Sirius l'avait cherché dans les endroits les plus évidents : ministères de l'Intérieur, des Départements et Territoires d'outre-mer et même des Armées. Sans succès. Il n'y avait pas non plus consacré une énergie débordante, il n'avait pas le tempérament d'un enquêteur ni d'un chasseur disposé à guetter sa proie des jours durant.

Finalement, alors qu'il n'y comptait plus trop, il avait reçu des nouvelles de Lionel Legeay. Avant qu'ils ne se quittent en Guadeloupe, l'ancien conseiller du préfet lui avait laissé une adresse en poste restante à laquelle Sirius avait envoyé une bafouille avec le numéro de téléphone de son hôtel meublé rue du Faubourg-Saint-Antoine. Il n'avait obtenu aucune réponse jusqu'à ce soir où le concierge lui avait transmis un message : « Si tu es toujours à Paname, retrouve-moi au Café de la Paix demain à dix-huit heures. » C'était pour le moins laconique. Depuis qu'il avait raté Deogratias en Martinique, il comptait sur Legeay pour le remettre sur la piste. Et, à dire vrai, il espérait également qu'il pourrait lui dégoter un boulot.

Le lendemain, avec une heure d'avance pour surveiller les lieux du rendez-vous, Volkstrom se cala dos au mur dans un recoin du Café de la Paix, commanda un demi du rouge le moins cher et entreprit de cloper en attendant. Legeay arriva seul et à l'heure dite, élégamment habillé dans un costume cintré, loin de ses chemisettes guadeloupéennes. Les deux hommes se retrouvèrent avec entrain, le même qui fait que deux carnassiers se reconnaissent. Assez vite, Legeay dévoila les intentions derrière son message :

— Avec Delbotte, on monte une petite cellule autour de Pompidou, en cas de coup dur.

— En cas de coup dur ? insista Volkstrom afin de pousser son interlocuteur à détailler ce qui se tramait réellement dans les coulisses.

— De Gaulle et Pompidou ne sont plus copains comme cochons. Le second brigue la place du premier et il manque de troupes fidèles, si jamais les événements se précipitaient en cas de départ du Vieux.

— Vous voulez créer un SAC bis* ? s'inquiéta Sirius, qui

* SAC : Service d'action civique. Association créée en 1958 pour défendre de Gaulle qui a rapidement viré à une organisation de gros bras et de basses œuvres.

avait une piètre opinion de cette organisation où pointaient quantité de sinistres frappes basses de plafond.

— Grands dieux, non ! protesta Legeay. Non seulement nous n'en avons pas les moyens, mais ça serait trop clinquant, et ce n'est plus adapté à l'époque. Je ne vais pas chercher à te vendre Pompidou, hein, le mec n'est qu'à moitié ma came, j'ai plus de potes à l'OAS et à Occident* qu'à Normale Sup', mais bon, il s'imagine moderne, à la page, tout ça... Donc il entend rassembler des petits cercles autour de lui qui réfléchissent, qui envisagent des solutions alternatives au Vieux, et qu'il peut mobiliser quand il le souhaite. Nous on bosse sur la sécurité, le renseignement territorial, des trucs comme ça.

— Le jus de crâne, ce n'est pas mon rayon..., avoua Volkstrom en grimaçant, estimant inutile de dissimuler ses lacunes par trop évidentes.

— Rassure-toi, moi non plus ! s'amusa Legeay. Ils veulent quelques types comme nous capables de diriger des hommes et de mener des opérations discrètes, si tu vois le style...

— Ça me convient davantage !

Sirius ne se formalisait pas du flou de cette procédure de recrutement. Il était fréquemment passé par ce genre de reniflage de culs, on se dit les choses sans se les dire, on ne sait pas vraiment où on va mais on accélère quand même. Bref, ça paraissait dans ses cordes et ça valait mieux que de traîner son mouron dans Paris. Restait la question du fric.

— Qui est-ce qui raque ? s'enquit le manchot.

---

* Mouvement d'extrême droite bien implanté auprès de la jeunesse, qui sera dissous fin 1968, dont les successeurs seront le GUD et Ordre nouveau.

— Fonds secrets de Matignon. C'est pas le Pérou, mais c'est pas le SMIG non plus. Personne ne te demandera ton numéro de sécu, par contre t'auras pas de fiches de paie.

— Comme si ça me tracassait ! ricana Sirius. Qui est-ce qui gère la boutique ?

— Delbotte. Mais comme il a un boulot officiel à Matignon, il ne veut pas trop se mouiller et nous fout la paix.

— C'est qui, nous ?

— Moi et le mec dont je t'avais causé, qui est rentré de Martinique. Jean-Paul Deogratias.

Bingo ! Volkstrom ne tomba pas de sa chaise, il avait anticipé que le bouchon de la canne à pêche s'enfoncerait. Il ne s'y attendait toutefois pas aussi rapidement. Même si le bord politique paraissait plus modéré que d'habitude, la carpe Deogratias nageait dans ce genre de vase. Il ne s'étonna donc pas de le retrouver dans ces eaux troubles. Maintenant, l'initiative lui appartenait : que faisait-il de cette information ?

— Tu lui as parlé de moi ? demanda Sirius.

— Pas encore, je souhaite d'abord savoir si tu es partant. Tu hésites ?

— Non, non… pas d'hésitation, souffla Volkstrom, sur un ton qui disait le contraire, avant de se reprendre et d'affirmer en tapant du plat de la main sur la table : Compte sur moi !

— Parfait. Je vais organiser une petite entrevue avec Deogratias.

— À notre santé !

Sirius leva son verre et, dans la foulée, commanda une bonne bouteille. Même s'il était seul à connaître ce qu'il fêtait vraiment, il entendait célébrer le moment. Celui de sa vengeance, pas encore arrêtée, mais qui venait de nouveau le titiller.

Lionel Legeay se laissa entraîner par l'allégresse communicative de son acolyte et tous deux se mirent à enchaîner canon sur canon jusqu'à hisser leur alcoolémie bien au-delà de leur impassibilité. Ils étaient deux célibataires parisiens sans attaches ; ils se racontaient leurs glorieuses aventures militaires ; ils enjolivaient leurs talents et dénigraient ceux de leurs supérieurs ; ils portaient des toasts à tous les grands hommes, généralement des soldats, traversant leur conversation, Massu, Bigeard, Trinquier, Franco, Laval ; ils se flanquaient des tapes satisfaites sur les épaules… Si on leur lâchait la bride sur le cou, ils rebâtiraient une France meilleure, plus saine et plus couillue ! Les loufiats du Café de la Paix les surveillaient du coin de l'œil, mais les deux noceurs, bien que bruyants, n'importunaient personne et se faisaient servir cochonnaille et boisson à tire-larigot, promettant de généreux pourboires.

Vers vingt-deux heures trente la plupart des dîneurs avaient regagné leurs pénates et le tandem commençait à tourner en rond côté sujets de discussion. Ils avaient tous deux avisé leurs montres et commandé d'un commun accord la der des der. Legeay narrait une ultime anecdote, sa main ne quittant pas l'avant-bras de Sirius sur lequel elle reposait. Cela faisait fort longtemps qu'il ne s'était pas senti aussi bien, aussi détendu, aussi confiant. Ainsi, une fois partagée la douloureuse, Sirius trouva naturel de suggérer :

— Ça te dirait qu'on se prenne une chambre d'hôtel ?

Ce n'était pas la première fois de sa vie qu'il se méprenait, pourtant, le regard que lui décocha Legeay le transperça de part en part. Mépris, révulsion, aversion, acrimonie, agressivité… tous ces sentiments se conjuguaient dans ses pupilles et son expression faciale. Cette réaction en soi aurait été assez pénible à supporter pour Sirius, mais il fallut que Legeay y ajoute son fiel :

— Ça va pas, non !? Je ne suis pas une tapette !

Il se retourna d'un mouvement et s'éloigna sans même un au revoir, abandonnant le manchot planté devant le comptoir du bistrot dont le personnel, qu'il ait entendu l'échange ou pas, faisait comme si de rien n'était. Sirius avait l'impression, justifiée, qu'il venait de se faire cracher dessus. Et projeter dans le caniveau par la même occasion. Avant d'être recouvert d'immondices.

Certains affronts laissent plus de traces que d'autres, sans que l'on sache réellement pourquoi. Celui-ci en faisait partie. Sirius était blessé. Plus qu'il l'aurait imaginé. Presque dix ans qu'il n'avait sollicité que des prostitués, et voilà qu'à la première avance sincère qu'il osait, il se prenait un coup de sabre en travers du visage.

Il mit quelques secondes à se ressaisir et dégager de l'accueil du café, faisant un effort sur lui-même pour boutonner sa veste et poser un pied devant l'autre. L'air frais et le trafic de la place de l'Opéra finirent par le reconnecter avec le monde extérieur.

Ne restait plus qu'à regagner son meublé, seul et cafardeux. Volkstrom décida de rentrer à pied, pour cuver son chagrin davantage que son vin. Il pourrait toujours plaider l'ivresse lorsqu'il reverrait Legeay. L'excuse était éculée, mais elle permettait à tous de garder la face, de préserver les apparences si chères à cette France de 1968.

Au bout d'une demi-heure dans les rues de Paris, son ébriété s'était en partie dissipée, à l'inverse de sa colère qui montait doucement vers le point d'ébullition. Cette avanie ne glissait pas sur lui. Impossible de s'en débarrasser. Elle progressait.

Lorsqu'il regagna son logement, Sirius réalisa qu'il devait colmater la brèche qu'il avait lui-même ouverte : il ne fallait pas que Legeay le débine et le grille partout. Et puis, la vengeance. Pas question de laisser ce salopard impuni. Il figurait désormais sur le petit carnet noir de ses débiteurs.

23

Luc Blanchard, Paris

L'œil de Luc était passé par tous les dégradés de couleurs, de la pêche blanche jusqu'au brugnon trop mûr. Heureusement, depuis quelques jours, la teinte foncée commençait à s'estomper. Ses côtes ne le faisaient plus souffrir. Il n'en éprouvait pas moins une rancœur tenace à l'égard de Legeay et des magouilles en coulisse des acteurs de cette République qui vantait sa modernité, mais qui s'avérait aussi vérolée que les régimes précédents.

Pour éviter d'alimenter ce ressentiment et le tenir à distance, Luc s'était plongé dans le travail. Il rédigeait quotidiennement des articles sur des sujets aussi variés que la politique agricole, le malaise étudiant, un prototype d'un avion de ligne supersonique, le Concorde, ou encore la loi Neuwirth autorisant la contraception. Ses collègues, dont Richard, lui adressaient toujours aussi peu la parole, mais au moins respectaient-ils son abattage et ses compétences. Luc avait également profité des rares moments de liberté dans son emploi du temps pour aller traîner du côté de l'hôtel Matignon, afin d'essayer d'apercevoir Lionel Legeay, mais sans succès.

Enfin, chaque semaine, il rendait visite à Lucille qui, même si elle le cachait, souffrait de l'hiver parisien entre quatre murs. Blanchard évitait de lui rapporter les événements extérieurs comme la guerre du Vietnam qui allait de mal en pis, et tentait de la distraire en lui parlant de leur fille, des parutions littéraires ou alors, plus amusant, du séjour des Beatles en Inde à la recherche d'un gourou. Il revêtait un masque joyeux sur son visage amer. C'était d'autant plus nécessaire que le juge d'instruction saisi du sort des détenus guadeloupéens avait rendu une ordonnance de non-lieu contre sept des prévenus : Lucille n'avait pas été incluse dans cette liste. Francis Léontin, son défenseur, avait tout fait pour préparer Luc à l'idée que sa compagne avait peu de chances d'échapper à un procès, mais l'idéaliste en lui avait voulu y croire. Les charges d'« atteinte à l'intégrité du territoire national, pour s'être livrée à des activités tendant à séparer de la France le département de la Guadeloupe » retenues contre Lucille lui paraissaient tellement saugrenues, ne tenant qu'à un fil et à coups de soupçons non étayés, que Luc avait du mal à imaginer que le ministère public eût décidé d'aller jusqu'au bout. Et pourtant, c'était le cas.

Luc Blanchard s'échinait à éloigner le spleen en se dirigeant vers la brasserie qu'il avait élue comme cantine, avec un magazine sous le bras. Il avait acheté pour la première fois de sa vie *Rock & folk*, autant pour se tenir au courant des modes musicales que pour trouver des choses à raconter à Lucille, beaucoup plus calée que lui en matière de musique contemporaine.

Quand il ouvrit la porte cochère de l'immeuble pour gagner le boulevard, une figure au visage dissimulé par un chapeau lui bloquait le passage. Instinctivement, Luc serra les poings, prêt à en découdre.

— Tu me paies un ballon ? l'apostropha Sirius Volkstrom en relevant son couvre-chef.

— Si je m'attendais…, bredouilla Blanchard, soulagé de reconnaître la trogne en face de lui.

— Tu m'avais bien dit de m'adresser à ton canard pour te retrouver, non ?

— Oui, en effet. J'avais juste d'autres trucs en tête. Je m'excuse, j'ai commencé à mettre de l'argent de côté, mais je n'ai pas encore suffisamment pour te rembourser la somme que tu m'as prêtée.

— Laisse tomber. Je ne suis pas là pour ça.

— Pour quoi, alors ? se méfia Luc.

— Pour t'offrir le plaisir de ma compagnie. Allez, viens, on va s'en jeter un.

Pour une fois, Luc s'attabla pour déjeuner, en compagnie de Sirius, qui se contenta d'un pichet de vin.

— Qui est-ce qui t'a redressé le portrait ? ne put s'empêcher de demander Volkstrom.

— Longue histoire…

— Je suis tout ouïe.

Blanchard, qui n'avait pas entièrement oublié à qui il avait affaire, se sentait néanmoins redevable à l'égard du manchot ; il compléta donc le récit qu'il avait entamé à Pointe-à-Pitre. Cela lui faisait du bien de s'épancher. Pourtant, plus il progressait, plus Volkstrom se renfermait. Pas de commentaire sarcastique, pas de grimace complice à sa manière habituelle. Par contre, il éclusait les verres comme s'il sortait de trois mois dans le désert. Lorsque Luc parvint à son dérouillage Cité industrielle puis à la présence fantomatique de Jacques Foccart, Sirius repoussa brusquement sa chaise et partit en direction des toilettes.

À son retour, il avait les cheveux humides comme s'il les avait aspergés. Volkstrom se rassit et, dans un geste qui surprit Luc, posa sa main sur son bras au travers de la table.

— Il y a quelque chose que je ne t'avais pas dit en Guadeloupe qui peut t'intéresser.

— Ce que tu faisais là-bas ?

— Ce n'était pas important, on s'en fout. Par contre, j'y ai rencontré des gens. Tout d'abord la demi-sœur de Foccart, qui informe son frangin de tout ce qui se passe sur l'île. Ton préfet Delbotte n'a donc pas pu lever le petit doigt sans que Foccart l'y autorise. Deuxièmement, j'ai croisé ton type, Lionel Legeay, sur place et à Paris il y a peu de temps.

— Ne me raconte pas que tu t'es associé à lui ! s'offusqua Luc.

— Non, et même si c'était le cas, ce ne sont pas tes oignons. En revanche, je pense que Legeay est ton tireur embusqué de la place de la Victoire.

— Comment tu sais ça ?

— Il l'a admis à demi-mot devant moi. Et je l'ai vu à Basse-Terre en train de briquer une carabine de précision dont il paraissait très fier. Du 7,5 mm.

— Le même calibre que les balles qui ont tué les manifestants…

— CQFD.

Luc repoussa la blanquette de veau qu'il n'avait pas terminée. Plus faim. Legeay obéissait à Delbotte. Legeay était le tireur. Legeay passait la serpillière derrière eux. Foccart surveillait tout cela afin que les dégâts restent circonscrits. Le gaullisme dans ses œuvres. La confirmation de ce qu'il soupçonnait.

— Tu as joué un rôle là-dedans ? questionna Luc, grinçant.

— Tu n'es pas obligé de me croire, mais non, asséna Sirius calmement.

— Je te crois. Mais pourquoi me racontes-tu ça maintenant ?

— J'ai des raisons personnelles.

— C'est un peu court…

— Si ça ne te convient pas, c'est le même tarif ! balaya le manchot.

— OK, OK ! Excuse-moi. Je ne voulais pas te contrarier.

Luc commanda deux cafés serrés, et ils les attendirent sans parler, chacun perdu dans ses propres pensées. Finalement, Luc brisa le silence :

— Est-ce que tu accepterais de témoigner pour un article, dire que tu as vu Legeay avec une carabine de précision et qu'il t'a dit avoir tiré dans la foule ?

— Et puis quoi encore ? s'insurgea Volkstrom. Tu ne veux pas non plus que je fasse un strip-tease au milieu du boulevard pendant qu'on y est ?

— D'accord, d'accord…

— Bon, si t'as que des inepties du même tonneau à me servir, je me calte, annonça Sirius en avalant son café d'un trait.

Luc soupira. Il avait braqué Volkstrom alors qu'il lui refilait une information sur un plateau. En même temps, il se sentait frustré de le voir rester à mi-chemin. Volkstrom n'allait jamais jusqu'au bout, ne basculait jamais pleinement du bon côté. Le mercenaire gardait toujours un pied au sec.

— Est-ce que tu sais où je peux trouver Legeay ? J'ai essayé du côté de l'hôtel Matignon, mais c'est compliqué de jouer au badaud dans les environs…

Sans prononcer un mot, Sirius sortit un stylo de sa poche et gribouilla une adresse rue Vaneau sur la nappe en papier.

— Si tu veux le descendre, fais-le ailleurs. Le quartier regorge de flics, conseilla Volkstrom d'un air bonhomme.

Luc regarda hâtivement autour d'eux pour savoir si quelqu'un avait entendu leur conversation, puis il arracha la note. « Ce n'est pas comme ça que je règle mes ennuis, contrairement à toi », faillit-il répondre avant de se raviser. Peut-être que le manchot avait changé. Cela faisait deux fois qu'il l'aidait sans rien demander en échange. Par conséquent, Blanchard se contenta de dire « Merci ».

24

Antoine Lucchesi, Paris

Antoine fit grimper la femme et ses deux enfants dans un taxi sur le parvis de la gare de Lyon, accepta leurs remerciements, puis se dirigea sans hâte vers le métro, charriant sa lourde valise comme si elle ne pesait rien. Il observa autour de lui, s'arrêta brusquement sur le quai pour allumer une cigarette, fit demi-tour et changea de direction. Rien. Personne ne lui collait aux basques. Demain, il prendrait un tortillard depuis la gare Saint-Lazare pour se rendre au Havre. Là, il déposerait son bagage à la consigne et repartirait dans l'autre sens, dans un direct cette fois-ci.

Plutôt que de monter de coûteux et harassants trajets en voiture de Marseille vers les ports de la façade atlantique afin de transférer les paquets d'héroïne de la French Connection, Lucchesi préférait les paisibles voyages en train. Et ça payait. La modernité avait poussé les Français à s'équiper d'automobiles individuelles. Ce qui, en retour, avait provoqué une multiplication des barrages policiers sur les routes. Antoine avait fait marche arrière. Le bon vieux Mistral, désormais électrifié d'un bout à l'autre du parcours, ralliait Marseille à Paris en sept heures et demie. Le Corse endossait un beau costume de représentant de commerce, disposait sa valise dans le filet, et lisait ou dormait. Jamais un contrôleur ne lui avait demandé autre chose que son billet. Parvenu à Paris, il cherchait une famille avec trop de bagages, encore mieux une femme se déplaçant avec des enfants sans son mari, et il les aidait à transporter leur fardeau jusqu'à la station de taxis en se faisant passer pour l'un des leurs, au cas où des douaniers rôderaient dans la gare. Puis il s'engouffrait dans le métro, se comportant comme un brave Français lambda, avec sa moustache, son chapeau, et son job qui lui ouvrait l'accès aux joies de la classe moyenne à condition de ne pas faire de folie. Aux yeux des flics, il n'était qu'un salarié ordinaire en voyage d'affaires ; pour ses commanditaires, il était fiable. L'héroïne partait et arrivait sans accroc. Contrairement à la marchandise de certains de ses collègues. Récemment, il avait entendu parler d'un convoyeur marseillais qui s'était mis dans le décor avec son Alpine A110 à cinq vitesses, envoyant quinze kilos de blanche dans les champs. Un autre avait cru malin d'utiliser le vieux truc éculé de la fourgonnette remplie d'anisette avec une caisse de drogue au milieu des bouteilles. Lucchesi, lui, comptait sur cette fierté nationale qu'était la SNCF.

C'était, de toute manière, une de ses ultimes expéditions. Antoine n'avait aucune envie de moisir dans ce boulot, ni même en France. Ces derniers mois, en secret, Maria et lui avaient préparé leur départ pour le Canada. La destination vers laquelle ils s'étaient fixés d'un commun accord. Antoine avait pu vérifier que la somme déposée dans une banque en Jamaïque n'avait pas disparu et l'attendait tranquillement. De même que le ketch qui continuait de mouiller à Morant Bay. Maria, de son côté, avait mis en vente son estaminet du Panier et elle allait prochainement finaliser la transaction. Cette démarche, qui aurait pu susciter la méfiance du Milieu marseillais, était au contraire passée comme une lettre à la poste. Aux yeux des initiés, Antoine allait s'acquitter de sa dette auprès de Jacky le Mat grâce au produit de la vente du bistrot. Sauf que pas du tout. Le couple Lucchesi entendait utiliser cet argent pour s'expatrier. Le Milieu verrait rouge, mais son rayonnement déclinait depuis l'effacement des frères Guérini : il n'aurait pas le bras assez long pour les traquer au Canada.

En attendant de tirer le rideau sur cette vie écoulée, Antoine souhaitait profiter de son escale parisienne pour régler à Freddie ce qu'il lui avait promis. Le jeune homme l'avait appelé quelques semaines plus tôt pour lui annoncer qu'il s'était établi en région parisienne. C'était idéal pour Antoine, qui allait solder ses comptes avant de mettre les bouts.

Ayant laissé sa valise dans un hôtel de standing correct, rue de Rome, où il ne craindrait pas les vols, le Corse reprit le métro jusqu'à la gare du Nord où il se posa dans une brasserie pour attendre son ancien mousse. Lorsque Freddie arriva, les deux hommes se tombèrent dans les bras comme de vieux complices.

Le Guadeloupéen souriait. Pourtant, derrière cette façade joyeuse, il ne respirait pas la grande forme. Il avait les yeux cernés, la peau grise et avait maigri de plusieurs kilos.

— C'est le climat parisien, ironisa-t-il lorsque Antoine s'inquiéta de sa santé.

Le jeune homme ne plaisantait qu'à moitié. Par ailleurs, il manquait sans aucun doute d'amis ou même de confidents, car, dès que le marin s'enquit de la façon dont il avait abouti en métropole, Freddie déversa son histoire comme un torrent dévale la pente après l'orage.

Dans la foulée de leur séparation, Freddie s'était caché des autorités pendant une vingtaine de jours à Marie-Galante, avant de finir par rejoindre sa famille en Guadeloupe, affamé et en guenilles. Celle-ci ne l'avait pas bien accueilli. Ses parents avaient subi des perquisitions des gendarmes et une succession d'intimidations de la part de la préfecture et de l'employeur de son père, un ponte du bâtiment, ce dernier reprochant les visées séditieuses du fils pour ne pas augmenter son salaire. Encore plus déprimant, lorsque Freddie était retourné quérir du soutien auprès de ses anciens camarades du GONG, il les avait trouvés complètement désorganisés et moralement épuisés. Les militants devaient manger, survivre, se cacher, récupérer, panser leurs blessures. La révolution attendrait des jours meilleurs. Malgré leur esprit de solidarité, tous avaient trop de pain sur la planche avec leurs propres ennuis pour appuyer Freddie.

De guerre lasse, perdue même, le jeune Guadeloupéen s'était tourné vers la seule institution qui ne posait pas mille questions, tentant de remplir son quota de recrues : le Bureau pour le développement des migrations dans les départements d'outre-mer, universellement connu aux Antilles sous son acronyme de Bumidom. Inventé par l'ancien Premier ministre Michel Debré, député de La Réunion, cet organisme visait à réduire la croissance démographique des îles d'outre-mer en incitant de jeunes hommes et femmes à s'établir en métropole pour les former et leur fournir un travail.

Sachant que les candidats ne se pressaient pas au portillon du Bumidom en raison d'une réputation peu reluisante, Freddie n'avait eu aucun mal à faire enregistrer puis valider son dossier en dépit de son passif auprès des autorités. Ainsi, dès l'automne 1967, il avait planté les pieds à Aulnay-sous-Bois, dans le nord de la Seine, devenue, depuis le 1er janvier 1968, le tout nouveau département de Seine-Saint-Denis. Lui qui avait eu un parcours scolaire honorable et une petite expérience d'électricien avait espéré poursuivre dans cette voie en passant un diplôme. À la place, il avait bénéficié de trois semaines de formation au pas de charge sur l'adaptation aux « us et coutumes métropolitains », puis à la manutention, avant de se retrouver propulsé dans un centre de tri postal en horaires de nuit. Le Bumidom l'avait néanmoins aidé à trouver un studio dans une barre d'immeubles HLM. Comparativement à d'autres recrues, Freddie ne s'estimait pas trop malheureux. Beaucoup de ceux formés en même temps que lui avaient été affectés sur des chaînes d'assemblage chez Renault ou Michelin. Quant aux jeunes filles qui avaient envisagé de devenir dactylos, comptables ou infirmières, la plupart avaient été orientées vers des postes de femme de ménage ou de domestique.

Le plus dur à supporter pour Freddie demeurait le travail de nuit dans le froid des vastes hangars postaux. Même s'il essuyait occasionnellement quelques piques xénophobes, ou alors des blagues sur sa couleur de peau ou ses cheveux crépus, boutades qui ne se voulaient pas racistes mais qui le blessaient tout autant, la majorité de ses collègues lui témoignaient sympathie et solidarité, car tous obéissaient aux mêmes cadences et à la même charge. Non, ce qui le minait véritablement, c'était qu'après avoir passé sa jeunesse en short et chemisette, sous le soleil et les pluies tropicales, il ne parvenait désormais plus jamais à se réchauffer, même s'il se vêtissait de plusieurs pulls sous son anorak – dons généreux du Secours populaire.

— Quand les fonctionnaires métropolitains sont envoyés en Guadeloupe, ils touchent une prime de chaleur, se lamenta Freddie. Pourquoi n'aurions-nous pas droit à une prime de fraîcheur ?

La question était loin d'être bête, et Antoine ne savait quoi lui répondre. Le Corse se sentait tout aussi mal à l'aise pour le réconforter. À ses yeux, les problèmes du jeune homme dépassaient ceux d'un seul individu, ils concernaient l'ensemble de cet outre-monde des outre-mers. Après un moment de silence, Lucchesi amena la discussion sur l'objet de leur rencontre.

— L'argent que je te dois, qu'est-ce que tu veux que j'en fasse ? murmura Antoine afin de ne pas être entendu depuis les autres tables de la brasserie.

— J'y ai réfléchi et j'aimerais que tu l'envoies à ma famille en Guadeloupe.

— Ça me paraît faisable, répondit Lucchesi. Mais tu ne veux pas en garder pour toi ?

— Si, un peu. Mais je crains les soupçons si je verse d'un seul coup beaucoup d'argent sur mon compte en banque. C'est le Bumidom qui me l'a créé et j'ai peur qu'il me surveille.

Antoine lissa ses cheveux. Ses compétences en matière d'ingénierie financière dépassaient à peine le stade de l'ouverture d'un livret postal, ayant vécu la majeure partie de sa vie avec des espèces dans sa poche ou dans le double fond d'une armoire.

— Tu n'aurais pas un ami qui pourrait recevoir l'argent pour toi et te le redonner quand tu en as besoin ? L'idéal serait un commerçant, par exemple.

Ce fut au tour de Freddie de se creuser les méninges. Au bout d'une ou deux minutes durant lesquelles ils sirotèrent leur boisson, Freddie reprit :

— Je ne connais personne en métropole. Personne de confiance en tout cas. Sauf Luc Blanchard, mais il n'est pas commerçant…

— Sauf s'il a changé de crémerie, mais ça m'étonnerait… Blague à part, c'est une bonne idée. Tu sais comment le joindre ?

— Il travaille à *France-Antilles*.

— Eh bien, allons lui rendre visite !

Après avoir réglé les consommations et cherché l'adresse dans le bottin, Antoine entraîna Freddie dans les rues parisiennes.

Une demi-heure plus tard, les deux hommes faisaient appeler à l'accueil du quotidien Luc Blanchard, qui tomba des nues en les apercevant.

— Ne me dites pas que vous arrivez directement de Guadeloupe en voilier ? fut la première réaction du journaliste après les avoir salués, puisque la dernière fois qu'il les avait vus remontait à leur embarquement à bord du ketch.

— Est-ce que tu as un petit moment à nous consacrer ? lui demanda Lucchesi.

Luc regarda sa montre, comme s'il redoutait de manquer un rendez-vous.

— Je suis à vous dans dix minutes.

Une heure plus tard, attablés dans la brasserie habituelle de Blanchard, les trois hommes avaient échangé des nouvelles et réglé leur dilemme financier. Initialement réticent à l'idée de raconter le vol du ketch et des valises d'argent, Freddie s'était détendu lorsqu'il avait compris que Luc ne le jugeait ni ne le blâmait. Le journaliste avait certes haussé les yeux au ciel et s'était inquiété des répercussions, mais Lucchesi avait balayé ses craintes en assurant que toute rétorsion était écartée. De toute manière, comme l'avait entériné Luc, l'accaparement avait eu lieu ; il fallait s'en accommoder et s'extirper de la situation au mieux.

Blanchard expliqua pouvoir toucher l'argent sur son compte et le reverser à Freddie. Il savait également comment faire parvenir une partie de la somme aux parents du jeune homme via un réseau de Guadeloupéens faisant régulièrement l'aller-retour entre l'île et la métropole avec du liquide. L'affaire se régla donc rapidement, soulageant la conscience de Lucchesi qui soldait ainsi ses engagements en France avant le grand départ – ce qu'il n'avait révélé à aucun des deux interlocuteurs.

Sur le coup de dix-sept heures, Freddie abandonna ses compagnons pour retourner en banlieue et embaucher au centre de tri pour la nuit. C'est alors qu'Antoine posa la question qui lui titillait le bout de la langue :

— Qui est-ce qui t'a rectifié le portrait ?

— Décidément… Ça se voit encore tant que ça ? soupira Blanchard en se passant la paume de la main contre l'œil.

— Je suis expert en la matière.

— Pour frapper ou encaisser ?

— Les deux.

Luc consulta encore une fois sa montre.

— Tu as un rendez-vous ? Des ennuis par rapport à Lucille ? s'enquit Antoine, qui percevait le stress de son ami. J'ai lu dans la presse que son procès s'ouvrait bientôt.

— Non, non, rien à voir avec Lucille ni le procès, s'empressa Luc. Enfin… pas directement.

— Si je me mêle de ce qui ne me regarde pas, renvoie-moi dans les cordes. Sinon, dis-moi ce qui t'agite !

— Je cherche à coincer un type.

— C'est vague.

Antoine sentit le flottement dans les yeux de son compagnon. Il le revoyait tel qu'il l'avait connu, une dizaine d'années auparavant : jeune flic déterminé, mais indécis, accroché à la loi, mais disposé à emprunter des sentiers de traverse au nom de l'efficacité si cela correspondait à sa vision du bien et du mal. Il fallait parfois l'aiguillonner pour le faire avancer.

— Si je peux t'aider, n'hésite pas à demander. Je te dois bien ça pour Freddie.

— À vrai dire, je veux bien, finit par se résoudre Luc. Un type compromis dans le massacre du 26 mai à Pointe-à-Pitre bosse à Matignon. J'aimerais lui faire admettre sa responsabilité, mais je ne parviens pas à le coincer. Je sais où il travaille, mais je n'y ai pas accès. Il y a deux jours, je l'ai filoché pour découvrir où il habite, mais je me suis fait distancer.

— Tu crois sincèrement qu'il va jacter ?

— Je souhaite l'enregistrer. S'il ne s'implique pas lui-même, peut-être me balancera-t-il le donneur d'ordre sur bande.

— C'est toi l'expert…, concéda Antoine, dubitatif.

— Est-ce que tu acceptes de m'aider à le filer ?

Blanchard avisa de nouveau sa montre, avant d'ajouter : « Maintenant. »

Une demi-heure plus tard, le marin et le journaliste tuaient le temps face à une porte cochère rue Vaneau. Luc faisait mine de lire un magazine, et Antoine fumait des cigarettes les fesses posées sur une DS noire, comme un chauffeur en attente de son patron. Puisque c'était l'heure de la sortie des bureaux dans ce quartier de ministères, leur manège attirait moins l'attention des plantons qu'à la mi-journée.

La nuit avait commencé à tomber lorsque Legeay franchit la porte cochère, seul, les mains dans les poches. Luc adressa un signe à son comparse et tous deux se mirent en branle, chacun sur un trottoir. Contrairement à la fois précédente, Legeay rentra directement en métro à ce qui devait être son domicile, dans un immeuble ordinaire du XVIIe arrondissement, ni très classe ni trop miteux, à cinquante mètres du boulevard des Batignolles.

Luc demanda à Antoine de l'attendre dehors pendant qu'il pénétrait dans le bâtiment. Il en ressortit au bout de trente secondes.

— Il n'y a pas de concierge. Il habite au quatrième droite.

— On y va ? l'incita Lucchesi.

— Je n'ai pas de magnétophone avec moi. Il faut que j'emprunte celui du journal. On reviendra demain.

— Je ne serai pas là demain, répliqua Antoine qui commençait à s'impatienter face à la pusillanimité de son ami.

— Une prochaine fois, alors. Je ne suis pas prêt.

— Qu'est-ce qui t'arrête ? Ce mec n'est pas le diable !

— J'ai peur que cela desserve Lucille. Je veux glaner des preuves pour la disculper au procès, mais j'ai besoin qu'elles soient admissibles légalement. Et je ne veux pas que ce type lui nuise. Il a le bras long.

— C'est toi qui décides, soupira Lucchesi.

Antoine avait prévu de repasser à Paris dans quarante-huit heures, après sa livraison au Havre. Par fidélité, il accepta d'effectuer encore une bonne action, sans doute la dernière en France avant belle lurette. Luc promit d'être paré, avec son enregistreur et ses questions, et les deux hommes se fixèrent rendez-vous.

25

Sirius Volkstrom, Paris

Volkstrom avait longtemps hésité avant de se décider. Il avait failli tout abandonner : Legeay, Deogratias, les combines, ses multiples vengeances… Mais au final, il ne s'était pas encore senti de larguer les amarres. Il avait besoin d'une dernière incursion dans les coulisses et les bas-fonds de la machinerie d'État, comme un dernier fix, une ultime opportunité de faire ce qu'il savait faire et d'être payé pour ça.

Pour cette raison, il sonna à la porte d'un appartement en rez-de-chaussée de la rue Vaneau, à quelques foulées de l'hôtel de Matignon. Un inconnu lui ouvrit la porte, format garde du corps, avec jean et blouson en cuir qui cachait, peut-être, un holster. Le type ne lui posa aucune question et l'entraîna le long d'un couloir sombre, dont la tapisserie aurait supporté un franc rafraîchissement, vers un grand bureau donnant sur un jardin.

Jean-Paul Deogratias n'avait pas changé, il ressemblait toujours à un hamster vicieux, avec sa fine moustache bien lissée et ses lunettes rondes. Quelques rides et des kilos en plus, mais aucun cheveu blanc sous la teinture noire. Sirius scruta sa réaction. Lui, il avait arrêté la sienne avant de venir : il rencontrerait son ancien supérieur sans se jeter à sa gorge, tranquillement, comme si aucun passif n'existait entre eux deux. Maintenant, il attendait de décrypter le comportement de Deogratias.

— Sirius, *mein Freund!* Je suis content de te voir! entama l'ex-porte-flingue de Maurice Papon comme s'ils ne s'étaient jamais perdus de vue, avec la même provocation sur les origines allemandes de Volkstrom que celle qu'il employait déjà un quart de siècle auparavant.

Deogratias se leva de son fauteuil et s'empressa d'aller serrer la main de son visiteur. Si Sirius ne l'avait pas aussi bien connu, cette démonstration de sympathie à la faveur de leurs retrouvailles lui aurait paru authentique. L'ancien collabo recyclé semblait sincèrement heureux de récupérer son acolyte des années de guerre. Il ne fallait toutefois pas se fier aux apparences.

Lionel Legeay, qui venait juste d'entrer dans la pièce en portant deux bouteilles de whisky, arborait un rictus entendu. L'entremetteur n'avait pas l'air de tenir rigueur à Volkstrom de son avance éconduite. De son côté, Deogratias avait dû deviner qui était le manchot qu'on allait lui amener, et à son tour informer Legeay qu'ils avaient déjà fait un bout de chemin ensemble. Sirius jeta un coup d'œil dans l'encoignure de la porte, restée ouverte depuis son arrivée. Le gorille veillait, le regardant droit dans les yeux, la main dans la poche de son blouson. Deogratias avait toujours vécu prudemment, fidèle client des rayons ceintures et bretelles. Si Volkstrom avait tenté le moindre geste, il aurait fini au tapis, probablement définitivement. L'infériorité numérique ne lui faisait pas peur – il acceptait son tempérament suicidaire – mais il s'était présenté sans arme ni intention néfaste, et il valait mieux s'en tenir à ce programme.

Legeay déboucha une des bouteilles d'alcool et, sans demander l'avis de quiconque, servit trois verres bien tassés. Ils trinquèrent debout, avant d'aller s'asseoir sur des fauteuils et un canapé disposés autour d'une table basse. Hormis les meubles, le bureau paraissait plutôt vide : nulle armoire à documents, aucun papier qui traînait, pas de livres, même pour décorer. C'était une opération qui venait de démarrer. La porte d'entrée demeurait entrouverte.

Après avoir échangé des banalités sur le destin, les circonstances de leurs retrouvailles et le chemin parcouru ces dernières années, sans pour autant livrer d'information cruciale, Deogratias prit les choses en main, comme toujours.

— J'ai discuté avec Delbotte ce matin, et je ne vais rien vous cacher : nos affaires n'avancent pas très vite. Pompidou ne sait pas trop où il habite. Il voudrait s'émanciper de la vieille baderne, mais il ne sait pas comment s'y prendre. Il sent bien que ça pédale dans la semoule chez les gaullistes, qui se divisent en factions en anticipant le départ du patron. Plein d'anciens grognards trouvent Pompidou trop à droite, trop technocrate, trop malléable. Le bon côté de ces hésitations, c'est que nous, on a carte blanche pour imaginer des trucs autour de deux axes : protéger Pompidou de ses ennemis et foutre la merde chez ses adversaires !

— On fait ça comment ? demanda Legeay, qui était visiblement habitué à des ordres plus clairs.

— On prend notre temps, on réfléchit. Où est-ce qu'on

peut semer le bordel pour que ça nous profite ? Qui est-ce qu'on neutralise qui pourrait causer du tort à Pompidou ? Bref, un boulot de renseignement, et s'il faut agir, on ne se gêne pas.

— On dispose de piétaille ? interrogea Sirius, habitué aux manœuvres retorses et patientes de Deogratias.

— Pas de manière permanente, mais si on a besoin de gros bras, on en dégotera à l'UD-Ve*, ou dans nos propres réseaux. On possède un petit cochon rose pour les défrayer.

Volkstrom tira sur sa cigarette. Ils étaient en phase de rodage. Un assemblage hétéroclite qui se cherchait. Cela ne préoccupait pas vraiment Sirius, ravi de s'être rapproché de Deogratias et au passage de s'être trouvé une planque rémunérée. Dans sa tête, il n'avait toujours pas tranché le sort qu'il réservait à son ex-mentor. Ni celui de Legeay. Il l'avait balancé sur les rails en livrant son nom à Blanchard, mais celui-ci n'en avait visiblement encore rien fait.

Lionel Legeay semblait embarrassé : il était l'affidé de Delbotte, mais l'ancien préfet était bien moins présent et bien moins disposé à se rouler dans la boue que Deogratias. Le tireur était également un homme d'action, pas une créature de bureau, il éprouvait le besoin de bouger. D'ailleurs, après avoir fini son verre il se leva, annonçant qu'il avait un rendez-vous. Il salua ses deux collègues avant de s'éclipser.

Deogratias sortit un cigarillo d'une petite boîte en métal plaqué or et l'alluma, remplissant l'air d'une odeur âcre. Il

* L'UD-Ve, ou Union des démocrates pour la Ve République, est le parti gaulliste qui succède à l'Union pour la nouvelle République (UNR) en novembre 1967.

rallongea les deux verres de whisky avant de sonder son vieil exécuteur de basses œuvres :

— T'en penses quoi de Legeay ?

— Je ne le connais pas depuis longtemps, fit Sirius, prudent. Peut-être moins habitué que nous aux coups de Jarnac en coulisses, mais disposé à monter au carton. Je ne sais pas si tu as entendu parler des émeutes en Guadeloupe…

— Ça a été rapidement réglé, non ?

— Ça, tu peux le dire ! Réglé notamment par Legeay. Il ne me l'a pas avoué franco, mais c'est lui qui a tiré dans le tas avec une carabine de précision. Le mec n'a pas molli : il a dézingué les fouteurs de merde et mis fin au bordel.

— Je ne savais pas, beau boulot, admit Deogratias, impressionné. C'étaient les ordres de Delbotte ?

— Sans doute. D'ailleurs il ne l'a pas puni puisqu'il l'a embarqué dans ses valises en rentrant ici !

— C'est bon à savoir. Ça peut nous être utile. Faudrait creuser un peu.

Volkstrom n'avait jamais été ébloui par l'intelligence de Deogratias, et certainement pas par sa culture, mais il s'étonnait toujours de son caractère éminemment, obsessionnellement rusé. Il paraissait sans cesse conduire une partie d'échecs dans sa tête – lui contre le reste du monde – dans laquelle il anticipait les mouvements longtemps à l'avance. Le type venait à peine de commencer à travailler avec Legeay et Delbotte qu'il cherchait déjà des éléments pour avoir le dessus sur eux, au cas où.

— Qu'est-ce qu'on fout là en vrai ? ne put s'empêcher Sirius, qui avait été habitué à des manipulations plus clandestines, et pour des clients qui se planquaient derrière davantage que de bosser en ligne directe pour le Premier ministre.

— On s'achète des bons points, mon vieux ! À toi, je peux le dire, je m'en bats les valseuses de Pompidou ! Mais la baderne au képi n'est plus ce qu'elle était. Elle a abandonné nos colonies aux moricauds, lâché l'Algérie, fait la peau des braves gars de l'OAS, et s'amuse même à faire les yeux doux aux Soviets et au bloc de l'Est. Alors, on prend ce qu'il y a de moins pire à côté. Si on est malins, on peut muscler Pompidou, injecter un peu de moelle dans sa colonne vertébrale de banquier chez Rothschild et faire en sorte qu'il dégage tous les pleutres et les amoureux de Moscou qui gravitent autour de De Gaulle !

Sirius écoutait d'une oreille distraite. Il connaissait ce discours par cœur, seuls les individus changeaient dans la bouche de Deogratias en fonction des époques, mais la bile restait la même : les communistes, les juifs, les Arabes... Surtout, la politique n'avait jamais été qu'un levier pour lui : le moyen de gagner sa croûte sans trop se fatiguer, en se mouillant à la place des élus et des hauts fonctionnaires trop frileux pour assumer leurs penchants pour l'ordre, la gloire et l'argent. Il s'était juste trouvé que la droite et l'extrême droite de l'échiquier possédaient moins de scrupules à l'employer, alors il avait suivi cette pente naturelle, sans pour autant se considérer comme adhérent à une idéologie quelconque, sauf celle de sa survie.

Deogratias pérora encore quelques minutes ainsi puis, lorsqu'il réalisa que Volkstrom ne réagissait que mollement à sa tirade, il se leva pour se diriger vers son bureau, dont il tira une grosse enveloppe. Il plongea la main dedans, compta une dizaine de billets de 100 francs et les remit à Sirius.

— Merci, patron ! ironisa le manchot.

— On est quittes ?

— On est quittes, concéda Sirius, sachant très bien quel sujet ils soldaient, mais surtout convaincu que les promesses n'engageaient que ceux qui y croyaient.

26

Luc Blanchard, Antoine Lucchesi, Sirius Volkstrom, Paris

Vingt et une heures trente. Luc attendait Antoine au pied de l'immeuble du XVIIe où résidait Lionel Legeay, avec son magnétophone à bandes dans une mallette en bandoulière. Depuis une heure, il s'était assuré que le tireur passait bien la soirée chez lui, et répétait dans sa tête la manière dont il s'apprêtait à persuader l'homme de main de raconter ce qu'il avait fait et, éventuellement, de balancer son supérieur. Cela faisait deux jours qu'il s'échinait à trouver la bonne formule pour délier la langue de Legeay et il n'était toujours pas convaincu d'y être parvenu.

Dès que Lucchesi surgit, le Corse ne mâcha pas ses mots :

— Tu veux vraiment faire ça ? Ton plan ne tient pas la route. Je ne connais pas ce type, mais ça m'étonnerait qu'il se mette à table volontairement.

— Qu'est-ce que tu me suggères ? s'impatienta le journaliste.

Le Corse fit craquer les jointures de son poing.

— Non ! opposa immédiatement Luc. Je ne recours pas à ces méthodes.

— Alors, planque au moins ton magnéto. Essaie de jouer la discrétion si tu ne veux pas le secouer. Peux-tu enregistrer sans sortir ton engin de la sacoche ?

— J'imagine, fit Luc en ouvrant le rabat en cuir et manipulant le microphone. Ça ne sera pas un son de très bonne qualité…

— À mon avis, c'est le cadet de tes problèmes.

Blanchard pesta, mais se résolut à écouter son ami. Il disposa le micro dans une poche de côté et lança la bande, puis referma les attaches de ce qui pouvait passer pour un cartable si on n'y regardait pas de trop près.

Ils gravirent les marches jusqu'au quatrième étage.

— Je vais y aller seul, décida Luc au dernier moment, alors qu'Antoine le marquait à la culotte avec son air le plus patibulaire. Attends-moi dans le couloir si jamais il y a un souci.

— C'est toi le patron, consentit Lucchesi, gagné par la sensation pénible de tenir la chandelle d'un camarade de lycée n'ayant aucune idée de la manière d'aborder l'élue de ses rêves, une fille clairement pas faite pour lui.

Antoine se dissimula dans un renfoncement du palier, se retenant d'allumer une cigarette pour ne pas être repéré, pendant que Luc toquait à la porte.

— Qu'est-ce que vous foutez chez moi ? aboya Legeay lorsqu'il découvrit le journaliste sur son paillasson.

— J'ai besoin de vous parler. C'est important, supplia Luc qui, Antoine s'en rendait compte, surjouait le brave naïf qu'il n'était plus. J'ai des informations pour vous, compléta-t-il, aguicheur.

Legeay hésita pendant une bonne dizaine de secondes avant de céder et de laisser Luc pénétrer dans son appartement. Antoine tendit l'oreille, mais le son des téléviseurs qui provenait de derrière les portes l'empêchait de suivre la conversation qui l'intéressait.

N'ayant rien de mieux à faire que ronger son frein, il attrapa une cigarette, et entreprit de compter les jours qui le séparaient de son envol pour le Canada. Il avait profité de son séjour à Paris pour acheter trois billets Milan-Montréal, et il commençait déjà à ressentir l'appréhension inhérente à tous les départs de ce genre, ceux qui ne comportent qu'un aller simple.

Plongé dans ses pensées, il entendit soudain Blanchard éructer son nom comme s'il se faisait égorger ! Dès le démarrage, il savait que c'était une mauvaise idée. Mais il n'était plus l'heure de rejouer le film. Il envoya sa cigarette balader, se positionna devant la porte de Legeay et expédia un puissant coup de pied dans l'huisserie, au niveau de la serrure. Le bois craqua. Un second coup fit valser la porte. Sans s'embarrasser de politesse, Antoine braqua le pistolet qu'il avait pris le soin d'amener avec lui dans la direction du gars qui tenait Luc à la gorge. Le magnétophone gisait par terre, la bande magnétique éjectée de son châssis, témoignage de la piètre ruse éventée.

Legeay ne s'attendait visiblement pas à l'irruption d'un comparse, mais il ne se démonta pas pour autant. Saisissant sur la table à manger un couteau à viande qui avait servi pour son repas, il le glissa sous la glotte de Blanchard. Le journaliste avait beau manquer d'air, il profita du geste de son agresseur pour lui flanquer un coup de talon sur les orteils et se laisser choir. Legeay cria de douleur, rechercha son équilibre et parvint à retenir Luc par le col de sa veste.

Face à eux, Antoine renonça à ouvrir le feu – il n'était pas une assez bonne gâchette pour ne pas risquer d'atteindre Luc dans la mêlée des deux corps. À la place, il choisit d'avancer pour ajuster sa ligne de tir en menaçant le propriétaire des lieux.

— Lâche-le et écarte-toi, intima-t-il.

Legeay fixa le Corse d'un regard méchant, délaissa le vêtement du journaliste qui s'affala et, comme s'il avait passé sa vie à s'entraîner aux combats de rue, catapulta son bras armé du couteau dans un arc de cercle parfait qui lacéra le poignet de Lucchesi. Antoine grimaça, abandonna son pistolet qui rebondit sur le plancher. Le sang jaillit instantanément.

Legeay se rua pour saisir le flingue, mais Luc, tel le dernier défenseur dépassé avant la cage du gardien de but, balaya le sol de ses pieds. Legeay s'écroula brutalement, sa tête heurtant une chaise au passage. Blanchard, qui s'était fait mal au tibia, se redressa à genoux pour aller neutraliser sa cible. Constatant que Legeay était groggy, il se retourna vers Lucchesi pour s'inquiéter. Celui-ci se déplaçait également à genoux, le bras droit ensanglanté pendouillant, inerte, le long de son torse. Mais Antoine avait ramassé son pistolet avec sa main gauche et il le colla sur la tempe de Legeay.

— Non !!! cria Luc.

Les yeux du marin exsudaient la fureur autant que la douleur. Il tira.

Le crâne de Legeay explosa, projetant des gouttelettes de sang mêlées de cervelle aux quatre coins de la salle à manger.

— Putain ! Pourquoi t'as fait ça ?! Il était dans les vapes, gémit Blanchard.

Lucchesi ne répondit pas. Il s'était adossé au buffet, avait arraché sa cravate et tentait de l'enrouler autour de son poignet profondément tailladé.

Blanchard se redressa en claudiquant, farfouilla rapidement dans un tiroir pour en extraire une serviette propre et se pencha sur le Corse afin de le panser.

— Il faut trouver un médecin au plus vite ! s'inquiéta Luc.

— Pour une fois, je suis d'accord avec toi..., frissonna Antoine, qui pâlissait à vue d'œil. Aide-moi à monter dans un taxi. Je connais un toubib discret pas trop loin.

Blanchard examina brièvement la scène autour d'eux : meubles renversés, perles de sang sur les murs et traînées sur le plancher, porte défoncée... Il s'empara de son magnétophone et aida Antoine à passer son bras valide sur son épaule. Dans le couloir, il referma la porte fracturée du mieux possible. Heureusement, le tir à bout touchant avait été étouffé et nul voisin ne pointait son nez. Supportant Lucchesi, il descendit péniblement les escaliers.

Une fois dehors, ils parcoururent cinquante mètres jusqu'au boulevard des Batignolles et purent héler un taxi.

— Merci. Je vais me débrouiller maintenant, assura le Corse.

— Hors de question. Je t'accompagne.

Luc se glissa dans le taxi avant qu'Antoine ait pu refuser.

Une fois que Lucchesi eut donné au chauffeur une adresse

dans le IXe arrondissement, les deux hommes n'ouvrirent plus la bouche jusqu'à leur destination. Lucchesi compressait sa blessure tout en gardant les yeux fermés, mais il restait éveillé. Pendant ce temps, Luc maudissait toutes ses décisions. Il avait merdé sur toute la ligne.

Quand ils furent parvenus à bon port, le médecin, après avoir entendu les noms de pontes du Milieu qu'Antoine lui communiqua en tant que sésame, accepta sans rechigner de les laisser entrer dans son domicile qui servait aussi de cabinet. Il afficha son inévitable grimace de praticien désespéré par ses patients en ôtant le bandage de fortune, puis sortit son matériel de désinfection et de couture, congédiant Luc dans la salle d'attente.

Blanchard se posa un instant dans un fauteuil puis se releva. Son instinct lui dictait de retourner sur les lieux pour maquiller l'assassinat de Legeay, mais il refusait d'abandonner Lucchesi. C'était ridicule, le Corse en avait sûrement vu d'autres, et mettait un point d'honneur à préserver son indépendance, mais Luc se sentait coupable. Il décida donc d'attendre ce que dirait le toubib une fois Antoine recousu, avant de rebrousser chemin jusqu'à l'appartement du trépassé. Cependant, à peine rassis, une idée lui traversa la tête. Il avisa le bureau de la secrétaire, souleva le combiné téléphonique et composa le numéro du meublé de Sirius Volkstrom, l'homme approprié à ce genre de situations. Tant qu'à être endetté…

Le manchot décrocha à la deuxième sonnerie.

Blanchard résuma en quelques phrases, sans rien cacher, le déroulé des événements de la soirée, avant de solliciter l'aide de Volkstrom.

— T'es pas gonflé ! fut sa réponse.

— J'ai juste besoin que tu surveilles l'immeuble depuis l'extérieur afin que je ne tombe pas sur des flics quand j'y retourne.

— Le Corse va s'en sortir ?

— Avec une vilaine balafre au bras et des tendons en moins, mais je ne crois pas qu'il soit en danger.

— Tant mieux. Indique-moi où crèche Legeay. J'y vais.

Luc lui dicta l'adresse puis, conscient de sa dette, promit :

— Je te revaudrai ça. Merci.

— Ouais, c'est ça… Pas la peine de te déplacer, reste avec Lucchesi, je me charge de passer la serpillière.

— Non, non, surveille juste l'immeuble, j'arrive rapidement !

Volkstrom avait déjà raccroché.

Sirius mit une vingtaine de minutes pour se rendre dans le XVIIe. Par précaution, il se fit déposer dans une rue parallèle avant de s'approcher de sa destination avec l'air insouciant d'un promeneur de chien sans chien. N'apercevant aucun gyrophare ni planton en faction, il pénétra dans le bâtiment, puis s'arrêta dans la cage d'escalier pour écouter. Pas de bruits sortant de l'ordinaire domestique, téléviseurs, bébé pleurant, rires, fâcheries… Il gravit lentement les marches jusqu'à atteindre le quatrième étage. La porte de Legeay était close, mais une pichenette suffit à l'ouvrir.

Volkstrom se contenta de la lumière extérieure qui filtrait par les fenêtres afin de scruter le terrain. La scène ressemblait à celle que Blanchard lui avait décrite : le cadavre et les morceaux de Legeay éparpillés. Personne ne s'était introduit depuis le départ des deux meurtriers. Sirius bénit la télévision et l'égoïsme des Parisiens.

Tant qu'à jouer les nettoyeurs, le manchot en profita pour fouiller les endroits les plus évidents pour une planque et ne tarda pas à tomber sur une liasse de billets – provenant sans aucun doute de la même source que celle qui le rémunérait. Il l'empocha sans remords. Puis il se rendit dans la cuisine, ouvrit en grand la bouteille de gaz et les brûleurs, et cala une cigarette sur le rebord de l'évier.

Volkstrom referma la porte sans même un dernier regard, dévala les escaliers et s'éloigna vers le boulevard des Batignolles. Posant ses fesses sur un banc, à la lumière des réverbères de la place de Clichy, il se roula une clope. Dix minutes plus tard, une explosion assourdie parvint à ses oreilles. Il fit signe au premier taxi qui patientait à la borne d'appel et grimpa dedans. Satisfait d'avoir rendu un service et débarrassé l'humanité d'un type qui crachait au visage des homosexuels. Coup double.

27

Luc Blanchard, Paris

Île de la Cité, crachin du matin, froid parisien, passants marchant tête basse vers le turbin : Luc éprouvait le sentiment d'avoir remonté le temps, dix ans en arrière. Il patientait devant l'entrée du Palais de justice, à deux cents mètres des locaux de la PJ où il avait œuvré. Cependant, cette fois-ci, il se retrouvait dans le camp des spectateurs. Avec des dizaines d'autres personnes, dont ses collègues journalistes et une grosse poignée d'avocats, il attendait son tour pour pénétrer dans l'enceinte du Palais pour l'ouverture de ce que la presse avait malencontreusement intitulé « le procès des Guadeloupéens ». Luc n'avait pu s'empêcher d'y voir l'inconscient de la métropole exposé : on ne jugeait pas seulement dix-neuf accusés, mais tout un peuple.

Il patientait sous la pluie pour assister à un procès d'un autre âge, celui du nobliau contre son métayer, celui du puissant contre le faible qu'il entend écraser encore plus sous sa botte cloutée. *France-Antilles* l'avait envoyé au charbon pour couvrir les audiences, en dépit du fait que sa compagne figurait sur le banc des inculpés. La rédaction en chef l'avait tout de même associé à son collègue Richard, se disant que mandater deux journalistes de bords opposés garantirait une certaine neutralité aux articles et satisferait l'ensemble de son lectorat. Étrange vision dépassée du métier, avait conclu Luc, néanmoins heureux d'être payé pour participer à un événement qu'il aurait suivi de toute manière.

Les logeurs guadeloupéens de Luc, qui étaient devenus des amis, lui avaient offert une cravate neuve en prévision de l'ouverture du procès. Pour eux, l'inculpation de Lucille et des autres accusés ne représentait pas une humiliation, mais au contraire l'occasion d'exposer un gouvernement qui ne mettait pas ses paroles en pratique, qui proclamait l'égalité de tous ses citoyens, mais qui en traitait certains comme des passagers de troisième classe dans le train de la République.

Cette cravate colorée, pas du tout le style qu'il aurait lui-même choisi, agissait comme un déguisement, lui permettant de tenir à distance le sentiment poisseux qui lui collait à la peau depuis que Lucchesi avait froidement descendu Lionel Legeay. Il ne craignait pas de se faire attraper par la police, non, car Sirius s'était chargé d'éliminer toutes les traces. Volkstrom avait crânement refusé de lui révéler quoi que ce soit, mais la presse l'avait informé. « XVIIe arrondissement : une fuite de gaz provoque une explosion dans un appartement. Un mort et trois blessés ont été recensés par les pompiers arrivés sur les lieux à temps pour éviter un incendie », avait écrit *Le Parisien libéré* dans son édition du surlendemain. Luc avait guetté les parutions suivantes, mais nulle mention supplémentaire n'était survenue. L'incident avait sombré dans l'oubli des faits divers transitoires : les brûleurs de gaz mal fermés ou les tuyaux fatigués n'étaient pas une rareté dans Paris. La décision d'Antoine n'était pas ragoûtante, mais elle était assurément efficace. Le Corse était reparti pour Marseille avec une belle estafilade au bras, mais rien de handicapant à moyen terme.

Blanchard peinait pourtant à se détacher de l'impression qui le taraudait : tout ça pour rien… Francis Léontin lui avait expliqué que la défense de Lucille et celle des dix-huit autres accusés serait une bataille politique et juridique. Elle ne se concentrerait pas sur les événements du 26 mai proprement dits. Les avocats – ils étaient plus d'une quinzaine, la cause des Guadeloupéens ayant fait boule de neige en agglutinant juristes anticolonialistes et défenseurs des droits de l'homme – avaient l'intention de dénoncer les fondements mêmes des arrestations et de l'état d'exception réservé à un département d'outre-mer, et pas du tout de contester les actions reprochées, leur déroulement ou les responsabilités des uns et des autres dans les violences du 26 mai.

Luc se retrouvait donc avec un dossier incriminant, mais incomplet, qui ne servirait in fine à rien. Autant dire que son moral ne pointait pas au beau fixe lorsqu'il pénétra dans le Palais de justice. Sa seule satisfaction était qu'il allait voir Lucille en chair et en os, tous les jours, pendant la durée du procès. Ils ne pourraient certes pas se toucher, mais au moins pourraient-ils se dévisager et entremêler leurs regards pendant plus de temps que la demi-heure de parloir hebdomadaire.

Au cœur des boiseries du Palais, devant la chambre d'audience, les avocats conféraient entre eux. En robe sombre et lavallière blanche, ils formaient un troupeau impressionnant. Blanchard aperçut Francis Léontin en pleine conversation avec Henri Leclerc, un pénaliste en vue qui, contrairement à nombre de ses collègues, choisissait des causes lui tenant à cœur, souvent des causes perdues, et ne s'occupait pas des bandits dans le but de remplir ses poches. Luc ne s'arrêta pas pour les saluer, il voulait entrer dans les premiers pour dégoter une bonne place, dans les travées du public plutôt que dans l'espace dévolu à la presse. Les premiers rangs étaient déjà bien garnis, pourtant il put se faufiler pour s'installer non loin du box des accusés, seul visage pâle parmi la foule noire.

Les bancs réservés aux journalistes se gonflaient également et Luc fut soulagé d'y reconnaître la digne silhouette de Jean-Marc Théolleyre. Le chroniqueur judiciaire du *Monde* n'était pas uniquement une des meilleures plumes de la profession, il possédait la réputation d'un journaliste qui ne se laissait pas facilement influencer par les effets de manche des avocats généraux, ou les chefs d'inculpation à rallonge destinés à enfoncer les prévenus avant l'ouverture du procès. Pour Luc, cela signifiait que le compte-rendu dans un des quotidiens français les plus importants ne serait pas biaisé. Richard, lui, prit sa place sans même rendre le discret salut que lui envoya son collègue.

Après une petite demi-heure d'attente, le grand théâtre de la Justice frappa ses trois coups. Les dix-neuf accusés firent leur entrée. Tous très droits, très dignes, pas du tout impressionnés par la chambre pleine à craquer ni leur sort qui ne tenait qu'à un fil. Ils auraient pu : la Cour de sûreté de l'État, institution récente et controversée établie pour juger les criminels de l'OAS, comme toutes les juridictions d'exception, préférait l'intransigeance à la mansuétude.

Dès que Lucille apparut, Blanchard fixa son regard dans le sien et ne le lâcha plus. Elle était vêtue d'un tailleur élégant, mais elle avait laissé ses cheveux libres, créant une gigantesque auréole autour de sa tête. D'autres auraient misé sur la discrétion, cherchant à se couler dans le moule, mais pas Lucille. Seule femme parmi les accusés, elle n'entendait pas le cacher. Métisse aux cheveux rebelles, elle exhibait sa singularité. Luc fut rempli d'une immense fierté. Il aurait souhaité que Célanie fût présente pour découvrir sa mère ainsi.

Pourtant, derrière cet orgueil bravache, les yeux de Lucille racontaient une histoire différente : celle d'une femme fatiguée, minée par l'hiver parisien, dont le régime alimentaire la sevrait des fruits et légumes antillais auxquels elle était habituée, et à qui sa fille et son compagnon manquaient cruellement. Comment aurait-il pu en être autrement ? Quel était ce pays qui emprisonnait les gens à six mille cinq cents kilomètres de chez eux ? Le sourd ressentiment qui habitait Luc depuis des mois remonta à la surface de sa conscience.

Sa colère affleurante fut suspendue par l'entrée du président de la Cour et de ses assesseurs. Toute la salle se leva. Puis se rassit afin que démarre le procès. Luc, qui s'était acheté un cahier d'écolier le matin même, se mit à prendre des notes. Ça l'incitait à se concentrer sur ce qui se déroulait plutôt que de laisser son esprit vagabonder en remâchant son amertume et son impuissance.

Sans surprise, la première journée fut consacrée aux manœuvres procédurales des avocats, qui essayèrent de faire annuler les poursuites en raison de multiples violations du Code de procédure pénale. Évidemment vaines, elles n'aboutirent pas. Mais Luc observa la mise en place des stratégies des deux parties. L'accusation, représentée par l'avocat général, n'imputait nullement aux prévenus les violences des 26 et 27 mai 1967, mais le fait que le GONG avait cherché à instrumentaliser ces événements pour attiser la colère des Guadeloupéens et propager une doctrine de séparatisme. Concernant Lucille, cette incrimination était parfaitement absurde : elle n'avait fait qu'aider des blessés, se protéger et apprendre la mort de son cousin Jacques Nestor, un membre du GONG. Les autres accusés entretenaient des liens plus resserrés avec l'association indépendantiste, mais aucun d'entre eux n'était un foudre de guerre, certains n'étaient même pas présents en Guadeloupe en mai 1967.

Du côté des avocats, ce fut Me Henri Leclerc qui se chargea d'exposer les arguments de la défense, à savoir qu'il s'agissait d'un procès politique dans lequel les inculpés n'avaient fait qu'exercer leur droit à la liberté d'expression, laquelle était sévèrement restreinte en Guadeloupe, pourtant territoire de la République. En s'appuyant sur une violation du Code de procédure pénale que Luc connaissait bien, car il y avait déjà été confronté en tant que policier, toute perquisition chez un avocat ne pouvant être réalisée qu'en présence du bâtonnier, ce qui n'avait pas été fait à Pointe-à-Pitre, le pénaliste eut beau jeu de conclure : « Tout cela vous montre déjà que la Guadeloupe n'est pas tout à fait la France. »

Ce premier soir du procès, Luc avait obtenu une autorisation exceptionnelle pour rendre visite à Lucille à la prison de la Roquette en dehors des heures habituelles. Lorsqu'elle pénétra dans le parloir, Luc se leva pour l'enlacer, contrevenant aux règles qu'on lui avait une nouvelle fois réitérées. Étonnamment, aucun des gardiens ne s'avança pour les séparer ni interrompre l'entrevue. Peut-être que finalement, au bout de plusieurs mois, les surveillants avaient intégré que Lucille ne représentait aucune menace. Et que Luc non plus.

— Ça y est, nous y sommes, proclama Lucille en s'asseyant devant la table qui les éloignait.

Jusqu'à présent, ils avaient évité le plus possible de discuter du dossier judiciaire et du procès. Parce que cela n'aurait été que spéculation, mais aussi en raison d'un fond de superstition qu'ils partageaient : ils ne voulaient pas attirer le malheur en se rappelant à son attention.

— Oui, nous y sommes, répéta Luc, qui ne savait pas si sa compagne désirait maintenir le silence sur son sort, maintenant que les dés étaient jetés.

— J'ai confiance, avoua la métisse.

— Moi aussi, j'ai…, commença Luc avant qu'elle ne l'interrompe en lui posant l'index en travers de la bouche.

— On ne dit plus rien, lui souffla-t-elle.

Le lendemain matin, Blanchard retrouva sa place dans la chambre d'audience. Assister à un procès était une curieuse affaire, un mélange de routine implacable et d'espoir qu'une surprise va rompre cette monotonie, tout en redoutant la déflagration. Le président de la Cour annonça que tous les prévenus allaient être entendus tour à tour dans les jours à venir. C'était, pour la plupart d'entre eux, la première occasion de s'exprimer publiquement. Luc remarqua l'agitation qui parcourut les bancs des avocats. Il comprit vite que ce n'était pas de la fébrilité, bien au contraire, mais de la satisfaction.

Dès le premier témoignage, il apparut clairement pourquoi la défense se réjouissait de ces prises de parole. Albert Caracalla, professeur auxiliaire de physique et chimie, démarra sans ambages, mais non sans lyrisme : « Issu d'une famille pauvre, je me présente ici en témoin de l'arbitraire et de la misère dont souffre le peuple guadeloupéen. J'ai su ce que c'était que d'aller à l'école pieds nus. J'ai entendu la cloche qui appelle les ouvriers agricoles. C'est la même qui, avant 1848, appelait les esclaves. J'ai connu les enfants nus. J'ai été témoin de chantages qui se font pour tenir à merci les hommes noirs. J'ai vu le patron de mon père, ouvrier agricole, lui refuser des sacs à sucre qu'il demandait pour s'en faire un vêtement. J'ai vu des hommes tomber d'épuisement et leurs familles incapables de pouvoir leur payer un cercueil. L'indépendance nationale est donc nécessaire pour échapper à cela. À travers nous, c'est tout un peuple épris de justice et de liberté que vous aurez à juger. »

Ensuite, ce fut au tour de Gérard Lauriette, un brave instituteur qui avait été mis en congé pour troubles psychiatriques, mais qui, comme les prétendus fous des pièces de Shakespeare, se montra bien plus cohérent que beaucoup de sains d'esprit. Le président rappela qu'en tant que maître d'école, il avait été accusé de s'éloigner des programmes de l'Éducation nationale et d'enseigner différemment aux

Noirs et aux Blancs. Le « malade mental » offrit sa réponse au tribunal : « Comment, en effet, peut-on apprendre ce que sont le pain et l'hiver alors qu'en Guadeloupe nous ne connaissons ni l'un ni l'autre ? On fait enseigner qu'à midi le soleil est au sud, ce qui est vrai en métropole, mais pas en Guadeloupe. On enseigne aux enfants guadeloupéens que tous les milieux sociaux peuvent produire de grands hommes, mais les grands hommes dont on leur parle ne sont jamais que des Blancs. Alors l'enfant se dit qu'il n'y a pas de nègres intelligents. »

Luc grattait dans son cahier, désireux de ne rien perdre de ces instants magiques où l'humanité transperçait toutes les camisoles. La salle d'audience aussi buvait les paroles de l'instituteur. Elle était à deux doigts d'applaudir lorsque Lauriette conclut sa tirade, débonnaire : « Vous voyez bien que l'enseignement est mal fait. » Le public, qui comptait une majorité d'Antillais, explosa de félicité devant une telle évidence, celle que proférait un « fou » certifié par l'administration française. Le président de la Cour se conforma à son rôle en appelant au silence et à l'ordre, mais son sourire en coin à peine dissimulé n'échappa à personne.

Les témoignages se poursuivirent sur ce ton identique d'une franche candeur mêlée d'une argumentation politique qu'il était inutile d'asséner tellement elle parlait d'elle-même. Les accusés se présentaient sous un jour complètement opposé au portrait qu'on avait fait d'eux, et même à ce que Luc avait pu observer lors de la réunion du GONG à laquelle il avait assisté des mois plus tôt. Les inculpés racontaient leur vie, ils ne scandaient pas des slogans. Ils s'exprimaient avec des mots simples, loin de toute logorrhée intellectuelle ou phraséologie marxiste mal régurgitée. Et, au bout du compte, ils emportaient tout sur leur passage. Luc avait fini par identifier les différents chroniqueurs judiciaires qui couvraient le procès, et même ceux du *Figaro* ou de l'ORTF ne pouvaient retenir leur rictus ou leur émotion en écoutant certains récits.

Comme celui de Théodore Numa, un docteur en médecine, appréhendé en métropole et se voyant reprocher d'être membre du GONG, ce qu'il niait, tout en déclarant ouvertement sa sympathie pour le mouvement. Lettré et volubile, il annonça d'emblée : « Aujourd'hui nous pouvons parler, mais nous ne pouvons encore pas tout vous dire, car si chacun de nous voulait vraiment faire part de toutes ses expériences, nous en aurions pour six mois. » Ce qui ne l'empêcha pas de livrer un condensé de sa vie de Guadeloupéen venu faire ses études en métropole.

— Lorsque je suis arrivé ici à dix-huit ans, je m'estimais 100 % français, avait démarré Théodore Numa.

— Et vous aviez raison, approuva le président de la Cour.

— Non, poursuivit l'accusé posément. Je n'avais pas raison, car à l'office du logement où je me suis présenté pour obtenir une chambre j'ai constaté qu'il y avait deux listes : une réservée aux Français, une autre pour les étrangers. On a refusé mon inscription sur la liste des Français. J'ai insisté. Je me suis ridiculisé. J'ai été humilié jusqu'au moment où, derrière moi, j'ai entendu une autre personne de ma condition qui m'a fait remarquer : « Eh bien oui, mon vieux, il y a ici une liste pour les Français seulement, cela veut dire qu'ils ne veulent pas de nègres chez eux. » Après, on m'a dit qu'il y avait une chambre pour moi, mais quand je me suis présenté on a refusé de me l'accorder. Je suis revenu à la charge. On m'a encore rejeté. J'ai dû coucher dehors. J'ai été arrêté comme vagabond, enfermé avec des clochards. Mais de cela il me restera quand même un bon souvenir : celui d'un étudiant algérien qui m'a laissé sa veste, car j'avais froid.

À l'écoute de ces propos, la salle d'audience demeura coite. Beaucoup des Guadeloupéens présents avaient connu ce type de vexation en arrivant en métropole, mais la plupart étaient ouvriers ou chômeurs : ils n'avaient jamais imaginé que cette expérience puisse être celle d'un étudiant en médecine. Quant aux Blancs, ils regardaient leurs chaussures.

Puis, ce fut au tour de Lucille d'être conviée à témoigner. Avec son attitude résolue et son port de tête orgueilleux, elle obtint le silence complet de la salle simplement en prenant place à la barre. Après le rappel de son identité, des circonstances de son arrestation et des charges qui pesaient contre elle, le président lui donna la parole. Luc, qui n'avait pas discuté avec elle de ce qu'elle avait l'intention de partager avec la Cour, était suspendu à ses lèvres.

— Mon histoire n'a que peu d'importance, commença-t-elle. Je ne comprends toujours pas pourquoi je comparais devant vous aujourd'hui, mais ce que je peux vous dire c'est que je ne voudrais être à nul autre endroit. Je suis fière de me retrouver aux côtés de mes co-inculpés, fière d'être accusée d'appartenir au GONG…

— Madame, s'il vous plaît, protesta l'avocat général, vous n'êtes pas ici pour faire l'apologie du terrorisme !

— Laissez-la parler, je vous prie, coupa le président.

— Comme je vous le disais, mon histoire n'a que peu

d'importance. Je me trouvais place de la Victoire le 26 mai de l'an passé pour mon travail, mais j'étais solidaire des grévistes. Lorsque les violences ont éclaté, mon fiancé m'a incitée à partir. Je n'ai pas voulu. Je suis restée pour soigner les blessés avec ma trousse à pharmacie. Quand des tirs d'armes à feu ont commencé à se faire entendre…

— Provenant des grévistes qui avaient dévalisé une armurerie ! interrompit l'avocat général.

— Quand des tirs d'armes à feu se sont fait entendre, reprit Lucille, très calme et pas du tout perturbée par l'intervention du procureur, je me suis mise en retrait et j'ai continué à panser des blessés comme je le pouvais, mais parfois je n'y pouvais rien, car ils avaient été abattus par balle.

Lucille marqua une pause, s'attendant peut-être à l'interruption de l'avocat général, mais celui-ci se tut, comme le reste de la salle d'audience.

— En fait, je voulais retrouver mon cousin, Jacques Nestor, que tout le monde appelait Kiki, car je savais qu'il participait à la manifestation. Mon histoire n'a pas d'importance, mais la sienne en a. Jacques était né à Damas, en Syrie, d'un père guadeloupéen, militaire de carrière, et d'une mère d'origine alsacienne. Comme moi, Kiki était métis et remarquablement français. Il a grandi trois ans au Proche-Orient avant de déménager à Pointe-à-Pitre. Et, à dix-huit ans, sous l'influence de son père, il s'est engagé dans l'armée. Il a fait ses classes à Rochefort, en Charente-Maritime, puis il a été envoyé en Algérie au sein de l'armée de l'air. En 1962, il a été démobilisé avec le grade de sergent, ce qui révèle son engagement en faveur du drapeau tricolore et la satisfaction de ses supérieurs. Au lieu de rentrer en Guadeloupe, il a choisi de rester du côté d'Arcachon et de Bordeaux, d'abord en tant qu'ouvrier dans une fabrique de bateaux en plastique puis en apprenant l'ostréiculture. D'après ce qu'il m'a raconté plus tard, c'est là qu'il a commencé à s'intéresser aux questions politiques, car il était fréquemment victime de racisme.

— Monsieur le président ! Je ne vois pas où nous mène ce témoignage, objecta le procureur, feignant l'exaspération. Pourrait-on revenir aux faits concernant madame ?

— Ne vous en faites pas, nous aurons l'occasion de nous pencher sur les faits, monsieur l'avocat général. Laissez madame poursuivre, reprit le président.

— En 1963, Kiki est retourné en Guadeloupe. Il a d'abord monté une fabrique de canots en plastique, mais il a manqué de capital pour continuer. Ensuite, il a essayé de créer un élevage d'huîtres, le premier dans notre île. Il est parvenu, au prix de bien des difficultés, à obtenir une concession dans les mangroves de la Rivière Salée, entre Basse-Terre et Grande-Terre. Mais les pouvoirs publics et les milieux d'affaires guadeloupéens ne voulaient pas d'une ostréiculture guadeloupéenne, et tout a été fait pour torpiller son entreprise : refus de permis, contrôles sanitaires inopinés. Quand Jacques a dû abandonner, c'est la première fois de ma vie que je l'ai connu amer. Il était toujours joyeux, enthousiaste, plein d'énergie, mais là, il a accusé le coup. Il a pris conscience qu'un système colonial s'opposait au développement économique de la Guadeloupe pour préserver sa rente. C'est à ce moment-là qu'il s'est rapproché du GONG.

— Ah, nous y voici ! pesta l'avocat général, toujours à son petit théâtre.

Luc avait cessé de griffonner sur son cahier. Même s'il connaissait des bribes de cette histoire, il n'avait jamais entendu Lucille la raconter ainsi, avec des mots simples, mais que le public buvait parole après parole, lui le premier. Elle parlait sans notes, mais elle avait dû répéter dans sa tête. Elle n'évoquait pas seulement la vie de son cousin, le premier mort du 26 mai, elle lui rendait hommage. Elle inscrivait son existence dans l'histoire de la France, des Antilles, des ouvriers, des esclaves, des oubliés.

— À partir de ce moment, Jacques a retrouvé sa joie de vivre habituelle. Il était chargé d'organiser le GONG dans les quartiers populaires de Pointe-à-Pitre, notamment à Lauricisque. En 1964, il n'avait que vingt-trois ans, mais il se comportait comme un ancien : c'est lui qui aidait les habitants, résolvait leurs soucis quotidiens, empêchait les bagarres. Quand il y avait une inondation, il venait avec son bateau à fond plat et véhiculait les gens. Quand le cyclone Inès a ravagé l'île, c'est lui qui a coordonné la collecte et la distribution de vivres et de vêtements à Lauricisque. Il se promenait partout, il sillonnait la ville, il ne s'arrêtait jamais, il était animé par le sens de la dignité et le refus des injustices. Pour lui, le GONG devait servir à cela avant tout. Indépendance, autonomie, départementalisation, ce n'était pas ça qui l'intéressait, il se battait pour le sort des Guadeloupéens, de tous les Guadeloupéens, pas seulement les plus riches et les mieux connectés avec la métropole. Bien entendu il était surveillé par la police, par les Renseignements généraux, même s'il ne se cachait jamais. C'est pour cela que je désirais le retrouver dans la manifestation du 26 mai. Je me doutais qu'il serait au premier rang et j'avais peur pour lui. J'avais peur qu'il soit ciblé…

Lucille laissa courir sa phrase. Luc vit qu'elle déglutissait avec peine, ravalant un sanglot. Ses propres yeux s'humidifiaient. Il se remémorait le cadavre allongé qu'il avait examiné à l'hôpital de Pointe-à-Pitre, avec un trou dans l'abdomen et les conclusions du médecin : balle à haute vélocité, en plongée. Un exécuteur nommé Legeay au faîte de ses compétences macabres.

— Et ? relança le président.

— Et alors, Kiki a été la première personne abattue le 26 mai. D'une balle dans le ventre.

— Comment pouvez-vous affirmer cela sans preuve ?! s'énerva l'avocat général.

— C'est écrit noir sur blanc dans le dossier d'instruction ! le reprit à la volée Francis Léontin qui s'était levé.

— La provenance du tir n'est pas établie dans le dossier, protesta l'avocat général. Madame ne peut pas accuser ainsi les forces de l'ordre !

— Ma cliente n'a rien dit en ce sens, elle a simplement pointé le fait incontestable que son cousin avait été tué, justifia Léontin. Je vous laisse votre interprétation selon laquelle le tir venait des rangs de la police.

L'avocat général haussa les bras au ciel en criant d'indignation, rejoint par ses assesseurs, et, à partir de ce moment, l'audience bascula dans le brouhaha des avocats houspillant le ministère public et vice versa, complété par un public qui hurlait des noms d'oiseaux et des slogans indépendantistes. Luc observa Lucille qui alla se rasseoir paisiblement, les yeux baissés. Sa déposition était bouclée, elle avait exposé tout ce qu'elle souhaitait. Malgré sa consternation de voir comment s'achevait le récit des épreuves et des espoirs de Jacques Nestor, dans l'invective et la mauvaise foi, Luc ne put s'empêcher de penser que cette conclusion ressemblait à une métaphore plus vaste de la situation en Guadeloupe : les uns souffraient, témoignaient, protestaient, les autres les écoutaient distraitement, pinaillaient pour finir par les injurier et revenir au point de départ.

C'est ce qui se passa quand le président finit par rétablir l'ordre dans sa salle d'audience à coups de marteau, avant de déclarer que c'en était terminé pour la journée. Les auditions reprendraient le lendemain matin.

Le procès durait déjà depuis quatre jours et l'accusation ne semblait pas faire de réels progrès. Bien au contraire. Le lendemain matin, en patientant devant la salle d'audience, Luc avait enfin pu accoster Francis Léontin qui, pour une fois, n'était pas en pleine conversation avec ses collègues.

— Nous marquons des points ! s'enthousiasma l'avocat. Le témoignage de Lucille a été remarquable.

— Elle ne s'est pas vraiment défendue, souleva Luc, qui demeurait inquiet.

— Justement, elle a démontré qu'il s'agissait d'un dossier collectif, d'une accusation en bloc déconnectée de la réalité de ce qui s'est produit.

Luc ne put s'empêcher de hausser les sourcils. Il n'était pas aussi convaincu que le défenseur de sa compagne. Les institutions de la République excellaient à broyer les individus afin de préserver leur autorité immanente.

— Vous allez voir, le réconforta Léontin. Quand nous

allons passer aux éléments de preuve, le ministère public va se retrouver encore plus démuni.

À moitié rassuré, Luc pénétrait dans la salle lorsqu'on lui tapota sur l'épaule. Il pensa d'abord qu'il s'agissait de Richard, avec qui la relation s'était améliorée depuis qu'il le laissait écrire la plupart des articles sur le procès. Cela arrangeait Luc, car non seulement son collègue se montrait parfaitement objectif, ce qui, dans la présente situation, revenait à révéler le flou de l'acte d'accusation, mais surtout parce qu'il peinait à prendre la distance adéquate pour rédiger avec la spontanéité et la souplesse nécessaires un bon compte-rendu d'audience. Toutes les phrases qu'il avait couchées sur le papier jusqu'à présent pesaient des tonnes.

Toutefois, ce n'était pas Richard qui se signalait, mais Freddie. Profitant de ses journées libres, le jeune Guadeloupéen avait décidé de suivre le procès. Luc et lui s'assirent côte à côte au premier rang.

La journée s'apparenta aux vagues d'une marée qui, à chaque flux et reflux, venaient ronger les châteaux de sable de l'accusation, jusqu'à leur effondrement. Les infractions à la procédure étaient légion, les témoignages des policiers et gendarmes contradictoires ou inconséquents, et les preuves matérielles pour le moins évanescentes. Les tracts ou la littérature du GONG ressemblaient à l'emphase verbale des étudiants à la Sorbonne ; les anticipations alarmistes des RG ne se vérifiaient jamais. Tout cela fleurait la paranoïa anticommuniste et anti-indépendantiste qui, comme toute paranoïa, relevait davantage de l'affliction mentale que de l'observation nuancée de la réalité.

Le summum du burlesque dramatique fut atteint lorsque

l'avocat général rappela que deux armes à feu avaient été confisquées chez un des prévenus, Georges Baden, mécanicien de profession. Me Henri Leclerc demanda alors que les pièces soient produites et le public, de même que les juges, put se rendre compte de ses propres yeux : un revolver à barillet rouillé et un pistolet sans crosse. La fiche des scellés, que l'avocat lut à voix haute, indiquait « en mauvais état » et il était précisé qu'aucune munition n'avait été saisie. Lorsqu'un des défenseurs conclut : « Personne ne pourra être convaincu qu'avec cela on voulait mettre la Guadeloupe à feu et à sang », la salle partit d'un vaste éclat de rire collectif, tout à la fois moqueur et destiné à évacuer la tension d'un procès où, tout de même, dix-neuf personnes jouaient leur avenir.

Pour Luc, pour Freddie, et pour la majorité du public qui assistait au déploiement de la mécanique judiciaire, la déconnexion entre les charges retenues contre les accusés et le comportement de ces derniers, avant et pendant le 26 mai, devenait patente. Un nourrisson de six mois se serait tenu plus facilement debout que l'édifice de l'accusation. Ce sentiment ne pouvait qu'être entretenu par le mutisme du gouvernement qui avait refusé de laisser le ministre des Outre-mer venir témoigner devant le tribunal. Autrement dit, les pouvoirs publics se dégonflaient. Quant au préfet Delbotte, il hantait la procédure comme un fantôme : présent, mais absent, évanescent et malfaisant. Personne ne songea à exiger sa comparution : on ne convoque pas un spectre administratif.

Les accusés, au contraire, saisirent la moindre occasion de s'exprimer. Pierre Sainton, considéré comme le principal dirigeant du GONG en Guadeloupe, et que Luc reconnut comme l'un des hommes qu'il avait entraperçus au meeting lors de son reportage, se leva pour annoncer qu'il voulait lire une déclaration commune des inculpés. Le président accéda à son souhait et le médecin de quarante-quatre ans, droit et calme dans son costume, s'avança pour porter la contradiction à tout ce qui avait été dit jusqu'à présent par les autorités, qu'elles soient parisiennes ou guadeloupéennes : « La répression contre les ouvriers du bâtiment au mois de mai a fait plus de quarante-cinq morts et trois cents blessés du côté de la population. Mais il fallait aller plus loin. Il fallait emprisonner tous les opposants véritables, tous ceux qui estiment que le système colonial qui étrangle le pays doit disparaître. C'est la raison profonde de l'actuel procès. Les personnes qui comparaissent aujourd'hui devant la Cour ont d'abord été accusées par le ministre d'État chargé des Départements et Territoires d'outre-mer d'avoir organisé les émeutes de Pointe-à-Pitre en lançant sur la ville des commandos de la violence. Après huit mois de procédure, force a été d'abandonner les accusations premières. Il est maintenant reproché aux victimes d'avoir eu une opinion sur l'avenir de leur pays. Le procès qui nous est fait aujourd'hui est un procès pour délit d'opinion. Il tend tout simplement à démontrer aux yeux de tous que les Guadeloupéens n'ont plus le droit d'exprimer librement et publiquement les opinions qu'ils peuvent avoir sur la Guadeloupe. »

Luc tiqua en entendant le chiffre de quarante-cinq morts. Il essaya de se représenter combien de personnes cela faisait. Quatre équipes de football. Trois rangs de la salle d'audience. Difficile d'imaginer autant de victimes. Sans compter les blessés, dont certains gravement lésés, amputés. Près de neuf mois après les faits, aucun bilan officiel ni officieux n'avait été publié. Le seul qui avait avancé un chiffre était le commissaire Gévaudan, avec ses huit morts, soit un nombre cinq fois inférieur à celui que venait de donner le Dr Sainton. Où se situait la vérité ?

En regardant autour de lui, Luc ne vit personne remuer ni ouvrir la bouche d'étonnement. Les Guadeloupéens dans la salle, militants métropolitains ou proches des accusés, semblaient considérer ce bilan comme acceptable. Ils ne paraissaient pas choqués ; cela était choquant en soi. Se pouvait-il que la police ait tiré sur autant de gens, lors de la manifestation et après, au cours des émeutes et des arrestations à domicile ? Luc avait focalisé son enquête inaboutie sur l'après-midi du 26 mai, le tireur et sur les éléments susceptibles de dédouaner Lucille, mais il n'avait pas étendu ses investigations au-delà.

Que pouvait-il faire ? Que devait-il faire ? Le procès s'achèverait bientôt, avant les délibérations qui prendraient plusieurs jours ou semaines. Au bout du compte, la contribution de Luc avait été nulle. Il n'avait rien apporté aux avocats qui s'étaient très bien débrouillés pour dénoncer la construction politique des accusations. Mais les victimes ? Celles qui avaient laissé leur vie sur le pavé de Pointe-à-Pitre ? Qui les défendait ? Qui se souviendrait d'elles ?

Lionel Legeay reposait dans un cercueil, mais d'évidence il n'était pas le seul meurtrier de cette journée de mai. D'autres que lui avaient tiré, des policiers ou des gendarmes ordinaires. D'autres encore avaient donné des ordres, dont au moins une personne identifiable : l'invisible préfet Delbotte.

28

Sirius Volkstrom, Nanterre

C'était vraiment une matinée de merde.

Non seulement il avait dû longer un bidonville, qui n'aurait pas dépareillé en plein cœur du tiers-monde, plein à craquer d'Algériens et de Marocains, mais il avait un moment cru s'être trompé d'adresse en débarquant dans la faculté de Nanterre qui s'apparentait plus à un chantier inachevé qu'à un établissement d'enseignement supérieur. Et maintenant, il devait se fader les regards torves de jeunes chevelus mal lavés adorateurs de Mao Tsé-toung. Sirius Volkstrom ne passait pas inaperçu au milieu du campus. Il n'avait ni l'âge d'être étudiant ni l'allure d'un prof. Il ressemblait au mieux à un flic en civil. Par conséquent, il recevait un accueil assez froid.

Sirius n'avait aucun état d'âme à propos de la mission qu'on lui avait confiée : il la jugeait débile. Cependant, pour une fois, en soldat obéissant, il faisait ce qu'on lui demandait sans protester. Au départ, il devait s'en charger avec Legeay, mais comme celui-ci nourrissait les asticots, il se la coltinait seul. Et ne bronchait pas – inutile peine de raviver le souvenir du fidèle exécutant Legeay qui, aux yeux de Deogratias et de Delbotte, avait tout bonnement disparu. Cet idiot, persuadé de participer à une officine clandestine, n'avait jamais communiqué son adresse parisienne à ses chefs, qui n'avaient donc aucun moyen de le joindre. Ni de découvrir qu'il avait péri dans une explosion au gaz.

Sa mission avait été imaginée par les hautes autorités, c'est-à-dire que le Premier ministre, via Delbotte, via Deogratias, avait décidé qu'il convenait de surveiller et de se renseigner sur les étudiants turbulents de la fac de Nanterre. Question numéro 1 : le mouvement de contestation de ces jeunes, contre la sélection à l'université et pour l'accès libre aux dortoirs du sexe opposé, risquait-il de dégénérer et, par mesure de prévention, fallait-il leur taper rapidement sur la gueule ? Question numéro 2 : pouvait-on se servir des protestations estudiantines pour faire passer le Général pour une relique (et Pompidou pour l'homme de l'avenir) ?

Franchement, Volkstrom n'y croyait pas un seul instant. Les quelques gamins qu'il fréquentait, pour la plupart des mignons qu'il levait dans des bars interlopes en échange de quelques billets, lui semblaient à mille lieues de la génération précédente. Ils ne répondaient pas aux codes de leurs parents, n'avaient plus les mêmes aspirations, et surtout ne portaient plus les guerres et leurs douleurs dans leurs chairs. Vingt-cinq années sans menace sur le territoire hexagonal, c'était inédit, ça transformait les gens. Sirius doutait sérieusement qu'on puisse manipuler les étudiants – en tout cas pas en faveur d'un pouvoir réactionnaire. Surtout, il avait pleinement conscience de ne pas être la personne idoine pour cela. Quant à essayer de les pousser à cracher sur de Gaulle en évitant de salir Pompidou, ça lui paraissait risible. Pour cette nouvelle génération, les deux dirigeants de la France incarnaient deux approches de la politique aussi vermoulues l'une que l'autre. Restait la question initiale de savoir si l'agitation des trublions pouvait faire boule de neige. Là encore, Sirius estimait qu'on avait autant de chances de prévoir ce qui pourrait se passer que de faire sauter la banque au casino. De son point de vue, si les politiciens frémissaient dans leurs costards, autant envoyer illico les CRS sans s'atermoyer. Fracasser quelques crânes permettrait au moins de marquer son territoire.

Mais, puisqu'on ne le payait pas pour son avis sur la gouvernance du pays, Sirius exécutait les ordres, même inutiles. Il ne fallait simplement pas lui demander de faire du zèle. Appuyé contre un mur de la fac de Nanterre, il fumait sa clope en observant un petit groupe d'étudiants rassemblés autour de tables en plein air, qui finalisaient des banderoles, des affiches et des slogans pour une action qui devait se tenir le lendemain. Sa présence ne semblait pas les intimider. De toute manière, avec son audition qui laissait à désirer, Sirius n'entendait pas grand-chose de ce qui se disait. Il constatait juste que les discussions étaient animées et, chose curieuse pour un vieux comme lui, impliquaient autant les filles que les garçons. Il s'amusait à les voir écrire des messages sur des feuilles de papier, les raturer, les réviser, les mettre au vote. Pour un peu, ça l'aurait attendri : à l'ère des matraques et des conseils d'administration, ces gamins croyaient à la force des mots.

Par contre, même si Volkstrom avait accepté de se traîner

jusqu'à Nanterre pour observer et rendre compte, il avait jugé inutile d'aller causer avec les étudiants, et encore moins d'essayer de les recruter comme informateurs. C'était perdu d'avance, avait-il plaidé auprès de Deogratias, qui lui avait quand même ordonné d'aller renifler. Cela faisait donc deux heures que Sirius avait accumulé un tas de mégots à ses pieds et tout ce qu'il avait glané se résumait à un tract dénonçant « Nanterre ou la formation des oies gavées ». Heureusement, il ne s'était pas fait insulter, uniquement parce que les étudiants se conformaient à leurs principes pacifistes. Lassé de jouer les espions pas du tout discrets, Sirius se dirigea vers une cabine téléphonique pour faire son rapport à Deogratias.

— On ne tirera rien des étudiants, annonça-t-il à son patron. Ils me prennent au mieux pour un vieux schnock, au pire pour un mec des RG. Et je ne peux pas leur donner tort…

— Qu'est-ce que je vais dire à Delbotte ?

— La vérité. Que ces morpions sont avant tout concernés par leurs études. Qu'ils veulent pouvoir interrompre leurs profs quand ils se font chier. Qu'ils veulent pouvoir aller baiser qui bon leur chante le soir dans les dortoirs. Qu'ils préfèrent Mao à Mitterrand. Et que dans vingt ans, ce seront eux les réacs.

— Je ne suis pas sûr que Pompidou apprécie ce genre de rapport, ronchonna Deogratias, qui avait le cul entre deux chaises, désireux de faire plaisir à ses supérieurs sans vouloir leur raconter des âneries qui lui retomberaient dessus.

— Ces jeunes n'en ont rien à foutre de la politicaillerie, en tout cas de notre politicaillerie. Ils n'aiment pas plus

Pompidou que de Gaulle, Debré ou Duclos. On peut sans doute les intimider pour qu'ils rentrent dans le rang, mais je dirais que ça a une chance sur deux de réussir, poursuivit Volkstrom.

— Mmmm… C'est plus emmerdant de tirer sur des gamins que sur des bougnoules, des nègres ou des cocos, tout de même.

Sirius prit cette déclaration pour la fin de la conversation. Et de sa mission ce jour-là. Il se lança sur le chemin du retour. Il s'était morfondu, mais au moins était-il bien payé, ayant obtenu de Deogratias de toucher les émoluments prévus pour Legeay en sus des siens. Deogratias avait dû subodorer qu'il avait intérêt à s'acheter les faveurs de cette tête brûlée de Volkstrom, que l'argent était encore le meilleur moyen de le contrôler.

29

Luc Blanchard, Paris

Maintenant que l'hiver était derrière eux, Luc honorait sa promesse. Celle qu'il avait faite à sa fille Célanie en arrivant à Paris quelques mois auparavant : l'emmener en haut de la tour Eiffel. La gamine ne perdait rien du spectacle qui s'étalait devant ses yeux depuis qu'elle avait posé le pied sur la plateforme du troisième étage. Elle n'en revenait pas de surplomber la ville d'aussi haut. Munie de son guide illustré, elle recensait les monuments en silence, sollicitant parfois l'aide de son père, qui se tenait en retrait, vertige oblige, sans lâcher sa fille du regard. Luc avait effectué ce pèlerinage muséal trois décennies plus tôt, et le seul souvenir qu'il en conservait était d'être resté agrippé à la main de sa mère pendant toute la durée de la visite. À cette aune, Célanie s'en tirait mieux que lui, ce qui suffisait à le combler.

Lucille les avait accompagnés jusqu'au pied de la tour, mais n'avait pas souhaité grimper au sommet. Pas de vertige chez elle, mais plutôt une rancœur sourde qui gisait tapie dans son corps et son esprit, dont elle ne parvenait pas à se débarrasser. Huit mois de prison dans de sinistres circonstances et un procès pour la galerie l'avaient minée. Certes, l'acquittement en bout de parcours, sans condition ni tergiversation, devait représenter la lumière au bout du tunnel. Mais la satisfaction d'aujourd'hui ne l'emportait pas facilement sur la souffrance d'hier. Dans la tête de Lucille, gravir la tour Eiffel, le monument national par excellence, revenait à faire un cadeau à ceux qui l'avaient embastillée et traduite en justice. Une manière de passer l'éponge. Luc avait accepté son refus sans lui demander d'explications, il avait prétexté que « maman n'aimait pas l'altitude » et avait embarqué sa fille avec lui pour honorer sa promesse.

Comme pour tous les enfants de cet âge, la notion du temps de Célanie s'avérait élastique. Sa mère lui avait manqué pendant les longs mois d'emprisonnement, mais maintenant qu'elle était de retour, tout était rentré dans l'ordre dans sa caboche de gamine comme si l'absence n'avait duré qu'une poignée de jours. Elle disposait de ses deux parents à la maison toute la journée et cela suffisait à son bonheur. Même la Guadeloupe s'estompait de sa mémoire. Car Luc et Lucille avaient choisi de ne pas retourner vivre dans les Antilles et de rester en France métropolitaine, et quand Célanie la découvrirait un jour, elle en aurait sûrement oublié le soleil, la végétation, les odeurs.

Luc ne s'était pas attendu à cette décision, la première que Lucille avait émise lorsqu'ils s'étaient enfin retrouvés. Le jour du verdict, Luc avait repassé son costume, noué une cravate neuve, et il avait rejoint Freddie à l'entrée du Palais de justice. Le jeune homme l'avait accompagné à toutes les audiences pour lesquelles il avait pu se libérer et, ce matin-là, il avait posé un jour de congé pour assister à l'acquittement que tous deux espéraient. Les avocats s'étaient montrés modérément optimistes, tout en prévenant les proches et les familles qu'on ne pouvait jamais prévoir la sentence d'une cour spéciale composée de magistrats professionnels, qui portaient un jugement différent de celui d'un jury d'assises sur le sort des personnes entre leurs mains. Freddie était joyeux et confiant, privilège d'une jeunesse innocente malgré les coups encaissés; Luc n'avait pu avaler la moindre miette ni goutte de son petit déjeuner.

Lorsque les accusés avaient pénétré dans l'enceinte du tribunal pour entendre le verdict, leurs regards déterminés annonçaient qu'ils avaient déjà gagné la partie, quelle que soit la décision qui serait rendue. La plupart des chroniqueurs judiciaires, en tout cas ceux d'une presse qui n'était pas aux ordres du gouvernement, même Richard à *France-Antilles*, avaient reconnu la vacuité des charges exposées par l'avocat général contre les dix-neuf accusés, et la paranoïa des autorités préfectorales qui avaient fait du GONG une hydre terroriste alors qu'il s'agissait au pire d'agités maladroits. Néanmoins quand le président de la Cour de sûreté avait pris la parole, Luc avait retenu son souffle. Heureusement, le juge n'avait pas traîné à annoncer les treize acquittements et les six condamnations avec sursis. Aucun des dix-neuf Guadeloupéens ne retournait entre quatre murs et, surtout, ce qui avait représenté une crainte très forte, aucun n'était interdit de séjour sur l'île, ce qui aurait été un comble, et qui figurait pourtant dans les sanctions envisagées, preuve supplémentaire que la Guadeloupe n'était pas tout à fait la France aux yeux de Paris.

Luc avait été surpris. Après la libération de Lucille, les larmes et les embrassades, la parade des félicitations amicales, le pot avec les avocats, les appels militants à poursuivre la lutte, ils avaient mis plusieurs heures à se retrouver seuls. Un couple. De nouveau. C'est alors que Lucille, avant même d'avoir pu prendre Célanie dans ses bras, avait annoncé qu'elle ne souhaitait pas regagner la Guadeloupe :

— Notre fille est française, mais elle sera toujours métisse, comme moi. En métropole, elle subira le racisme, les quolibets, des moqueries sur ses cheveux crépus, mais elle sera considérée comme une citoyenne à part entière. Si elle veut protester contre les instances universitaires, ou contre son gouvernement, elle sera traitée par les policiers de la même manière que ses camarades auvergnats. Alors qu'en Guadeloupe, elle sera jugée comme une rebelle noire à mater. À Pointe-à-Pitre, on lui apprendra que ses ancêtres sont gaulois, dans une classe où tous les enfants viennent d'Afrique ; les fonctionnaires blancs la prendront toujours de haut ; elle manquera toujours d'hôpitaux, de librairies ou d'opportunités professionnelles.

En parlant, le visage de Lucille s'était refermé. C'était un discours mûrement réfléchi durant ses mois de prison. Il s'agissait à la fois d'un crève-cœur pour elle, mais aussi d'un espoir que la vie de Célanie se dessine sous un jour meilleur.

La première réaction de Luc avait consisté à douter de la réalité des aspirations de son amoureuse, à savoir que leur fille serait mieux accueillie en métropole. Il partageait bien évidemment ce désir de protéger Célanie, mais il se demandait tout de même si la Guadeloupe ne représentait pas un cocon plus confortable pour une petite fille aux origines mixtes. Cependant, il se retint de donner son avis. Sa seconde réaction avait été pratique : s'ils restaient vivre en métropole, ils allaient devoir recommencer presque à zéro, trouver travail pour Lucille, logement pour eux trois, école pour Célanie.

Finalement, Luc s'était contenté d'approuver en renvoyant à plus tard les inévitables débats et modalités. Mais les jours avaient passé, et il s'était rangé à la décision de Lucille. Toujours sceptique sur le fait que la couleur de peau cuivrée de leur fille serait un stigmate moins fort à Paris qu'à Pointe-à-Pitre, il avait néanmoins estimé qu'un nouveau départ symbolisait l'option la plus optimiste, après ce qu'avait subi Lucille. De toute manière, Blanchard devinait que les conséquences de ce choix seraient plus difficiles à vivre pour elle que pour lui ou Célanie. Au pied de la tour Eiffel, Lucille ne regrettait rien. Même si elle savait que le chemin de l'acceptation serait long.

Quand Luc et Célanie redescendirent du monument, la petite fille partagea son émerveillement avec sa mère, et tous trois s'en allèrent manger une glace, main dans la main. Les chauds rayons de soleil avaient poussé une foule de badauds dehors.

30

Antoine Lucchesi, Paris

En posant le pied sur le quai de la gare de Lyon, Antoine Lucchesi se réjouit de savoir qu'il s'agissait de son dernier séjour à Paris avant fort longtemps, peut-être même pour toujours. Il n'avait rien à redouter, car cette fois-ci il voyageait « à vide », ayant abandonné son habituelle valise d'héroïne dans une consigne à Marseille. Le bistrot de Maria avait été vendu, leur mobilier soldé, ils n'occupaient plus que pour quelques jours leur appartement du Panier, et le vol Milan-Montréal sur lequel il avait réservé trois billets décollait à la fin de la semaine. Le plan méticuleux pour s'extraire des griffes du Milieu marseillais, en disparaissant sans laisser de traces, atteignait ses ultimes étapes. À Paris, il venait discrètement retirer une partie de l'argent planqué dans la banque jamaïcaine, et le verser à Luc et Freddie. Pas question de virement bancaire pour ce genre de transaction.

Dès qu'Antoine sortit de l'enceinte de la gare, il fut frappé par l'atmosphère étrange qui régnait dans la capitale. Le ballet quotidien des employés et ouvriers avait beau ronronner comme d'ordinaire, le trafic automobile était réduit et de nombreux groupes, souvent jeunes, vaquaient dans les rues, sans but défini, mais avec la volonté d'en trouver un. Lucchesi n'était pas un imbécile : il avait lu dans la presse que le mouvement des étudiants, parti de Nanterre, s'était cristallisé en une grosse boule de neige qui dévalait désormais la pente. Les universités, Sorbonne en tête, étaient occupées et des affrontements violents avec les CRS s'étaient déjà produits. Le gouvernement semblait à la fois sourd et aux abonnés absents, en l'occurrence littéralement puisque le Premier ministre Georges Pompidou effectuait une visite en Afghanistan, un pays que la plupart des Français n'auraient su placer sur une mappemonde. D'où ce parfum insolite qui flottait sur le pavé parisien, mi-incertitude, mi-veillée d'armes. Nul n'anticipait de quoi les prochaines heures seraient faites : Grand Soir ou métro-boulot-dodo. Des rumeurs de débrayages dans les usines et de grève générale commençaient à circuler. Néanmoins, quel que soit l'état du trafic ferroviaire, Antoine quitterait Paris le lendemain, en stop ou en soudoyant un routier. Ce ne serait pas la première fois qu'il traverserait la France avec le pouce en l'air ou dans la benne d'un camion. Mais il était hors de question de rater son avion.

Désireux d'éviter tout endroit où il pourrait être identifié, Lucchesi se dirigea à pied vers un hôtel pour touristes proche de la gare de Lyon, où il n'était jamais descendu et où il s'enregistra sous un faux nom italien et paya en liquide. Après ces formalités, il prit la ligne 1 du métro, directe pour les Champs-Élysées. Tout banquier, même le correspondant d'un établissement jamaïcain de seconde zone, se devait de posséder une antenne dans le VIIIe arrondissement, à une encablure de ce que les ignorants désignaient comme la plus belle avenue du monde, assurément parce qu'ils n'avaient jamais voyagé.

Antoine dut patienter un peu trop longtemps à son goût dans l'antichambre de la banque, avant de subir les assauts verbaux du financier cherchant à le retenir, enfin surtout son argent. Au bout du compte, il parvint à convaincre le préposé de lui remettre 200 000 francs en liquide. Lorsque ce dernier tenta de repousser l'échéance du versement, « en raison des grèves », Lucchesi lui lança un regard d'une telle noirceur que le banquier s'exécuta immédiatement et partit ouvrir son coffre-fort.

Finalement soulagé – car Antoine avait envisagé la possibilité de ne rien récupérer du tout au vu du pedigree de la banque qui avait accepté son cash en Jamaïque –, Lucchesi prit le métro pour retrouver Freddie et lui annoncer la bonne nouvelle. Ils avaient rendez-vous dans la même brasserie que la fois précédente, à la gare du Nord.

Au bout d'une dizaine de minutes, Freddie arriva en compagnie de Luc. Tous deux semblaient être devenus d'excellents amis.

— Comment va ton bras ? s'inquiéta d'emblée le journaliste.

Pour toute réponse, le Corse retroussa sa manche de chemise sur une cicatrice encore rose et boursouflée longue d'une quinzaine de centimètres.

— Je suis désolé, s'excusa Luc, sous les yeux interrogatifs de Freddie, auprès de qui il jugea bon de se justifier : Il s'est fait attaquer au couteau à cause de moi.

— Ça va, n'en parlons plus, éluda Antoine. Ça m'empêchera juste de me faire tatouer à cet endroit.

Lucchesi attrapa alors la mallette en cuir qu'il gardait coincée entre ses jambes et la glissa vers le jeune Guadeloupéen, qui posa ses doigts sur la poignée avec précaution, comme s'il manipulait un engin atomique. Blanchard observait cet échange avec un mélange de désillusion d'être impliqué dans cette transaction et de paternalisme à l'égard de Freddie.

— Il en fera bon usage, crut pertinent de commenter Luc.

— Il en fera ce qu'il veut, asséna Antoine.

Sa promesse soldée, le Corse s'apprêtait à se lever et saluer comme si de rien n'était lorsque Luc l'interrogea :

— Est-ce que tu es disponible pour venir dîner ce soir à la maison ?

Antoine fut pris de court. Il n'appartenait pas au cercle des gens qui s'invitaient à domicile. Dans son milieu, les repas se dégustaient chez soi en famille, ou alors au restaurant, seul ou avec des accointances. Il allait refuser poliment, mais Luc ajouta :

— Lucille est sortie de prison, elle sera là. Et Freddie aussi : nous fêtons son emménagement chez nous.

Antoine détestait prolonger les adieux, pourtant il se sentit contraint d'accepter.

Quelques heures plus tard, Lucchesi appuyait sur la sonnette d'un appartement dionysien, les bras embarrassés d'un bouquet de fleurs et d'une bouteille de liqueur. Il éprouvait le sentiment de jouer un rôle de composition. Lui qui avait passé l'essentiel de sa vie dans le maquis, sur des bateaux ou dans des bars peu fréquentables hésitait entre l'ironie ou le pathétique pour évaluer sa transformation.

Lucille lui ouvrit, radieuse, quoique marquée par son séjour derrière les barreaux. Elle lui expliqua leur choix de rester en métropole, leur installation qui démarrait – ils venaient d'emménager dans ce vaste logement à proximité de la basilique Saint-Denis, profitant d'une chaîne de solidarité antillaise, à laquelle appartenait Freddie qui les rejoignait en louant une chambre chez eux.

Antoine en convint, la soirée se déroula excellemment autour d'un dîner antillais où le rhum remplaça avantageusement le vin, et où la conversation roula sans obstacle sur mille sujets variés. Lucchesi avait découvert les joies de la domesticité juste avant ses quarante ans ; il goûtait désormais à la douceur de l'amitié à quarante-cinq ans.

Peu avant minuit, il décida de lever l'ancre, salua poliment ses amis, ayant occulté le fait qu'ils ne se retrouveraient probablement jamais, sauf hasard invraisemblable. Le marin ne l'avait pas anticipé, mais il ressentait un pincement au cœur à l'idée de laisser un monde derrière lui sans savoir de quoi serait constitué le prochain. Pas douloureux, mais déroutant.

31

Sirius Volkstrom, Paris

Sirius s'était équipé pour la castagne. Enfin, un peu de castagne, pas trop, lui avait recommandé Deogratias. Un nerf de bœuf, un casque de moto qu'il avait subtilisé à un minet du XVIe égaré en scooter dans le Quartier latin, et des magazines glissés sous le pull pour amortir les chocs. Pourtant, ces précautions lui paraissaient soudain superflues. Il n'avait plus la forme d'avant. Il s'essoufflait vite, ahanait, manquait ses coups et venait de shooter dans un pavé qui traînait sur le bitume, se foulant les orteils. Volkstrom devait se rendre à l'évidence : il n'avait plus vingt-cinq ans, contrairement aux étudiants en face de lui. Il n'avait même plus quarante ans, âge auquel il était encore capable d'aligner K.-O. à peu près n'importe qui de sa taille, quitte à frapper sous la ceinture. Il se faisait l'effet d'un pépé flingueur, comparé aux jeunes recrutés pour l'occasion par Deogratias dans les rangs d'Occident afin de l'épauler, et qui prenaient, eux, un vrai plaisir à tabasser les gamins qui leur faisaient face. Sirius, lui, voulait juste s'amuser et jouir du bordel ambiant. Il n'avait aucune raison valable de fracasser des mâchoires.

Au départ, la consigne que Deogratias leur avait prodiguée consistait à surveiller les éléments du SAC qui faisaient le coup de feu auprès des flics, et d'éviter qu'ils ne lynchent un étudiant. C'était pour le moins paradoxal, au regard des talents de Volkstrom et du degré de testostérone des bizuths d'Occident, de leur demander d'appuyer sur la pédale de frein, mais la directive venait d'en haut. Apparemment, Pompidou et le Général nourrissaient deux visions différentes de la révolte estudiantine : le premier prônait la modération et la compréhension, estimant qu'il fallait que jeunesse se passe; le second entendait frapper fort et en pleine gueule, pour faire taire la chienlit. Comme Deogratias répondait à Delbotte qui obéissait au Premier ministre, le mot d'ordre transmis à Sirius et ses comparses requérait de se contenter d'observer les forces gaullistes. Les boutonneux d'Occident avaient renâclé, par conséquent Deogratias avait fait en sorte qu'ils puissent disposer de brassards de police et cohabitent avec les CRS, ce qui leur permettait au passage de se défouler un peu. Et c'est ainsi que Volkstrom venait de réaliser qu'il n'en possédait plus le physique ni le goût.

Sirius récupérait sa respiration derrière un cordon de gardes mobiles qui défendaient mollement les devantures au coin de la rue Gay-Lussac et du boulevard Saint-Michel, face à une troupe d'étudiants en train d'ériger une barricade avec des pavés, des chaises de bistrot, du mobilier urbain et des poubelles. Se rendant compte de la fatigue de leur collègue, les types d'Occident l'avaient lâché et devisaient avec des flics en civil. Au lieu de jouer un rôle modérateur suivant les recommandations, ils essayaient d'inciter à une contre-attaque face aux « jeunes cons », comme ils désignaient les manifestants. Les policiers – ou des membres d'une officine quelconque à leur instar, difficile de savoir vraiment qui était qui – paraissaient sensibles à ces arguments, d'après ce qu'en déduisait Sirius, toujours cassé en deux. Mais c'est à ce moment-là qu'un flic en uniforme, un haut gradé, se positionna devant le petit groupe qui planifiait sa contre-offensive pour lui souffler dans les bronches. Même à distance, la colère du bonhomme portait jusqu'aux oreilles de Sirius :

— Vous n'avez pas écouté ce qu'a dit le préfet lorsqu'il est venu tout à l'heure ?! criait-il. On évite le contact, on ne réplique que lorsque nous sommes en difficulté. Ces gamins pourraient être vos gosses, alors si je chope l'un d'entre vous à faire du zèle, il aura affaire à moi !

Volkstrom avait en effet aperçu le préfet Maurice Grimaud deux heures plus tôt, juste avant la tombée de la nuit, discuter avec ses troupes et même tenter de nouer un échange avec des étudiants. Apparemment, ce haut fonctionnaire au profil aquilin n'était pas de la trempe de son prédécesseur Maurice Papon : il croyait aux vertus de la retenue. C'était assez inédit.

En regardant ce qui se déroulait autour de lui, Sirius ne donnait pas tort à Grimaud en fin de compte. Qu'est-ce qui se passait dans les rues de Paris cette nuit-là ? Des jeunes gens à peine sortis des jupes de leurs mères et de la sévérité de leurs pères découvraient qu'ils possédaient un libre arbitre et une force collective. Ils arrachaient des grilles, siphonnaient des automobiles, descellaient des pavés et hurlaient des slogans teigneux qu'ils avaient lus dans les livres. On était tout de même loin de la révolution. Ces étudiants admiraient Che Guevara, mais ils n'auraient pas su dans quel sens tenir une kalachnikov ; ils lançaient des fleurs à Mao, mais n'étaient pas disposés à cultiver un champ de betteraves pour aider les paysans. Pire, du point de vue de Sirius, aucun ne profitait de l'effervescence pour piller la moindre boutique. Tout cela lui parut bien timoré, lui qui avait connu des guerres, des rafles et des famines. Ces mômes rentreraient se coucher dans leurs chambres de bonne et chez leurs parents au petit matin, avant de se raconter leurs exploits pendant les années suivantes. Alors, à quoi bon sortir la grosse artillerie ?

Sur ces considérations, Sirius préféra décrocher. Ce n'était pas sa bagarre : elle ne lui apportait ni ne lui rapportait rien. Il arracha son brassard de flic et balança son harnachement au sol, se faufilant entre CRS et manifestants. Les premiers le jugeaient inoffensif, les seconds s'en méfiaient. C'était une belle métaphore de sa situation : il n'appartenait plus à aucun camp. Pire, il ne désirait plus appartenir à aucun camp. Et il se sentait bien.

Volkstrom ne prévint même pas ses collègues d'Occident, qui s'étaient regroupés autour d'un homme en costume, venu converser avec eux. Le manchot n'avait jamais rencontré son supérieur, le préfet Delbotte, il n'avait donc aucune raison de lui prêter attention. Il le manqua à quelques secondes près.

32

Luc Blanchard, Paris, 10 mai 1968

S'il avait levé le nez du carnet de notes sur lequel il s'efforçait de coucher les paroles que venait de lui confier un étudiant de la Sorbonne en pleine confection d'un cocktail Molotov, Blanchard aurait aperçu la silhouette massive et voûtée de Sirius Volkstrom en train de descendre le boulevard Saint-Michel, seule personne insensible au chaos ambiant, poursuivant sa route comme un train sur la voie de garage. Mais Luc, trop absorbé dans la contemplation des événements qui se déroulaient autour de lui, craignant de manquer le moindre détail, ne le vit pas.

Un coup de téléphone de *France-Antilles* l'avait extrait d'une soirée en famille qui s'annonçait des plus paisibles. Le journal avait besoin en urgence d'un article sur les manifestations étudiantes. Luc n'était pas fâché de cette commande, car elle lui permettait de se rendre compte par lui-même de l'agitation qui régnait depuis dix jours dans Paris et, par extension, dans le reste du pays. Jusqu'à présent, il s'était senti tiraillé entre des revendications qui lui paraissaient faire sens (refus de la sélection à l'université, droit de manifester, révision de l'autorisation de visite dans les dortoirs, peur du chômage) et des discours utopiques sur l'abolition du travail, la démocratie directe ou l'envoi des étudiants dans les usines. En s'immergeant dans le tumulte grâce à un reportage, il espérait se faire une idée plus précise de la situation.

Blanchard avait récupéré un brassard « Presse » afin de pouvoir circuler librement entre les émeutiers et les forces de police. Pour l'instant, cela avait plutôt bien fonctionné, aucune des deux factions ne lui cherchant des noises. Comparée à la dernière manifestation dans laquelle il s'était retrouvé, il y avait presque un an jour pour jour en Guadeloupe, ou à cette autre, en octobre 1961, quasiment au même endroit dans Paris, celle de ce soir ressemblait à une balade de santé.

Luc avait déjà recueilli suffisamment de matériel pour un bon article d'ambiance, mais il n'avait pas l'intention de s'arrêter. Grâce au décalage horaire avec les Antilles, il pouvait encore s'accorder une heure ou deux avant de dicter son reportage. Surtout, à titre personnel, il souhaitait poursuivre sa quête d'informations afin de se forger une opinion sur les événements.

Blanchard abandonna son fabricant de cocktails Molotov, mieux valait ne pas trop s'attarder autour de ce genre d'artisan, pour reprendre sa montée vers la rue Soufflot, où la rumeur annonçait que ça chauffait. Il avançait prudemment, se collant aux murs, à la fois pour se prémunir de tirs éventuels, mais aussi pour laisser filer les étudiants qui parcouraient les artères en courant, comme des estafettes investies d'un message urgent. Il y avait bien quelques riverains aux fenêtres de leurs appartements qui zyeutaient ce qui se tramait dans leur rue, mais, pour l'essentiel, les seuls êtres animés dans le Quartier latin appartenaient à l'une de ces trois espèces : étudiants, policiers et journalistes.

Parvenu au sommet de la montagne Sainte-Geneviève, Luc constata qu'une immense barricade s'érigeait en face d'une ligne de CRS qui se tenaient sur le qui-vive, sans pour autant donner l'assaut. Ce tableau ressemblait plus à une antique bataille de position, réminiscence des tranchées ou de la Commune, qu'à l'art de la guérilla nord-vietnamien. Les étudiants-bâtisseurs s'exposaient sans crainte de se faire tirer dessus, pendant que les policiers se protégeaient des projectiles occasionnels avec leurs boucliers, balançant de temps à autre des grenades lacrymogènes afin de faire pleurer les insurgés, mais l'intensité dépassait rarement le stade des bleus et des larmes.

Luc s'approcha d'un groupe de jeunes, qui avaient relevé leur pull sur leur nez ou qui s'étaient noué une écharpe autour du visage, pour les interroger. Rapidement, il réalisa qu'il n'entendait rien qu'il n'avait déjà noté au moins trois fois dans son carnet. Il ne leur en voulait pas, après tout il n'y avait pas quinze mille raisons différentes pour protester, leur colère était assez homogène et unanime. Elle reflétait la voix d'une jeunesse désireuse d'être considérée, face à des gouvernants fossilisés qui opéraient comme si le monde n'avait pas profondément changé depuis les guerres qu'ils prétendaient avoir remportées. L'ethos des politiciens français, en particulier ceux qui squattaient le pouvoir depuis dix, voire vingt ans, gaullistes et conservateurs, frappa soudain Luc alors qu'il observait la bagarre qui se déroulait devant ses yeux : il s'agissait de gens qui refermaient les événements historiques comme des livres qu'on ne termine pas, par fainéantise, mais dont on se vante d'avoir retenu le message. Les années sombres de l'Occupation avaient miraculeusement été effacées par la victoire des Américains, offerte à la France sur un plateau. Les luttes coloniales, en Asie, au Maghreb ou en Afrique centrale, étaient considérées comme des épiphénomènes qui avaient été surmontés, et que l'on pouvait désormais remiser dans l'armoire aux vieux vêtements. Les diverses contestations qui se dressaient partout sur la planète, celles des femmes, des Noirs, des damnés du tiers-monde, n'étaient qu'une fièvre qui finirait par s'évaporer, éventuellement avec un peu de pommade. Quant à la jeunesse, tout le monde répétait qu'il fallait qu'elle se passe, se tasse, trépasse. Et qu'elle ne méritait pas qu'on l'entende puisqu'on n'est pas sérieux à cet âge-là…

S'il avait bénéficié d'un environnement plus paisible et confortable, Blanchard aurait couché ses réflexions sur un papier, mais comme ce n'était pas ce que *France-Antilles* attendait de lui, il reprit son bâton de reporter pour aller poser quelques questions du côté des forces policières. Il s'éloigna des manifestants, puis traversa calmement l'espace de démarcation en mettant bien en évidence son brassard et son cahier. Personne ne lui lança rien sur le crâne, et il rejoignit un photographe en train de changer la pellicule de son boîtier, afin de marquer son appartenance au camp de la presse. Ce dernier lui adressa un signe de tête avant de lui demander :

— Ça bouge du côté des étudiants ?

— Pas plus que ce que tu vois : ils arrachent des pavés et consolident leur barricade. Tu crois que les CRS vont charger ?

— Ça m'étonnerait. Un gradé a engueulé ceux qui voulaient en découdre. Il paraît qu'il y a des consignes d'y aller mollo. On va se faire chier !

Luc ne releva pas le commentaire du photoreporteur qui, comme la plupart de ses confrères, préférait l'action à l'immobilité. Elle faisait de meilleures plaques.

— Il est toujours là, le gradé ? interrogea Luc.

— Par là-bas, lui indiqua le photographe en désignant du bras une agglutination d'uniformes en retrait de la première ligne de CRS.

Blanchard partit tout en regardant sa montre pour savoir de combien de temps il disposait encore avant d'envoyer son article. Les policiers le laissèrent traverser leurs rangs. Lorsqu'il s'arrêta pour essayer de deviner lequel des personnages revêtus de casques et de gabardines possédait le grade le plus élevé, il aperçut pendant une fraction de seconde deux pupilles qui le dévisageaient. Puis les yeux se détournèrent et l'homme qui les détenait se mit en mouvement, s'éloignant vers le jardin du Luxembourg. La lumière des réverbères et des feux de poubelles ne valait pas un plein soleil, ce qui expliqua pourquoi Luc peina pendant quelques secondes à réaliser qu'il avait déjà rencontré cet homme en costume-cravate. Dans d'autres circonstances. Sous un grand soleil, précisément. En Guadeloupe.

Delbotte.

Blanchard hésita un instant puis démarra sur ses basques.

Réflexe conditionné d'ancien flic : quelqu'un détalait face à lui, il se lançait à sa poursuite. Les grilles du Luxembourg étaient bouclées et la périphérie du jardin dégagée, aucun affrontement ne se tenait à proximité, même si des grappes de CRS surveillaient les camionnettes qu'ils avaient garées le long du trottoir. Delbotte profita de la pente de la rue de Médicis pour accélérer, mais Blanchard avait toujours été bon sprinteur et il gagna rapidement du terrain.

Arrivant à l'intersection avec la rue Vaugirard, Luc n'avait plus que trois mètres de retard… lorsqu'il reçut un coup aussi brusque que douloureux en plein estomac. Il se cassa immédiatement en deux et chuta par terre, envoyant son calepin voler. L'élancement dans son ventre le contraignit à se rouler en boule, mais il pouvait encore ouvrir les yeux, ce qui lui permit d'apercevoir une tête casquée avec de grosses lunettes de protection se pencher sur lui. Un bidule lui chatouilla les côtes, le même que celui qui avait servi à interrompre sa course. Luc se contorsionna pour montrer son brassard au CRS qui le surplombait.

— Presse, lut le policier. Merde… Désolé.

Le flic lui tendit la main pour l'aider à se relever, regrettant visiblement d'avoir étendu un journaliste, mais n'allant pas jusqu'à s'excuser.

— Pourquoi poursuiviez-vous un gars en costume ?

— Je… je voulais lui poser une question, ânonna Luc en reprenant son souffle et regardant autour de lui sans trouver la moindre trace de Delbotte.

— M'est d'avis qu'il faudrait revoir vos méthodes quand quelqu'un refuse de se laisser interviewer, se moqua le CRS.

Toujours courbé en deux, Blanchard partit à la recherche

de son carnet de notes, se reprochant intérieurement de ne pas avoir été très malin. Galoper après un individu en costume au milieu des policiers ne pouvait que se conclure piteusement.

Luc ramassa son cahier, ahana encore un peu et décida qu'il était temps d'aller dicter son article. Delbotte s'était enfui dès qu'il l'avait identifié, alors qu'il était protégé et entouré de flics. C'était le geste d'un homme désireux de se cacher.

33

Sirius Volkstrom, Paris

La situation dans le pays était devenue ubuesque. Ce qui avait démarré comme une fronde étudiante s'était transformé en grève générale. Le gouvernement écopait pendant que la population ouvrait grand les vannes des revendications. Volkstrom observait tout ce remue-ménage à distance. Il avait cessé de faire le coup de feu dans les rangs de la police. Non seulement ça ne l'amusait plus, il avait passé l'âge de se prouver quoi que ce soit en fracassant des crânes, mais il ne trouvait pas franchement très malin de taper sur des étudiants et des ouvriers. Du coup, il passait ses journées au bistrot à lire la presse ou alors à mâcher son ressentiment dans les bureaux de la rue Vaneau.

Sans le révéler, Delbotte avait plus ou moins suspendu les activités de leur petite unité, car Pompidou était désormais devenu le « gentil » dans le tandem qu'il formait avec de Gaulle, et il convenait de ne pas abîmer cette image. Les gaullistes incarnaient maintenant la brutalité réactionnaire, alors que les pompidoliens se paraient d'un habit de modernité tolérante et éclairée. Bien que tout cela ne fût que du positionnement politicien, puisque les deux camps se tenaient par la barbichette, Sirius avait reçu consigne de lever le pied sur toutes les opérations tordues. Même Jean-Paul Deogratias, pourtant bon soldat en toutes circonstances, trouvait que tout cela pédalait dans la semoule.

Sirius en était à sa troisième grille de mots croisés de la matinée lorsque le téléphone retentit dans le bureau de Deogratias. Celui-ci décrocha, d'abord déplaisant avec la secrétaire puis adoptant une voix mielleuse dès que Delbotte fut en ligne. Il échangea pendant deux minutes avec leur supérieur puis se tourna vers Volkstrom :

— Au taf, mon vieux! Tu es chargé d'accompagner un ministre à un rendez-vous secret avec la CGT. Le gouvernement veut sonder les intentions du syndicat avant l'ouverture des négociations. Pompidou a décidé d'envoyer celui qu'il appelle son « bulldozer ». Ton boulot consiste à l'emmener et le ramener en un seul morceau.

— C'est quoi cette connerie?! réagit Sirius. Je ne suis ni garde du corps ni baby-sitter.

— Certes, mais c'est une requête et tu es l'unique individu fiable que j'ai sous la main, *mein Freund*. Ça vaut mieux que de te tourner les pouces!

Volkstrom se décolla à contrecœur de son fauteuil. Deogratias l'accompagna jusqu'au ministère des Affaires sociales pour faire les présentations, puis s'éclipsa. Pas question pour lui d'aller sur le terrain. Il avait juste transmis la consigne.

Sirius découvrit le secrétaire d'État chargé des Problèmes de l'emploi, dernier du gouvernement dans l'ordre protocolaire, qu'il devait escorter à son rendez-vous. Celui-ci plut d'emblée à Volkstrom : trente-cinq ans, grand, mince comme une trique, la clope toujours pendue au bec et le tutoiement immédiat, il avait laissé tomber voiture de fonction et taxi pour grimper dans son véhicule personnel, une Peugeot 403 blanche qu'il conduisait en faisant crisser les vitesses. Jacques Chirac était excité comme une puce, et Sirius ne savait pas pourquoi : parce qu'on lui avait confié une mission casse-gueule, ou parce qu'il avait la trouille des gros bras de la CGT ? Car derrière ses manières décontractées, l'homme incarnait le bourgeois parisien classique, effrayé par le moindre drapeau rouge et la vue d'une moustache en colère.

Face à ce moulin à paroles qui manœuvrait comme un furieux dans les artères parisiennes, Volkstrom avait bien du mal à se concentrer sur ce qui le préoccupait réellement : comment s'extraire de sa situation sans issue. Il n'avait plus de goût pour rien, et surtout pas pour ce qu'il faisait ces derniers temps. Il devait prendre une décision rapidement, sinon il risquait de dépérir et de finir par commettre une bêtise.

Il n'avait rien résolu quand, vingt minutes après avoir quitté le ministère, Chirac gara sa 403 devant un immeuble de la rue Chaptal, dans lequel se trouvait, d'après lui, le cabinet d'un avocat communiste qui jouait les intermédiaires secrets, car aucun des deux camps ne souhaitait s'afficher en conversation avec l'autre.

— Tu m'accompagnes ? suggéra le secrétaire d'État oscillant entre question et supplication.

— Ne te fais pas de mouron, répliqua Sirius.

— T'as un pétard ? s'inquiéta Chirac.

— Ça ne me paraît pas nécessaire. C'est un conciliabule avec des syndicalistes, pas un traquenard de bandits de grand chemin.

— Pompidou m'a recommandé de me méfier. On ne sait pas de quoi les cocos sont capables ! Je me suis équipé…

En prononçant ces paroles, le politicien ouvrit son veston pour exhiber un petit revolver coincé dans sa ceinture. Il semblait aussi fier que penaud d'être ainsi enfouraillé.

— C'est un coup à se faire sauter les roubignoles, remarqua Volkstrom.

— Ça serait dommage, je m'en sers souvent, commenta Chirac en déplaçant l'arme à feu dans sa poche de veste.

Les deux hommes finirent par sortir de la voiture et se diriger vers le bâtiment. Arrivés à l'étage du cabinet, ils furent accueillis par deux mastiffs qui assuraient la sécurité. Sirius leur adressa à peine un regard, pendant que Chirac tint absolument à leur serrer la main. Surgit ensuite un petit personnage chauve avec un nez en bec d'aigle qui se présenta sous le nom d'Henri Krasucki. Le cégétiste invita le secrétaire d'État à le rejoindre dans un bureau. Chirac jeta un dernier coup d'œil inquiet vers Volkstrom avant de suivre son hôte.

Le mercenaire patienta dans l'antichambre en fumant cigarette sur cigarette sans que personne ne lui propose un verre ou un casse-croûte. Au bout de deux heures, les deux négociateurs refirent leur apparition, l'un et l'autre avec un large sourire aux lèvres. Sirius emboîta le pas à Jacques Chirac qui paraissait survolté, ne parlant que de filer rendre compte à Pompidou et à un certain Balladur pour leur annoncer que « les cocos se montrent conciliants ». Une fois à la porte de la 403, Volkstrom prit congé du grand hurluberlu, estimant qu'il ne lui arriverait plus rien.

— N'oublie pas de te débarrasser de ton pétard avant de rentrer à Matignon, lui recommanda-t-il.

Le secrétaire d'État lui fit un clin d'œil et remisa son arme dans la boîte à gants avant de démarrer sur les chapeaux de roue.

Sirius prit son temps pour revenir rue Vaneau, retournant ses soucis comme des équations sous son crâne. Finalement, parvenu à destination, le secrétaire qui faisait office de garde-chiourme de leur petite cellule de conspirateurs battant de l'aile l'avertit :

— M. Deogratias est hospitalisé. Il vient de faire une attaque.

Volkstrom faillit répondre « À la bonne heure », mais un tréfonds de sens des convenances le retint. Non seulement la santé physique de Deogratias ressemblait depuis belle lurette à une invitation permanente à la thrombose, mais il avait abouti à la conclusion qu'il le jugeait responsable de sa situation. Donc si la faucheuse se chargeait de statuer à sa place, ce serait toujours ça de pris.

Sirius en serait resté là, aurait récupéré ses affaires, pas grand-chose, une veste, un galurin et sa solde, si le garde-chiourme ne lui avait tendu un paquet de dossiers en lui signalant que Deogratias devait donner son avis dessus en urgence, et qu'il fallait les lui apporter sur son lit d'hôpital. Sirius manqua de répliquer qu'il y avait les PTT pour ça, mais il réalisa subitement qu'il lui serait impossible de toucher le reliquat de l'argent qu'on lui devait sans l'intervention de son boss. Il s'empara de la pile de chemises scellées à la cire (afin qu'il n'y fourre pas son nez) et partit pour Laennec en maugréant. Volkstrom détestait les hôpitaux et leur odeur de détergents mêlée aux exhalaisons des deux frangines, Mort et Maladie, qui s'incrustaient alors que tout le monde s'efforçait de les repousser. Il songea un instant à acheter un bouquet de fleurs, mais ç'aurait vraiment été gâcher une pièce de 5 francs.

Deogratias n'avait jamais eu bonne mine, mais là sa trombine faisait peur à voir : livide, avec des malles transatlantiques sous les yeux, une intraveineuse de glucose et des capteurs reliés à un genre d'oscilloscope. Il se réveilla en sentant le courant d'air de la porte ouverte sur son visage, chercha une repartie spirituelle, mais, ne l'ayant trouvée, se contenta d'un soupir rauque.

— Tu n'as pas l'air d'avoir la grosse forme, énonça Sirius, hésitant entre l'évidence et la moquerie.

— Ça fait surtout mal quand je rigole, souffla le malade.

— On m'a demandé de t'apporter ces dossiers. Il paraît que c'est urgent.

— Pfff... les bureaucrates... Savent rien faire par eux-mêmes. Pose-les, je les lirai plus tard.

Sirius cala les chemises sur un coin de la desserte roulante et regarda autour de lui, ne sachant trop quoi faire. Il avait bien repéré la chaise vide pour les visiteurs, mais il n'avait nulle envie de s'attarder.

— Je peux aller te chercher quelque chose à la cantine ? suggéra-t-il, comme s'il s'agissait de passer commande au bistrot.

— Non, te casse pas, j'ai le droit à rien sauf à du bouillon, murmura Deogratias, à court de souffle. Par contre, je veux bien que tu me trouves mes cigarillos.

Il leva la main pour lui indiquer l'armoire.

N'étant pas son ange gardien, Sirius s'exécuta. Le costume de Deogratias, dans lequel il avait dû arriver à l'hosto, était suspendu à l'intérieur du meuble, à côté du linge de rechange, probablement amené par son épouse. Fouillant dans les poches, Sirius dénicha rapidement l'étui métallique, grâce à son tintement contre un trousseau de clefs. Il s'empara des deux, avant de tendre la boîte de cigarillos à son patron. Deogratias l'ouvrit pour renifler le parfum du tabac.

— Si ces connards m'emmerdent, j'en grillerai un cette nuit, promit-il avec défiance, même si Sirius n'en croyait rien.

Deogratias avait vu la Mort et il pissait dans son froc. Ce lâche ferait tout pour échapper à ses serres crochues, y compris renoncer à fumer.

Ces quelques minutes d'interaction l'avaient épuisé.

— Tu peux disposer, ahana-t-il, avant de se souvenir d'ajouter : Merci d'être venu.

Volkstrom se faisait congédier, comme le serviteur qu'il était. Il secoua ses épaules et ignora la vexation ; il tenait sa riposte.

Le lendemain, Sirius se pointa dans les bureaux de la rue Vaneau, désertés. Le quartier entier semblait s'être évaporé. Les hiérarques gaullistes avaient appelé à un grand défilé de soutien au Général, après l'intervention de celui-ci proclamant qu'il ne quitterait pas l'Élysée. Toute la France conservatrice était donc en train de descendre dans la rue, sur les Champs-Élysées en tout cas, et, sans surprise, leur nombre écrasait haut la main celui de tous les manifestants des semaines précédentes. Les Français préféraient les militaires et les curés à l'imagination au pouvoir. Cela arrangeait bien les affaires de Sirius.

Le mercenaire se dirigea tout droit vers le coffre-fort dans le bureau de Deogratias. Il saisit les deux petites clefs reliées à une chaînette sur le trousseau qu'il avait dérobé et, comme il s'y attendait, elles s'insérèrent et pivotèrent sans accroc. Il n'eut plus qu'à faire basculer la porte blindée. Sirius s'empara en premier de l'argent liquide, glissé dans plusieurs enveloppes en kraft en provenance des fonds secrets de Matignon. À vue de nez, il y en avait pour plusieurs dizaines de milliers de francs. Ça ferait l'affaire et soulagerait allègrement sa déprime. Ensuite, il agrippa un Browning à treize coups, chargé et bien huilé. Puis, pour finir, il compulsa la pile de dossiers. La maniaquerie et la prudence confinant à la paranoïa chez Deogratias, elles l'avaient conduit à étiqueter avec précision ses chemises. Sirius ne connaissait pas la plupart des noms figurant dessus, à l'exception de ceux de vieux grognards gaullistes comme André Malraux ou Michel Debré, dont il se contrefichait. S'arrêtant sur les dossiers Delbotte et Legeay, il les trouva quasiment vides. Le second ne contenait rien qu'il ne savait déjà, ni aucune mention de sa disparition soudaine. Quant au premier, il n'y avait que sa biographie administrative ordinaire, complétée d'un mot manuscrit de Deogratias rédigé trois jours plus tôt et indiquant que l'ex-préfet était de nouveau muté dans un service technique de l'État. Autrement dit, leur cellule était cuite.

Ne restait que son propre dossier, qu'il s'attendait bien

entendu à trouver. Tel un dentiste consignant scrupuleusement le résumé de chacune de ses séances avec un client, Deogratias avait inscrit, de sa fine écriture teigneuse, des lignes et des lignes de notes au sujet de Volkstrom : quelle somme il avait détournée à la préfecture du Gard en 1943, le nom des individus qu'il avait tabassés et parfois occis, ses entrées et sorties du territoire, la liste de ses pseudos et l'origine de ses faux papiers, et même le montant et les dates de ses amendes pour ivresse sur la voie publique – il en avait écopé d'un paquet. S'ajoutaient à cette recension méticuleuse des avis des renseignements officiels ou sous forme de notes blanches des RG, ainsi que diverses notes de police glanées au fur et à mesure des années. Son homosexualité était couchée noir sur blanc dans des rapports de la Mondaine, et même sa collaboration avec la CIA était évoquée, au conditionnel, au détour d'un câble diplomatique de l'ambassade française à Washington. Sirius avait le sentiment de compulser sa biographie sous forme abrégée. Une chronologie des meilleurs ou pires moments de son existence. Cette accumulation de petits événements se révélait aussi intoxicante que déprimante. Lui qui avait toujours cru évoluer dans l'ombre se rendait compte qu'il n'avait cessé d'être épié et que, s'il était passé au travers des mailles du filet pendant trois décennies, ce n'était pas faute d'informations à charge contre lui, mais plutôt parce que certaines personnes, dont Deogratias, avaient jugé qu'il représentait davantage un atout qu'une menace.

Volkstrom se demanda s'il devait rire ou pleurer de ce dossier que, de toute manière, il allait détruire, lorsqu'il tomba sur un paragraphe plus long que les autres de la main de son patron, qui résumait en style télégraphique l'assassinat maquillé en suicide du détenu Hector Danguin, l'amant de Sirius, en septembre 1960. L'homme pour qui il aurait tout abandonné de ses magouilles et mauvaises manières, avec lequel il était disposé à se réformer. Prenant bien soin de ne pas s'impliquer lui-même, Deogratias confirmait ce que Sirius avait deviné depuis belle lurette : Hector avait été tué par mesure de rétorsion contre lui, afin de s'assurer sa coopération et sa soumission. À l'époque, cela avait provoqué le résultat opposé : le manchot était parti en vrille, tentant d'abattre Deogratias et semant la zizanie dans ses plans. Mais, au bout du compte, huit années plus tard, Volkstrom ne pouvait que constater l'évidence : il était revenu à la niche, avait posé l'éteignoir sur sa colère et sa douleur, était redevenu un bon chien de garde. En lisant ces lignes, ce ne furent ni le rire ni le chagrin qui le gagnèrent, mais le dégoût. Dégoût de lui-même.

Sirius déchira une par une toutes les pages de son dossier, laissa choir les morceaux dans la corbeille, puis il arrosa le monticule de papier avec du whisky et y mit le feu. Il attendit quelques dizaines de secondes pour s'assurer que tous les fragments se consumaient, avala une lampée d'alcool au goulot et prit la porte.

Une fois dehors, il suivit le même chemin que le jour précédent pour se rendre à l'hôpital Laennec. Il y avait toujours aussi peu de monde dans les rues du VIIe arrondissement, comme si tous ses habitants étaient partis défiler sur les Champs-Élysées afin de célébrer la fin de la chienlit et du prurit de la jeunesse. Sirius contourna le bâtiment public pour pénétrer par l'entrée de service, celle réservée aux blanchisseurs et aux employés de ménage. À cette heure, il ne croisa presque personne et opta pour les marches plutôt que l'ascenseur. Avant de quitter la cage d'escalier, il observa par la porte entrebâillée le va-et-vient des infirmières et, lorsqu'il n'en vit plus, il se précipita vers la chambre de Deogratias. Assoupi, celui-ci ne remua pas quand Volkstrom entra dans la pièce, probablement assommé par les médicaments ou la fatigue de son palpitant battant au ralenti.

Sirius hésita à le réveiller pour l'avertir de sa sentence avant de se dire « À quoi bon ? ». Il saisit un oreiller supplémentaire dans l'armoire, le disposa sur le visage de Deogratias et appuya. Les jambes de l'alité se mirent à danser la gigue, ses bras entamèrent un crawl désespéré, un grognement étouffé par la plume se fit entendre, mais toutes ces gesticulations s'arrêtèrent vite. Sirius compta néanmoins jusqu'à trente avant d'ôter le coussin et de le ranger dans le placard. En plus de son rouge coutumier, la face de Deogratias avait pris une teinte bleue, ce qui aboutissait à un violet du plus mauvais goût. Pour sa défense, Volkstrom n'avait jamais été un artiste.

34

Luc Blanchard, Paris

Blanchard aurait préféré un autre moment pour le rendez-vous que lui avait fixé Volkstrom, mais il n'avait guère eu le choix. Le manchot ne lui avait pas laissé la possibilité de discuter l'heure ni le lieu : dix-huit heures à Bastille. La place avait encore triste mine : deux nuits plus tôt, elle avait été envahie par les manifestants qui s'étaient frottés aux CRS à coups de pavés, de grilles d'arbres et de mobilier urbain. La nuit avait été sauvage, une des plus agitées et violentes depuis le début du mois de mai. Luc en savait quelque chose, puisqu'il l'avait passée éveillé à courir aux quatre coins de Paris pour assurer la correspondance de *France-Antilles*. Dans un ultime baroud d'honneur, les syndicats, les partis politiques et les étudiants avaient fait cause commune, et la fronde avait débordé du Quartier latin sur la rive droite de Paris, surprenant les habitants du Marais et de l'axe gare de Lyon-Bastille-République, jusqu'à la place de la Bourse.

Comme l'avait écrit Luc dans son article dicté par téléphone quelques heures plus tôt, la foule avait été galvanisée par le discours radiotélévisé du général de Gaulle, qui avait tenté de recycler sa fameuse approche du « Je vous ai compris » de juin 1958 dans la présente situation, tout en montrant, précisément, qu'il n'avait rien compris. Son annonce de la tenue d'un référendum, sur la participation des citoyens dans les entreprises et à l'université, avait au contraire dynamisé les contestataires qui avaient perçu un aveu de faiblesse dans le contenu démesurément flou de la proposition. Ils avaient juste retenu qu'un vote négatif leur permettrait éventuellement de se débarrasser du Vieux. Durant les heures d'émeutes qui avaient suivi, Blanchard avait interrogé des dizaines d'étudiants qui estimaient que le pouvoir était à portée de main, que le gouvernement allait flancher. Et pourtant, au petit matin, il était toujours là, solide et résilient. Cette nuit de tempête n'avait représenté qu'une utopie, une fausse alerte. Ou alors une erreur de jugement. Le bastion gaulliste n'était pas aussi fragile que les manifestants voulaient le croire. Ou peut-être que les gauchistes, ne sachant pas eux-mêmes ce qu'ils désiraient véritablement, se montraient incapables de s'en saisir et de convaincre plus tièdes qu'eux de les accompagner. Le slogan « la révolution ou rien » aboutit plus fréquemment à grossir les rangs des hésitants que ceux des insurgés. D'ailleurs, le lendemain, les gaullistes s'étaient organisés et avaient convoqué le plus grand défilé de l'après-guerre sur les Champs-Élysées en défense du Général et de sa vision étriquée de l'ordre (absolu) et du progrès (uniquement technique).

Toujours est-il que tout ce qui restait en cette fin de samedi après-midi sur la place de la Bastille des espoirs et des convulsions du mois de mai 68 se résumait à des tas de gravats et des barrières balayés par les services de la voirie parisienne. Luc n'avait dormi qu'une poignée d'heures et il venait de passer deux jours à traquer la rumeur selon laquelle un homme avait été retrouvé mort au pied d'une barricade rue des Écoles. Il avait fini par en avoir la confirmation, en même temps que ses collègues, à l'hôpital Cochin qui avait révélé que Philippe Mathérion était effectivement décédé d'une plaie à l'arme blanche, résultat d'une rixe au couteau qui n'avait apparemment rien à voir avec les échauffourées estudiantines. Comme d'habitude, cette nouvelle était à prendre ou à laisser et, dans l'ambiance de la période, tout le monde l'avait gobée. Il s'agissait du premier décès officiel des événements de mai, et personne n'avait envie de s'en accuser ni de le réclamer*.

De toute manière, le rédacteur en chef de *France-Antilles* venait d'annoncer à Luc que le quotidien préférait se concentrer sur une autre mort, survenue à Lyon, celle d'un commissaire de police écrasé par un camion lancé sur lui par des manifestants. Cette information faisait grand bruit, notamment chez les syndicats et le Parti communiste, qui se désolidarisaient désormais des étudiants avec lesquels, deux soirs auparavant, ils défilaient. Blanchard avait depuis longtemps intégré l'adage journalistique du mort kilométrique, quand le trépas accidentel de votre voisin dans son jardin mérite plus de place dans le journal que celle de mille Bangladeshis

* Début juillet 1968, le magistrat instructeur révélera que la plaie de Philippe Mathérion avait été causée par l'éclat d'une grenade policière. L'autopsie du jeune homme de vingt-six ans avait abouti à cette conclusion dès le 25 mai, mais le résultat en avait été gardé secret « afin de ne pas envenimer la situation ».

le même jour. Il comprenait maintenant que la mort d'un policier comptait plus que celle d'un contestataire*. En toutes circonstances.

Luc tomba plus qu'il ne s'assit sur une chaise dans l'une des rares brasseries à avoir ressorti leur terrasse depuis l'agitation. Il commanda un double expresso malgré l'heure qui se prêtait davantage à l'apéritif et n'eut pas longtemps à attendre Volkstrom, qui se posa en face de lui presque aussitôt. Le manchot, qui n'avait jamais eu l'air franchement aimable, avait ce soir-là une tête à effrayer les corbeaux.

— Je m'en vais, annonça-t-il d'emblée.

— Où ? interrogea Luc.

— Loin. Au soleil.

— C'est pour ça que tu voulais me voir ? Donne-moi une adresse afin que je t'envoie l'argent que je te dois quand je l'aurai économisé.

— Je t'ai déjà dit que je me foutais de ce fric. Considère ça comme un cadeau de mariage si un jour ta dulcinée et toi convolez. Ou alors, prends ça pour ma pénitence…

— Je ne peux pas…

— Je n'ai rien trouvé sur Delbotte, le coupa Sirius. J'espérais te dénicher des billes, mais le dossier auquel j'ai eu accès est vide. Le mec a quitté Matignon pour partir diriger une entreprise d'État inconnue.

— Tu auras essayé. Merci.

---

* Il faudra attendre deux ans pour que, lors du procès des deux personnes accusées d'avoir tué le commissaire, il soit révélé que, bien que heurté par le camion, le policier était mort d'un infarctus et avait eu les côtes brisées à la suite d'un massage cardiaque pour le ranimer. Les deux accusés furent acquittés.

— Ces types sont insaisissables. Ce sont des carpes : ils se planquent dans la vase, se nourrissent de toutes les saloperies et vivent plus longtemps que les autres poissons de la mare.

— Ça me rappelle Deogratias, ricana Luc, narquois. Tu ne l'as jamais revu ?

— Non, jamais.

Un instant de silence s'installa entre eux. Que Volkstrom finit par rompre en repoussant sa chaise.

— Bon, on ne va pas faire la tournée des guinguettes en amoureux, je file.

— Envoie-moi une carte postale avec ton adresse quand même.

Sirius se leva sans répondre, prêt à partir, avant d'interrompre son élan. Il tendit alors son unique main à Blanchard, qui l'empoigna énergiquement. Autant que tous deux s'en souvenaient, c'était la première fois qu'ils se saluaient ainsi.

Luc resta encore quelques minutes attablé, le regard dans le vide. Il songea à Legeay puis à Delbotte, éprouvant le sentiment d'être rendu au bout de la route. Dans une sombre impasse. Celle où viennent périr les secrets les moins bien dissimulés, ceux qui se laissent visiter sans qu'on ne parvienne à les illuminer.

35

Sirius Volkstrom, Marseille

Volkstrom se faisait dorer la pilule sur une terrasse du Vieux-Port de Marseille. Il n'avait pas eu de difficulté à acheter un billet de train, le trafic de la SNCF revenant progressivement à la normale, de même que le reste de l'activité du pays. La France réintégrait ses usines et ses facs. La démonstration de force, pour une fois pacifique, des gaullistes le 30 mai avait plié le match. Des centaines de milliers de personnes dans la rue, et encore plus dans leurs salons avaient sifflé la fin de la partie. Même si des agités du Quartier latin continuaient d'exhorter au Grand Soir, tous ces braves jeunes gens seraient bientôt diplômés et destinés à diriger la France. Sirius pariait qu'ils se conduiraient à l'identique de leurs prédécesseurs, les minijupes et les chemises à fleurs en plus, mais sans différence majeure. Les enfants des barricades deviendraient des patrons et les ouvriers resteraient des ouvriers, s'il y avait toujours du travail pour eux.

Volkstrom regarda sa montre. Son train pour Rome, avec

escale à Nice, partait dans deux heures et il avait encore quelqu'un à voir. Sans se presser, il gravit les pentes du Panier jusqu'à parvenir face à un bistrot de la rue des Pistoles. À sa grande surprise, l'établissement était fermé et sa devanture barrée d'un panneau annonçant : « Changement de propriétaire ». Il vérifia le nom de l'artère, mais il ne s'était pas fourvoyé. Il chercha un patronyme sur la boîte aux lettres, mais il n'y en avait pas. Ou plus.

Sirius regarda autour de lui sur la placette, mais elle était vide, à l'exception d'une vieille dame vêtue de noir posée sur un banc en train de nourrir les pigeons. C'était l'heure de la sieste. Le manchot alla s'asseoir à côté d'elle et la salua, remarquant au passage l'épaisse cataracte sur ses yeux, signe qu'elle devait être aveugle ou tout comme. Ils échangèrent des banalités sur la chaleur, les rhumatismes et autres petits soucis de l'existence. Puis la vieille femme pointa l'évidence :

— Vous n'êtes pas d'ici.

— Je suis de passage. Je m'en vais tantôt. Je venais rendre visite à un ami avant de partir : Antoine Lucchesi.

— Ah oui, Antoine et Maria…

— C'était bien leur caboulot sur la place ?

— Celui de Maria, oui, mais elle a vendu.

— Il y a longtemps ?

— Un peu plus d'un mois, je crois.

— Elle est partie seule ?

— Vous aviez le béguin pour elle ? sourit la dame, espiègle.

— Ah, ah ! Non pas du tout, rigola Volkstrom. Je ne l'ai même jamais rencontrée.

— Dommage, sinon j'aurais pu vous dire où elle s'était envolée…

— Je voulais surtout revoir son mari. C'était un bon compagnon.

La vieille femme saisit doucement le bras de Sirius pour l'attirer vers elle, afin de lui chuchoter à l'oreille :

— Je vous le dis parce que vous n'êtes pas d'ici, mais vous ne devez le répéter à personne…

— Juré, craché ! garantit Sirius.

— Maria et Antoine sont partis avec leur fils aux Amériques.

— Un beau voyage, commenta Sirius en hochant la tête pour lui-même, imaginant qu'il s'agissait plutôt d'un exil.

— Pour toujours, précisa l'ancienne.

— Sans aucun doute, conclut Sirius en se levant du banc. Je vous le promets, je garderai ce secret pour moi.

— Vous êtes quelqu'un de bien, jeune homme.

— Si vous le dites, madame. Bonne journée.

Volkstrom s'en alla, s'amusant de la double méprise de la vieille femme. Il serait bientôt en Italie. Ça suffisait à le rajeunir et, tant qu'à faire, avec des efforts, il pourrait même essayer de devenir quelqu'un de bien.

1971

Épilogue

Luc Blanchard, Paris

Cela faisait bientôt trois ans que Luc, Lucille et Célanie s'étaient installés dans leur vie parisienne. De l'eau avait coulé sous les ponts et, pour l'essentiel, vers un estuaire plutôt heureux. Malgré ses désillusions, Blanchard avait persisté dans son œuvre de journaliste. Après quelques mois à *France-Antilles*, il avait été recruté par l'hebdomadaire où il avait effectué ses débuts, *Le Nouvel Observateur*. Un bien meilleur salaire, de la stabilité, et une ligne éditoriale aimablement progressiste. On l'avait affecté à la couverture de l'actualité internationale, ce qui lui convenait parfaitement : il voyageait à travers la planète et écrivait ce qu'il voulait, sans censure ni autocensure. Ses patrons, comme le gouvernement, jamais très loin dans cet entrelacs incestueux entre presse et pouvoirs publics, acceptaient plus facilement que l'on pointe la paille dans l'œil du voisin étranger que la poutre dans la cornée tricolore.

Lucille, quant à elle, gérait désormais un restaurant dans le centre de Paris, qui proposait des plats qui seraient bientôt rebaptisés « nouvelle cuisine », à base de légumes savoureux et d'épices allogènes, et qui feraient braire les tenants du bœuf bourguignon. Le commerce prospérait et Lucille songeait à voler de ses propres ailes en créant son établissement. Célanie, elle, allait consciencieusement à l'école et avait adopté un accent parigot en lieu et place de celui, chantant, des Antilles.

Comme la plupart des gens aisés, la famille Blanchard-Ferracci-Montout avait franchi le chantier du boulevard périphérique pour emménager dans Paris intra-muros, afin de se rapprocher de son travail et de s'éloigner des grands ensembles hâtivement construits en Seine-Saint-Denis. Ils avaient néanmoins gardé de nombreux contacts parmi les exilés antillais qui leur donnaient le sentiment d'appartenir à une fratrie élargie partageant une communauté de destins. Lucille avait remisé ses souvenirs de prison dans un écrin mental qu'elle ouvrait rarement, sauf lorsqu'elle participait, une ou deux fois l'an, à des réunions avec les anciens détenus et les héritiers de la mémoire du GONG. Luc, lui, jetait de temps à autre un coup d'œil sur deux cartes postales punaisées sur un morceau de liège au-dessus de son bureau. L'une montrait une vue touristique de Montréal et comportait un unique mot : « Bonghjornu ». L'autre représentait un buste de Brutus dans un musée italien et une phrase de Blaise Cendrars : « La sérénité ne peut être atteinte que par un esprit désespéré et pour être désespéré il faut avoir beaucoup vécu et aimer encore le monde. » Aucune des deux cartes postales n'incluait d'adresse pour répondre.

La seule personne présente dans la vie sociale de Luc

remontant à cette époque de 1967-1968, qui l'avait tant mobilisé, restait Freddie. Le Guadeloupéen avait fini par quitter le tri postal pour effectuer des études d'électricien, et il venait de se mettre à son compte à Saint-Denis où il habitait toujours. Ils se voyaient régulièrement pour des repas dominicaux ou des parties de foot en amateur. Pour cette raison, lorsque Luc reçut un matin au journal un coup de téléphone de la petite amie de Freddie, il s'attendait à une invitation à déjeuner.

— Freddie n'est pas rentré hier soir, sanglota Claire au bout du combiné.

— Ne t'inquiète pas, commença par la rassurer Luc. Peut-être avait-il un chantier compliqué où il a dormi la nuit. Qu'est-ce qu'il faisait hier soir ?

— Non, non, il est rentré en fin de journée. Puis il est ressorti comme tous les mardis pour donner ses cours d'électronique à la MJC. Normalement, il revient vers vingt et une heures. Vingt-deux heures au plus tard s'il prend un verre avec ses élèves.

Freddie était très fier de ces ateliers qu'il prodiguait bénévolement à des gamins de Saint-Denis, pour la plupart des habitants des cités HLM de la ville en délicatesse avec l'enseignement scolaire. Le Guadeloupéen avait réussi à convaincre une dizaine de ces jeunes que l'avenir passait par les circuits imprimés et il entendait leur mettre le pied à l'étrier.

— Est-ce que tu as appelé la MJC ? interrogea Luc.

— Oui, on m'a dit qu'il avait quitté les lieux comme d'habitude hier soir vers vingt et une heures avec son groupe d'adolescents, rapporta Claire qui hoquetait au bout du fil.

— Je vais m'en occuper, la réconforta Blanchard. Reste

près de ton téléphone et je t'informe dès que j'en sais davantage.

Le premier geste de Luc fut d'aller récupérer le bottin de la Seine-Saint-Denis à la documentation du *Nouvel Observateur* et de joindre les hôpitaux susceptibles d'avoir accueilli un blessé la nuit précédente. Aucun n'avait Freddie comme patient, et personne ne correspondant à sa description. Luc s'inquiéta. Il n'existait pas de règles pour ce genre de recherche, mais l'étape suivante consistait à solliciter les commissariats de la région. Rarement dans l'espoir d'une bonne nouvelle.

Plutôt que de téléphoner aux standards en priant de tomber sur un flic bien luné, Blanchard enrôla son collègue Jean-Louis, spécialiste des affaires policières et des faits divers à l'hebdomadaire. Tous deux possédaient des parcours et des profils antagonistes, pourtant ils s'entendaient à merveille. Luc était un ancien de la PJ, défenseur de l'ordre et de la justice, qui avait fui son métier antérieur et faisait tout pour s'en tenir à distance. Jean-Louis avait un passé d'agitateur gauchiste, toujours disponible pour la castagne, qui couvrait désormais avec passion, et une admiration mal dissimulée, le monde du crime et des uniformes. Serviable et à l'affût d'une bonne histoire, il bondit pour aider Luc :

— Je suis dessus. J'ai des contacts de flics dans le département. Je vais te retrouver ton Freddie.

Ne voyant pas quoi faire de plus en attendant, Blanchard s'en retourna à ses dossiers du jour, convaincu que si Freddie avait séjourné dans un commissariat, Jean-Louis reniflerait sa trace.

Trois heures plus tard, alors que la majorité des journalistes étaient partis déjeuner et que Luc se morfondait, incapable de se concentrer, Jean-Louis le rejoignit dans son bureau, s'asseyant en face de lui avec son carnet de notes ouvert sur une double page remplie de griffonnages.

— Je crois que je n'ai pas de bonnes nouvelles pour toi, grimaça-t-il.

— Vas-y, soupira Luc.

— Tu étais proche de ce Freddie ?

— Ne prends pas de gants, balance ce que tu as appris !

— Il n'y a pas quinze manières de le dire : ton copain est décédé.

Blanchard expira, serra les dents, pencha la tête sur le côté comme plombé par la gravité, mais nulle larme ne coula de ses yeux.

Jean-Louis, anticipant aussi bien le malaise de son collègue que les questions qu'il allait inévitablement lui poser, livra le résultat de son enquête :

— Selon un inspecteur du commissariat de Saint-Denis qui m'a parlé en off, il semble qu'il y a eu une rixe hier soir, à la sortie d'un bistrot, entre des clients et une bande de jeunes, parmi lesquels se trouvait Freddie. Ces derniers sont repartis vers leur cité avant d'être interceptés un peu plus loin par une patrouille de police. Apparemment, le ton est monté très vite et, d'après les flics, ton ami se serait fait menaçant…

— Freddie ? Menaçant ? interrompit Luc, incrédule. Il avait dix ans de plus que ces gamins, il les aidait, il jouait le médiateur pour eux !

— L'inspecteur m'a lu le procès-verbal. Je ne fais que te rapporter ce qui est écrit dessus.

— OK, OK, continue, balaya Blanchard, irrité.

— Donc, le ton est monté, les policiers ont commencé à recevoir des bouteilles et des cailloux, ils ont essayé de se dégager, ils ont sorti leurs armes de service, décryptait Jean-Louis sur son calepin. Un des flics aurait voulu tirer en l'air, mais Freddie se serait jeté sur lui et le coup l'a atteint au cœur. Les gamins se sont enfuis, les policiers ont prodigué un massage cardiaque, mais Freddie était mort à l'arrivée des secours. Je suis désolé…

— Merci. Merci de m'avoir aidé, soupira Blanchard.

— Il y aura une enquête administrative puisqu'un coup de feu a été tiré, tenta Jean-Louis pour réconforter son collègue. Mais, bon…

— On connaît ce que donnent ces enquêtes… Nous sommes bien placés pour le savoir, compléta Luc.

Jean-Louis fit la moue. Il referma son cahier, puis le rouvrit.

— Il y a un truc que m'a raconté l'inspecteur de Saint-Denis… Je ne sais pas si c'est pertinent, mais j'ai envie de creuser. Ça peut faire un article.

— C'est quoi ? demanda Luc, autant par instinct journalistique que pour se raccrocher à un espoir, qui ne ressusciterait certes pas Freddie, mais pourrait peut-être éclairer sa mort.

— La patrouille qui a interpellé les jeunes est un truc tout nouveau : la brigade anticriminalité. Ça vient tout juste d'être créé à Saint-Denis. C'est une première en France, mais on dit que c'est amené à se développer un peu partout dans les cités agitées. Les flics qui l'intègrent sont tenus de pratiquer un sport de combat, ils se comportent comme des cowboys, mais ils font du chiffre, alors ça plaît à la hiérarchie…

— Jamais entendu parler. D'où ça sort ?

— L'inspecteur qui m'a causé est un syndicaliste, donc il n'aime pas trop les grands chefs de la police. D'après lui, ça a germé dans les têtes de mecs au ministère de l'Intérieur qui s'inspirent de tactiques militaires imaginées en Indochine et en Algérie pour encadrer les populations.

Jean-Louis tourna quelques pages dans son carnet, afin de trouver les notes qu'il cherchait.

— Des gradés qui s'appellent Trinquier, Hogard, Gallula, Némo…

— Némo, ça me dit quelque chose, hasarda Luc.

— Ce n'est pas le capitaine du *Nautilus*.

— Très drôle ! répliqua Luc en souriant malgré tout, le cynisme demeurant le plus sûr des refuges face à la noirceur. J'ai l'impression d'avoir entendu son nom quand je vivais en Guadeloupe.

— Ça ne serait pas surprenant, rebondit Jean-Louis, toujours le nez dans ses notes. Le préfet de Seine-Saint-Denis qui a supervisé la création de la brigade anticriminalité est passé par la Guadeloupe il y a quelques années. Attends, je l'ai écrit quelque part…

— Pierre Delbotte.

— Tu le connais ?

NOTES DE L'AUTEUR

Ce livre est une fiction. Des personnages et des situations ont été inventés pour les besoins romanesques. Il n'en reste pas moins que les principaux faits historiques rapportés sont avérés.

La manifestation du 26 mai 1967 à Pointe-à-Pitre a bel et bien été réprimée dans le sang et à coups de feu, puis balayée sous le tapis par le gouvernement français et les pouvoirs publics pendant plusieurs décennies. Il a fallu l'acharnement de quelques personnes, militants, historiens, chercheurs, pour documenter les événements et entretenir la mémoire de ce que beaucoup qualifient aujourd'hui d'« ultime répression coloniale française ». Pendant tout ce temps, aucun bilan officiel du nombre de morts n'a jamais été publié, et des chiffres allant de sept à une centaine de morts ont été avancés. Finalement, en 2014, une Commission d'information et de recherche historique a été nommée, sous la présidence de l'historien Benjamin Stora, pour rédiger un rapport sur ces événements. Elle a publié ses conclusions en 2016, soulignant parfois l'absence ou la disparition d'archives qui auraient dû être consignées. Sur la question du bilan chiffré, elle écrit : « Les travaux de la commission n'ont pas permis d'établir un bilan humain incontestable des victimes des événements de mai 1967. Officiellement, l'État a dénombré huit morts mais ce chiffre est très contesté. Dans ce type d'affaires, l'établissement d'un bilan humain incontestable suppose de dresser une liste nominative des victimes. Or, en l'espèce, nombreux sont ceux qui avancent que des familles auraient elles-mêmes directement récupéré des corps sans prendre le risque de les déclarer par peur de représailles. […] Même si pour mai 1967 on s'en tenait seulement aux huit morts connus et identifiés, il s'agit de toute façon d'un massacre au cours d'une manifestation, ordonné sciemment sur le terrain et approuvé par le gouvernement sous la présidence du général de Gaulle. »

Je remercie tout particulièrement Sylvain Mary, Pierre Odin, Jean-Pierre Sainton et les archivistes du Centre d'histoire de Sciences-Po pour leurs éclairages sur le contexte et les événements de mai 1967.

Un amical salut également à Jean de Peña pour ses conseils et son aide.

Parmi les livres qui m'ont inspiré et m'ont accompagné durant mes recherche et la rédaction de ce roman :

Mé 67 de Raymond Gama et Jean-Pierre Sainton.

Le sang des nègres de Xavier-Marie Bonnot et François-Xavier Guillerm.

Décoloniser les Antilles ? Une histoire de l'État post-colonial (1946-1982) de Sylvain Mary.

L'ennemi intérieur. La généalogie coloniale et militaire de l'ordre sécuritaire dans la France contemporaine de Mathieu Rigouste.

Mai 68, l'envers du décor de Bruno Fuligni.

Afin de ne pas encombrer le récit de notes de bas de page, je me suis abstenu de commentaires sur quelques points précis. Voici néanmoins des précisions pour les lecteurs attentifs et/ou passionnés du détail :

Chapitre 5

La phrase « Quand les nègres auront faim, ils retourneront au travail ! », soi-disant prononcée par un représentant patronal, est bien à l'origine de la colère des manifestants le 26 mai 1967. Cependant, aucune des sources présentes lors de la réunion ne se souvient avoir entendu cette phrase. Il s'agit probablement d'un effet de rumeur.

Chapitre 8

« Je suis pour les Blancs, parce que je suis blanc ; je n'ai pas d'autre raison, et celle-ci est la bonne. » La phrase est attribuée à Napoléon par l'homme politique et historien Antoine Claire Thibaudeau dans ses *Mémoires sur le Consulat*.

Chapitre 17

Claude Estier est bien l'auteur de la phrase : « Les événements du 26 mai démontrent la supercherie de la légende selon laquelle le général de Gaulle serait le dernier décolonisateur de la République française alors qu'en fait le colonialisme subsiste aux Antilles. » Il l'a prononcée non pas en interview avec un journaliste, mais lors d'un événement public le 24 juin 1967 à Paris.

Le commissaire Honoré Gévaudan a bel et bien existé. C'est un policier au parcours étonnant : alors qu'il est basé à Alger durant la guerre d'Algérie, les méthodes de l'armée française le répugnent, puis il lutte contre l'OAS qui le condamne à mort. Il s'illustrera ensuite dans la traque du gang des Lyonnais et de la French Connection.

Chapitre 27

La chronologie du procès des dix-neuf accusés a été chamboulée pour les besoins du récit. En réalité, il s'est ouvert le lundi 19 février 1968 et le verdict a été rendu le 17 avril.

La plupart des citations attribuées aux intervenants du procès sont authentiques et issues des chroniques parues dans *Le Monde* de l'époque sous la plume de Jean-Marc Théolleyre.

Chapitres 33-34

La chronologie des manifestations de mai 1968 a été quelque peu bouleversée pour plus de fluidité romanesque. Les grandes nuits de manifestations étudiantes se déroulent les 23 et 24 mai ; la grande manifestation gaulliste se déroule le 30 mai.

Ce livre a bénéficié d'une bourse d'écriture du Centre national du livre (CNL), que je remercie chaleureusement.

DU MÊME AUTEUR

Aux Éditions Gallimard

FRAKAS (*prix du Noir de l'histoire*), Série Noire, 2021 (Folio Policier n° 988)

REQUIEM POUR UNE RÉPUBLIQUE (*prix Landerneau, prix Mystère de la critique, prix Quais du polar – « 20 Minutes »*), Série Noire, 2019 (Folio Policier n° 931)

Déjà parus dans la même collection

Marin Ledun, *Free queens*
Olivier Barde-Cabuçon, *Hollywood s'en va en guerre*
John Brownlow, *L'agent Seventeen*
Jacques Moulins, *Menaces italiennes*
Dror Mishani, *Un simple enquêteur*
DOA, *Rétiaire(s)*
Deon Meyer, *Cupidité*
Thomas Bronnec, *Collapsus*
Chang Kuo-li, *Le sniper, le président et la triade*
Jo Nesbø, *De la jalousie*
Horace McCoy, *Les rangers du ciel*
Sébastien Raizer, *Mécanique mort*
Jeff Lindsay, *Riley tente l'impossible*
Jørn Lier Horst, *La chambre du fils*
Audrey Gloaguen, *SEMIA*
Sébastien Gendron, *Chez Paradis*
Mike Nicol, *Infiltrée*
Danü Danquigny, Peter Punk au Pays des Merveilles
Chantal Pelletier, *Sens interdits*
J.P. Smith, *la médium*
Raf Vallet, *Mort d'un pourri*
Raf Vallet, *Adieu poulet!*
Jacques Moulins, *Retour à Berlin*
Jo Nesbø, *Leur domaine*
Chang Kuo-li, *Le sniper, son wok et son fusil*
Deon Meyer, *La femme au manteau bleu*
William Lindsay Gresham, *Nightmare Alley*

Jørn Lier Horst, *Le code de Katharina*
Olivier Barde-Cabuçon, *Le cercle des rêveurs éveillés*
Thomas Cantaloube, *Frakas*
Marin Ledun, *Leur âme au diable*
Jean-Bernard Pouy & Marc Villard, *La mère noire*
Parker Bilal, *Les divinités*
Pierre Pelot, *Les jardins d'Éden*
Dolorès Redondo, *La face nord du cœur*
Sébastien Raizer, *Les nuits rouges*
William R. Burnett, *Good-bye, Chicago 1928*
William R. Burnett, *Little Caesar*
Jacques Moulins, *Le réveil de la bête*
Deon Meyer, *La proie*
Jean-Patrick Manchette, *L'affaire N'Gustro*
Jørn Lier Horst, *Le disparu de Larvik*
J.-P Smith, *Noyade*
Dror Mishani, *Une Deux Trois*
Sébastien Gendron, *Fin de siècle*
Parker Bilal, *La cité des chacals*
Vlad Eisinger, *Du rififi à Wall Street*
Danü Danquigny, *Les aigles endormis*
Neely Tucker, *Seules les proies s'enfuient*
Marc Villard, *Barbès Trilogie*
Caryl Férey, *Paz*
Mike Nicol, *L'Agence*

Composition : APS-ie.
Achevé d'imprimer
sur Roto-Page
par l'Imprimerie Floch
à Mayenne, le 24 avril 2023.
Dépôt légal : avril 2023.
Numéro d'imprimeur : 102460.

ISBN 978-2-07-298514-0 / Imprimé en France.

441254